21世纪"十二五"高职高专规划教材

数控车编程与加工项目式教程

主　编　张　琳　罗　涛　窦美宁

副主编　肖学东　宋延良

主　审　刘锡河　孙显佳

天津大学出版社
TIANJIN UNIVERSITY PRESS

内容提要

本书针对高等职业教育的特点,将工学结合、学做一体的教学理念有机融合,按"项目导向"和"任务驱动"的教学模式,科学地设计知识结构和能力养成体系。

根据数控车削加工对象类型的不同,本书共由 14 个项目组成。按照学生掌握数控加工的认知规律,内容由浅入深,循序渐进。结合生产与实际教学的需要,每个任务又由工作任务、相关知识、工艺准备、任务实施、考核评价、思考与练习等部分组成。本书从生产实际出发,注重知识与技能的结合,着重提高学生的学习能力以及分析问题和解决问题的综合能力。

本书既可作为高职院校数控专业的教材,也可供数控技术应用行业的工程技术人员使用,还可作为相关行业的岗位培训教材。

图书在版编目(CIP)数据

数控车编程与加工项目式教程/张琳,罗涛,窦美宁主编.
—天津:天津大学出版社,2011.9
21 世纪"十二五"高职高专规划教材
ISBN 978 - 7 - 5618 - 4178 - 5

Ⅰ.①数…　Ⅱ.①张…②罗…③窦…　Ⅲ.①数控机床:车床-程序设计-高等职业教育-教材②数控机床:车床-加工-高等职业教育-教材　Ⅳ.①TG519.1

中国版本图书馆 CIP 数据核字(2011)第 196170 号

出版发行	天津大学出版社	
出　版　人	杨欢	
地　　　址	天津市卫津路 92 号天津大学内(邮编:300072)	
电　　　话	发行部:022-27403647　邮购部:022-27402742	
网　　　址	www.tjup.com	
印　　　刷	河北省昌黎县第一印刷厂	
经　　　销	全国各地新华书店	
开　　　本	185mm×260mm	
印　　　张	15.5	
字　　　数	387 千	
版　　　次	2011 年 11 月第 1 版	
印　　　次	2011 年 11 月第 1 次	
印　　　数	1-3 000	
定　　　价	32.00 元	

21世纪"十二五"高职高专规划教材

编写指导委员会

前　　言

　　数控技术是制造业实现自动化、柔性化、集成化生产的基础;数控技术的应用是提高制造业的产品质量和劳动生产率必不可少的重要手段;数控机床是国防工业现代化的重要战略装备,是关系国家战略地位和体现国家综合国力的重要标志。随着我国经济全面与国际接轨,中国正在逐步成为"世界制造中心",进入一个空前蓬勃发展的新时期,为了增强竞争能力,中国制造业开始广泛使用先进的数控技术,同时也形成了对掌握现代信息化制造技术人才的巨大需求。为适应我国对数控技术应用型、操作技能型人才的需求,根据教育部"数控技能型紧缺人才培训工程"的要求,我们结合多年的教学和工作实践经验,编写了本教材。

　　本书针对高等职业教育的特点,按"项目导向"和"任务驱动"的理念编写,将工学有机结合,贴合实际教学。本书共选 14 个较为典型的项目,按照学生掌握数控加工知识的认知规律,内容由浅入深,循序渐进。结合生产与实际教学的需要,每个任务又由工作任务、相关知识、工艺准备、任务实施、考核评价、思考与练习等部分组成。本书从生产实际出发,注重知识与技能的结合,着重提高学生的学习能力以及分析问题和解决问题的能力。

　　本书综合了数控编程、数控加工工艺、数控刀具、机械制图、公差配合、数学等相关的基础知识,同时有所侧重地将国家职业资格鉴定有关数控车工中、高级的相关知识融入其中。

　　另外,本书在编写过程中重视训练耗材的节约与循环使用,既保证了项目内容的有效完成,同时又在降低实际教学成本方面下了一定的工夫。

　　本书由张琳、罗涛、窦美宁任主编,肖学东、宋延良任副主编,刘锡河、孙显佳任主审。参加项目编写的具体人员有:项目一——王文静、石莹、刘爱杰;项目二——窦美宁;项目三——朱秀梅;项目四——衣丰芬;项目五——宋海峰;项目六——邢旭春;项目七——吕玉萍;项目八——周红珠、于德清;项目九——杨江龙;项目十——唐玉林;项目十一——罗涛、于雪梅;项目十二——张琳、宋建国;项目十三——唐玉林;项目十四——刘爱杰。全书由张琳、窦美宁统稿。

　　由于时间仓促和编者水平所限,书中难免有不当和疏漏之处,敬请读者批评指正。

编者

2011 年 9 月

目　录

项目一　数控车床的基本操作

项目导读

　　数控车床是当今应用较为广泛的数控机床之一,使用数量约占数控机床总量的 25%。它可以将车削、铣削、螺纹加工、钻削等功能集中在一台设备上,与普通车床相比,它具有使用能力强、加工精度好、生产率高、劳动强度低等优势。在切削加工中,数控车床的学习是非常必要的。本项目对数控车床做了一个整体介绍,可使学生掌握数控车床的基本构成、类别和加工类型、维护保养、工作过程和用户界面等。

最终目标

　　了解数控车床的基础知识,掌握数控车床的基本操作技能。

促成目标

　　1)形成对数控、数控车床概念的认知,了解数控车床的特点。
　　2)形成数控车床结构组成的认知,了解机床外形结构对加工过程的影响。
　　3)了解市场中存在的各种数控车床的种类与差别。
　　4)学会分辨零件加工应使用的机床类型。
　　5)了解目前市场中的主流数控系统类型。
　　6)掌握如何对机床进行维护和保养。
　　7)了解 FANUC 0i 数控操作面板各按键功能。
　　8)掌握 FANUC 0i 数控车床的开机、关机。
　　9)掌握宇龙仿真系统的操作。

任务一　数控车床概述及面板操作

一、工作任务

　　1)了解数控车床的特点、结构、分类及加工范围。
　　2)输入以下程序并进行图形模拟与校验。

O0001;
T0101 M03 S800;
G00 X100. Z100.;
X37. Z2.;
G99 G01 Z−18. F0.2;
X39.;

T0202 M03 S300;
G00 X40. Z−18.;
G01 X32. F0.05;
X40. F0.2;
G00 X100. Z100.;

Z-25.；

X42.；

G00 Z2.；

X32.805；

G01 Z0 S1000；

X35.805 Z-1.5 F0.1；

G01 Z-18.；

X38.；

Z-25.；

X42.；

G00 X100. Z100.；

T0303 M03 S600；

G00 X38. Z3.；

G92 X35. Z-16. F1.5；

X34.6；

X34.4.；

X34.3；

X34.181；

X34.181；

G00 X100. Z100.；

M05；

M30；

二、相关知识

(一)数控机床的概念及特点

1. 数控的概念

数控是采用数字化信息对机床的运动及其加工过程进行控制的一种方法。

2. 数控机床的概念

数控机床是指装备了计算机数控系统的机床,称为 CNC 机床。以完成车削加工工艺为主要功能的数控机床称为数控车床。

3. 数控机床的特点

(1)可加工具有复杂型面的工件

复杂零件在飞机、船舶、汽车等制造业中具有重要地位,其加工质量直接影响整机的产品性能。数控加工可完成普通加工无法进行的复杂型面加工。

(2)加工精度高、质量稳定

数控机床本身的精度较普通机床高,一般数控机床的定位精度为±0.01 mm,重复定位精度为±0.005 mm。在加工过程中操作人员不参与切削过程,因此加工精度全部由数控机床保证,消除了操作人员的人为误差。且数控加工工序集中,减少了工件多次装夹对加工精度的影响,工件精度高,尺寸一致性好,质量稳定。

(3)生产率高

数控机床可有效减少工件的加工时间和辅助时间。数控机床主轴转速和进给量的调节范围大,允许机床进行大切削量的强力切削,从而有效节省了加工时间;数控机床移动部件在定位中均采用了加速和减速措施,并可选用很高的空行程运动速度,缩短了定位和非切削时间;对于复杂工件可采用计算机自动编程,从而加快了生产准备过程。

(4)改善劳动条件

使用数控机床加工,操作人员的主要任务是程序编辑、程序输入、装卸零件、刀具准备、加工状态监测、零件检验等。劳动强度大大降低,机床操作人员的劳动趋于智力型。另外,数控机床一般是封闭式加工,既清洁又安全。

(5)有利于生产管理现代化

使用数控机床加工可预先精确估算出工件的加工时间,所使用的刀具、夹具可进行规范化、现代化管理。目前,数控机床已与计算机辅助设计与制造(CAD/CAM)有机结合起来,成为现代集成制造技术的基础。

(二)数控车床的结构

数控车床一般由床身、主传动系统、进给传动系统、自动回转刀架等部分组成,如图 1.1 所示。有的数控车床还配有机外编程器。

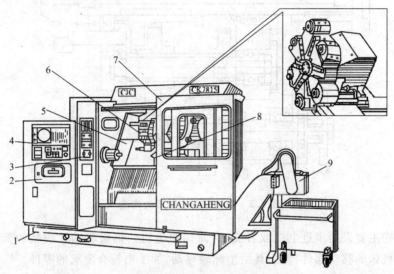

图 1.1 数控车床的组成

1—床身;2—光电阅读机;3—机床操作台;4—系统操作面板;5—倾斜导轨;
6—刀盘;7—防护门;8—尾座;9—排屑装置

1. 数控车床的组成

(1)车床主体

车床主体是数控车床的机械部件,基本保持了普通车床的布局形式,主要包括床身、主轴箱、导轨、刀架、尾座等,取消了进给箱、溜板箱、小拖板、光杠、丝杠等普通车床的进给运动部件,取而代之的是步进电机、减速器、滚珠丝杠等部件,并配置了自动刀架,提高了换刀的位置精度。

数控车床的主轴箱采用了电机无级变速,省去了机械式的齿轮变速部件,与普通车床相比,大大简化了主轴箱的结构,但数控车床对主轴箱的材料要求更高,制造与装配精度也比普通车床要求高。图 1.2 为数控车床主轴箱的构造,从图中可以看到,皮带轮将主轴伺服电机的转矩传送给主轴箱内的变速齿轮,以带动主轴旋转,在主轴箱的前面有夹紧卡盘,可以装夹工件。

(2)数控系统

数控系统也称为控制系统,是数控车床的控制核心,它由计算机主机、键盘、显示器、输入/输出控制器、功率放大器以及检测电路等组成,并配置监控程序来管理计算机的运行,用户的加工程序可以通过键盘输入,并在显示器上进行编辑运行。数控系统中使用的计算机通常是专用计算机,也有一些是工业控制用计算机(工控机)。

(3)伺服驱动系统

伺服驱动系统是数控车床切削工作的动力部分,主要实现主运动和进给运动,包括驱动装置和执行机构。驱动装置主要采用功率放大器将计算机输出的脉冲信号放大以驱动执行

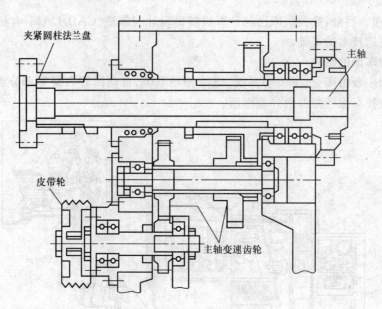

图 1.2　数控车床主轴箱的构造

机构;执行机构主要采用步进电机或者交、直流伺服电机。伺服驱动系统接收数控系统的指令信息,带动机床的移动部件,使刀具沿坐标轴移动,加工出符合要求的零件。

（4）辅助装置

与普通车床类似,辅助装置是指数控车床中一些为加工服务的配套部分,如液压、气动装置及冷却、照明、润滑、防护和排屑装置等。

（5）机外编程器

数控车床经常用于加工一些复杂的零件,如加工具有复杂母线的回转体零件等,如果在数控车床上编制这些加工程序,一方面要占用大量的工时,另一方面在程序的编制过程中也容易发生错误,于是机外编程器就应运而生了。机外编程器是在普通计算机上安装一套编程软件,使用这套编程软件和相应的后置处理软件,就可以自动生成加工程序。通过数控车床控制系统上的通信接口或其他存储介质(如软盘、光盘等),把生成的加工程序输入到数控车床的控制系统中以完成零件的加工。

2. 数控车床的布局及刀架的布局

（1）数控车床的布局

数控车床的主轴、尾座等部件相对床身的布局形式总体与普通车床一致。但床身结构和导轨布局则发生了变化,数控车床的床身结构和导轨有多种形式,主要有水平式床身、倾斜式床身、水平床身斜滑板以及直立式床身等,其布局形式如图 1.3 所示。

图 1.3(a)所示为水平式床身的布局,这种布局形式工艺性好,便于导轨面的加工。水平床身配上水平放置的刀架,可提高刀架的运动精度。这种布局一般可用于大型数控车床或小型精密数控车床,但是水平床身下部空间小、排屑困难。从结构尺寸上看,刀架水平放置使滑板横向尺寸较长,从而加大了机床宽度方向的结构尺寸。

图 1.3(b)所示为倾斜式床身的布局,其导轨倾斜的角度可以是 30°、45°、60° 和 75° 等。当

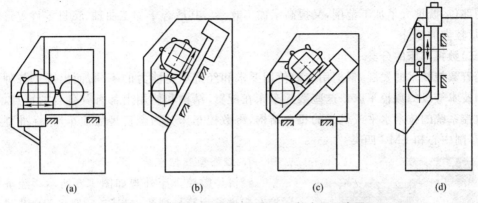

图 1.3　数控车床的床身结构和导轨布局示意图

(a)水平式床身；(b)倾斜式床身；(c)水平床身斜滑板；(d)直立式床身

导轨倾斜的角度为90°时,称为直立式床身,如图1.3(d)所示。导轨倾斜角度小,排屑不便;倾斜角度大,导轨的导向性及受力情况差。倾斜角度的大小还直接影响车床外形尺寸高度与宽度的比例。综合考虑以上因素,中小规格的数控车床,其床身的倾斜度以60°为宜。

图1.3(c)所示为水平床身斜滑板的布局,这种布局形式一方面具有水平床身工艺性好的特点,另一方面机床宽度方向的尺寸较水平配置滑板的要小且排屑方便。

水平床身斜滑板和倾斜床身的布局形式被中小型数控车床普遍采用。这是由于两种布局形式排屑容易,切屑不会堆积在导轨上,也便于安装自动排屑器;且操作方便,易于安装机械手,以实现单机自动化;另外,机床占地面积小,外形美观,容易实现封闭式防护。

图1.3(d)所示为直立式床身的布局,其主轴垂直于水平面,工件装夹在水平的回转工作台上,刀架在横梁或立柱上移动,适用于加工较大、较重的工件。

(2)刀架的布局

数控车床的刀架布局分为排式刀架和卧式回转刀架两大类,如图1.4和图1.5所示。目前两坐标联动数控车床多采用卧式回转刀架,它在机床上的布局有两种形式: 种是用于加工盘类零件的回转刀架,其回转轴垂直于主轴;另一种是用于加工轴类零件的回转刀架,其回转轴平行于主轴。

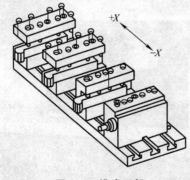

图 1.4　排式刀架

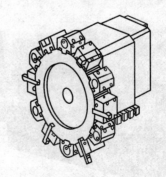

图 1.5　卧式回转刀架

四坐标控制的数控车床,床身上安装有两个独立的滑板和回转刀架,也称为双刀架四坐标数控车床。其上每个刀架的切削进给量是分别控制的,因此两刀架可以同时切削同一工件的不同部位,既扩大了加工范围,又提高了加工效率。其适合于加工曲轴、飞机零件等形状复杂、批量较大的零件。

(三)数控车床的分类

随着数控技术的发展,根据用户的使用要求和经济承受能力的不同,而出现了各种不同配置和技术等级的数控车床。这些数控车床在配置、结构和使用上都有其各自的特点,可以按照数控系统的技术水平或机床的机械结构,将数控车床分为经济型数控车床、标准型数控车床、车削中心和 FMC 四类。

图 1.6 经济型数控车床

1. 经济型数控车床

经济型数控车床外观如图 1.6 所示。经济型数控车床也称为简易型数控车床,一般采用由步进电动机驱动的开环伺服系统,其控制部分采用单板机或单片机实现。经济型数控车床的特点是结构简单、价格低廉,但缺少诸如刀尖圆弧补偿和恒线速度切削等功能,一般只能进行两个平动坐标(刀架的移动)的控制和联动,同时在精度等方面也有所欠缺。这种车床在中小型企业中应用广泛,多用于一些精度要求不是很高的、大批量或中等批量的车削加工。

2. 标准型数控车床

标准型数控车床外观如图 1.7 所示,它的控制系统带有显示器,具有图形仿真、刀架和位置补偿等功能,带有通信或网络接口。它采用闭环或半闭环控制的伺服系统,可以进行多个坐标轴的控制,具有高刚度、高精度和高效率等特点,因此最为常用。

3. 车削中心

车削中心外观如图 1.8 所示,它以标准型数控车床为主体,配备刀库、自动换刀器、分度装置、铣削动力头和机械手等部件,能实现多工序复合加工。在车削中心上,工件在一次装夹后可以完成回转类零件的车、铣、钻、铰、螺纹加工等多种加工工序。其功能全面,加工质量和速度都很高,但价格也较高。

图 1.7 标准型数控车床

图 1.8 车削中心

4. FMC

FMC 是英文 Flexible Manufacturing Cell(柔性制造单元)的缩写,它的结构如图1.9 所示。FMC 实际上就是一个由数控机床、机器人等构成的系统,它能实现工件搬运、装卸的自动化和加工调整准备的自动化操作。

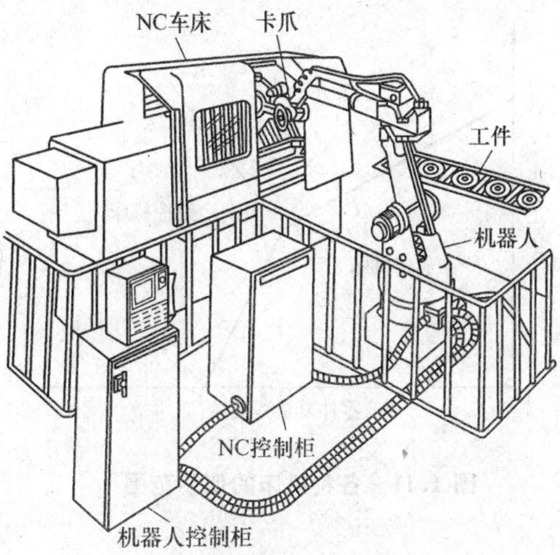

另外,根据主轴的配置形式,数控车床可分为主轴轴线水平的卧式数控车床和轴线垂直的立式数控车床;具有两根主轴的车床,称为双轴卧式数控车床或双轴立式数控车床。目前我国使用较多的是中小规格两坐标轴控制的数控车床。

(四)数控车床的加工范围

数控车床的主要加工范围是:

1)多品种、单件、小批量生产的零件或新产品试制中的零件;

2)几何形状复杂的零件;

3)精度及表面质量要求高的零件;

4)加工过程中需要进行多工序加工的零件;

5)用普通机床加工时,需要昂贵工装设备(工具、夹具和模具)的零件。

图 1.10 所示为能够用数控机床加工的零件。如图 1.11 所示,横轴是工件的复杂程度,纵轴是每批的生产件数,从图中可以看出数控机床的使用范围很广。图 1.12 所示为在各种机床上加工零件时批量和综合费用的关系。

图 1.10　能够用数控机床加工的零件

(五)典型数控系统介绍

1. 国内——广州数控系统

广州数控系统应用于数控车床的控制系统主要有 GSK980T 普及型车床数控系统等。其功能强大,具有多种复合循环功能,如图 1.13 所示。

图 1.9 区域标注:NC车床　卡爪　工件　机器人　NC控制柜　机器人控制柜

图 1.9　FMC(柔性制造单元)

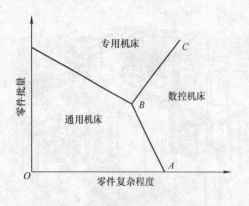

图 1.11　各种机床的使用范围

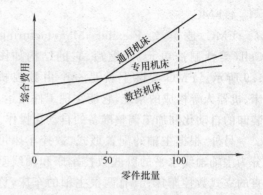

图 1.12　批量与综合费用的关系

2. 国内——华中数控系统

武汉华中数控股份有限公司以华中科技大学和"国家数控系统工程技术研究中心"为技术依托。常见产品主要有 HNC—21T 数控系统,它可与各种数控车床和车削中心配套,在控制精度、运算速度和图形界面等方面均有很强的功能,编程、加工操作方便,如图 1.14 所示。

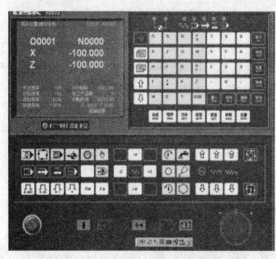

图 1.13　广州数控 GSK980T 系统界面图

图 1.14　华中数控 HNC—21T 系统界面图

3. 日本——FANUC 数控系统

日本富士通公司的 FANUC 数控系统是在中国得到广泛使用的数控系统之一。目前中国的业务由北京 FANUC 机电有限公司开展。主要有 BEIJING—FANUC Series 18i—TB、BEI-JING—FANUC Series 0i—TB、BEIJING—FANUC Series 0i MATE—TB、BEIJING—FANUC 0TD、BEIJING—FANUC 0TC、BEIJING—FANUC Power Mate 0 等。其中 FANUC Series 18i—TB 是目前国内广泛使用的数控控制系统,它可靠性高、性价比高,如图 1.15 所示。

4. 德国——西门子数控系统

西门子数控系统在中国的使用非常广泛,它由西门子(中国)有限公司自动化与驱动集团(SIEMENS A&D)在中国推广。它的主流产品主要有 SINUMERIK 802S、802C、802D 以及

810D、840D 等，SINUMERIK 802S 的控制面板如图 1.16 所示。

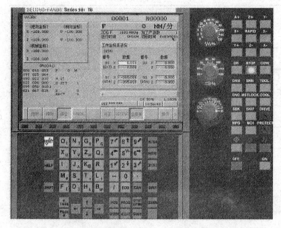

图 1.15　FANUC Series 18i－TB 界面图

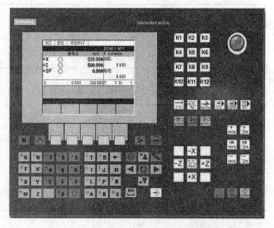

图 1.16　SINUMERIK 802S 控制面板

（六）数控车床的维护与保养

数控车床的日常维护与保养是延长其使用寿命的关键，通常数控车床的日常维护和保养工作是由操作人员来进行的。数控车床的日常维护、保养及出现问题的解决方法见表 1.1～表 1.4。

表 1.1　数控车床日检工作内容

序　号	项　目		正常情况	故障解决方法
1	液压系统	油标	在两条间隔线之间	加油
		压力	按照车床操作说明书要求	调节压力螺钉
		油温	大于 15℃	打开加热开关
		过滤器	绿色显示	清洗
2	主轴润滑系统	过程检查	电源灯亮，油压泵正常运转	和机械工程师联系
		油标	在两条间隔线之间	加油
3	导轨润滑系统	油标	在两条间隔线之间	加油
4	冷却系统	油标	液面显示 2/3 之上	加冷却液
5	气动系统	压力	按照车床操作说明书要求	调节压力阀
		润滑油指标	大约 1/2	加油

表 1.2　数控车床周检工作内容

序　号	项　目		正常情况	故障解决方法
1	机床零件	移动零件	运动正常	清扫机床
		其他细节		
2	主轴润滑系统	散热片	干净	除尘
		空气过滤器		

9

表1.3　数控车床月检工作内容

序　号	项　目		正 常 情 况	故障解决方法
1	电源	电源电压	50Hz、220～380V	测量、调整
2	空气干燥器	过滤器	干净	清洗

表1.4　数控车床半年检工作内容

序　号	项　目		正 常 情 况	故障解决方法
1	液压系统	液压油	干净	更换液压油
2		油箱		清洗油箱
3	主轴润滑系统	润滑油	干净	更换润滑油
4	传动轴	滚珠丝杠	运动正常	加润滑脂

(七)FANUC 0i 数控面板操作

1. 系统控制面板

系统控制面板由 CRT 屏幕和键盘组成,CRT 屏幕用于显示数控加工程序、参数、刀具当前位置、报警、刀具移动轨迹、运行时间等,按下键盘上的键可以进行程序输入及编辑参数设置等操作。键盘如图 1.17 所示,键盘上的各键功能见表 1.5。

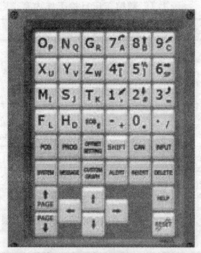

图 1.17　FANUC 系统数控车床的键盘

表 1.5　键盘功能一览表

名　称	键面示意图	功　能
地址/数字键		按地址/数字键,可以输入字母、数字及其他字符

名　称	键面示意图	功　能
换挡键	SHIFT	当地址/数字键的键面有 2 个字符时，按 SHIFT 键，可以输入右下角的字符。如果先按 SHIFT 键，再按 OP 键，那么可将"P"输入到输入区域
取消键	CAN	删除输入区内的最后一位数据或字符
输入键	INPUT	将数据输入到缓冲器，并在 CRT 屏幕上显示出来
程序编辑键	ALTER INSERT DELETE	ALTER：替换键，用输入的数据替换光标所在的数据 INSERT：插入键，把输入区之中的数据插入到当前光标之后的位置 DELETE：删除键，删除光标所在的数据，也可以删除一个程序或者删除全部程序
功能键	POS PROG OFFSET SETTING SYSTEM MESSAGE CUSTOM GRAPH	功能键用于选择显示的屏幕类型。 POS：显示位置画面 PROG：显示程序画面 OFFSET SETTING：显示刀偏/设定画面 SYSTEM：显示系统画面 MESSAGE：显示信息画面 CUSTOM GRAPH：显示用户宏画面或图形显示画面
翻页键	PAGE↑ PAGE↓	PAGE↑：向前翻一页 PAGE↓：向后翻一页
光标移动键	↑ ← ↓ →	向上、下、左、右移动光标
帮助键	HELP	显示如何操作机床，可在 CNC 发生报警时提供报警的详细信息
复位键	RESET	使 CNC 复位，用以消除报警

2. 车床操作面板

图 1.18 所示为数控车床的操作面板。左半部分包括"方式选择"开关、"存储保护"锁、"手轮"等，右半部分包括各触摸键、指示灯、"进给修调倍率"开关、"快速倍率及手动刀位号"开关等。各按键、旋钮的功能见表 1.6。

11

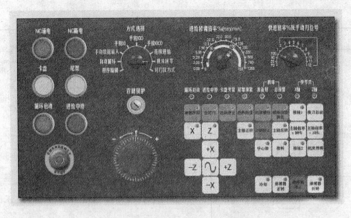

图 1.18　数控车床的操作面板

表 1.6　操作面板各按键、旋钮的功能一览表

部位	按键	功能	按键	功能
左半部分	NC通电	开通机床控制电源及液压泵电源	NC断电	关闭机床控制电源及液压泵电源
	卡盘	按此键,卡盘松开或夹紧;再按此键,卡盘动作相反	尾架	按此键,尾架套筒伸出或缩进;再按此键,尾架套筒动作相反
	循环启动	用于启动数据加工程序	进给保持	按一次,运行中的程序暂停;再按一次,程序恢复运行
	紧急停止按钮	用于出现紧急情况时,立即停止程序	手轮	用于对刀操作、手动移动机床
	方式选择	分别对应"程序编辑、自动循环、手动数据输入、手轮×1、手轮×10、手轮×100、连续进给、机床回零、对刀仪方式"各项功能	存储保护	存储保护锁,关闭此锁,存储器内的程序及各个参数被保护,不能更改

续表

部位	按键	功能	按键	功能
右半部分	进给修调倍率%	由低到高,分别对应数据加工程序中给定的进给量的百分率"0%、2%、5%、32%、200%、500、1 260%"	(左)快速倍率% (右)手动刀位号	左边分别对应快速移动速度的百分率"0%、25%、50%、100%";右边用于选定刀架上对应刀位"1、2、3、4、5、6、7、8、9、10、11、12"的刀具
	中心架	"中心架"触摸键,备用	机床照明	"机床照明"触摸键,按此键,车床照明灯点亮;再按此键,车床照明灯熄灭
	按钮2	"按钮2"触摸键,备用	排屑器正转	"排屑器正转"触摸键,备用
	冷却	"冷却"触摸键,按此键后,车床冷却液开启;再按此键,车床冷却液关闭	排屑器反转	"排屑器反转"触摸键,备用
	排屑器停止	"排屑器停止"触摸键,备用	+X -Z ～ +Z -X	触摸键,在"连续进给"方式,按"−Z"、"+Z"、"−X"、"+X",可分别使刀架沿相应方向连续移动,"～"表示快速移动

(八)FANUC 0i 数控车床的开机与关机

1.启动数控车床

(1)开机前的准备工作

1)检查各润滑装置上油标的液面位置,确定润滑油是否充足。

2)检查车床的防护门、电器柜门等是否关闭。

3)检查所选择的液压卡盘的夹持方向是否正确。

4)检查切削液是否充足。

5)检查车床的清洁状况,车床外观有无异常情况。

(2)开机步骤

当以上检查均无异常时,正常开机,开机步骤见表1.7。

表1.7 开机的步骤

序号	操作步骤	操作内容
1	接通供给电源	合上刀闸,接通供给电源
2	开启车床电源	面对车床,其后侧处(电器柜上)为电源开关。将其手柄拨到位置"ON" ,开启车床电源。此时电器柜的冷却风扇(位置在电器柜的侧上方)随之启动,仔细听,可听到其运转的声音
3	接通开关电源	按下操作面板上的按钮 。操作面板上电源的指示灯亮,等待位置画面的显示。画面显示正常前,请勿动任何按钮。此时,车床液压泵也随之启动,可明显感觉到其启动的声音

（3）开机后的检查工作

机床通电之后,操作者应做好以下检查工作。

1）检查冷却风扇是否启动,液压系统是否启动。

2）检查操作面板上各指示灯是否正常,各按键、开关是否在正确位置。

3）观察显示屏上是否有报警显示,若有,则应及时处理。

4）观察液压装置的压力表指示是否在正常的范围内。

5）检查回转刀架夹紧是否可靠,刀具是否有损伤。

2. 停止数控车床

（1）关机前的准备工作

1）检查循环情况:控制面板上循环启动指示灯灭,循环启动在停止状态。

2）检查可移动部件:车床的所有可移动部件都应处于停止状态。

3）检查外部设备:如有外部输入/输出设备,应全部关闭。

（2）关机步骤

关机步骤见表1.8。

表 1.8 关机的步骤

序号	操作步骤	操作内容
1	关闭车床操作电源	按操作面板上的按键 ⊙。此时操作面板上电源的指示灯熄灭,车床液压泵也随之关闭
2	关闭车床电源	将电源开关的手柄拨到位置"OFF",关闭车床电源,此时电器柜的冷却风扇随之关闭
3	关闭车床供给电源	如果较长时间不用车床,可关闭车床供给电源

（九）数控车床面板操作

1. 车械回零

打开车床后,首先要做回参考点操作。由于车床采用增量式位置检测器,故一旦车床断电,其上的数控系统便失去了参考点坐标的记忆。车床在操作过程中遇到急停或超程报警、故障排除、恢复车床工作时,也必须进行返回车床参考点的操作。操作步骤有以下几个。

1）选择回零方式。

2）先回 X 轴。按轴向选择键"+X",待 X 向参考指示灯亮,即表示 X 轴完成回零操作。

3）再回 Z 轴。按轴向选择键"+Z",待 Z 向参考指示灯亮,即表示 Z 轴完成回零操作。

必须进行机械回零的三种情况如下:

1）车床关机后重新接通电源;

2）车床解除急停状态后;

3）车床超程解除后。

2. MDI 功能

录入方式（MDI）主要用于两个方面:一是修改系统数据,二是用于简单的测试操作。操作步骤是:按 MDI 键进入 MDI 操作方式→按 PROG 键,输入相应的数控指令字,按 INPUT

键→按循环启动键,程序进入执行状态。

3. 手动方式

按下手动方式(JOG)键,可实现所有手动功能的操作,如主轴的手动操作、X/Z 轴的移动、手动选刀、冷却液开关等。

4. 手轮功能

按下手轮方式键,可通过使用手轮控制刀架移动,其速度可通过倍率开关来选择,适合近距离对刀等操作。

5. 编辑功能

点击操作面板上的编辑键 ，编辑状态指示灯变亮 ，进入编辑状态;再点击 ，进入编辑页面,此时可对数控程序进行编辑操作。

1)移动光标:按 和 用于翻页,按方位键 ↑ ↓ ← → 移动光标。

2)插入字符:将光标移到所需位置,按 键,把输入域的内容插入到光标所在代码后面。

3)删除或取消字符:将光标移到所需删除字符的位置,按 键,删除光标所在的代码;按 ↓ 键用于取消输入域中的数据。

4)查找:输入需要搜索的字母或代码,按 ↓ 键开始在当前数控程序中光标所在位置后搜索。

5)替换:将光标移到所需替换字符的位置,将替换的字符通过 MDI 键盘输入到输入域中,按 键,用输入域的内容替代光标所在处的代码。

6. 自动功能

自动操作方式(AUTO)是按照程序的指令控制车床连续自动加工的操作方式。其基本步骤是:选择要执行的程序→选择自动操作方式→按循环启动键,开始自动加工。

7. 图形模拟

(1)车床锁住

车床锁住开关 为"ON"时,车床不移动,但位置坐标的显示和车床运动时一样,并且辅助功能"M"、转速功能"S"、刀具功能"T"都能执行。此功能用于程序校验。

按一次此键和带自锁的按钮,进行"开→关→开……"切换,当为"开"时,车床锁住指示灯 亮,为"关"时,指示灯灭。

(2)辅助功能锁住

如果车床操作面板上的辅助功能锁住开关 置于"ON"位置,M、S、T 代码指令不执行,与车床锁住功能一起用于程序校验。

注:M00、M30、M98、M99 按常规执行。

(3)图形模拟

在自动方式下打开加工程序,开启"机床锁住"和"空运行"功能,按面板上的"CSTM/GR"按键并对模拟参数进行设置,按"图形"软键,再按"循环启动"键后开始模拟图形。

三、任务实施

1)开机后,执行车床日常维护,检查面板上各开关位置及指示灯状态,查看车床显示器所显示的车床状态。

2)执行机械回零操作。

3)在录入方式下,运行主轴正、反转及换刀等动作。

4)手动方式移动练习,并观察显示器上显示的相关信息。

5)手轮方式移动练习,并观察显示器上显示的相关信息。

6)编辑方式下,输入工作任务中的加工程序。

7)自动方式下,锁住车床,进行图形模拟。

8)对车床进行日常保养后,关闭车床。

四、考核评价

1)使学生了解数控车床基础知识的主要内容,评价自己对理论的学习情况。

2)学生以小组为单位依次实施任务,教师对任务实施情况进行检测,对学生实施任务中出现的不正确地方进行指正,对学生整个任务的完成情况进行分析,并评定成绩。

任务二 对刀操作

一、工作任务

完成图 1.19 所示加工零件的对刀操作。材料为 45 钢,毛坯尺寸是 $\phi40mm \times 100mm$。

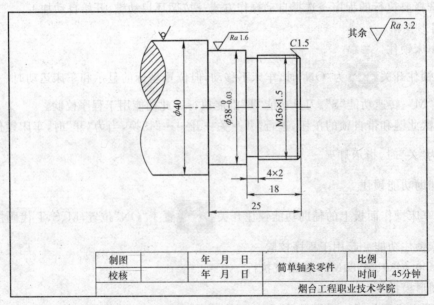

制图		年 月 日	简单轴类零件	比例	
校核		年 月 日		时间	45分钟
			烟台工程职业技术学院		

图 1.19 加工零件图

二、相关知识

（一）工件的安装与找正

工件的安装需要用夹具来实现，数控车床的夹具主要是卡盘和顶尖。根据卡爪数量可分为三爪自定心卡盘和四爪单动卡盘等。常用的是三爪自定心卡盘。

1. 三爪自定心卡盘装夹及其装夹校正

1）三爪自定心卡盘是数控车床最常用的夹具（见图 1.20）。三爪自定心卡盘的三个爪在装夹过程中是联动的，具有装夹简单、夹持范围大和自定心的特点，主要用于装夹圆柱形轴类零件和套类零件，但三爪自定心卡盘的定心精度不是很高。因此，当需要二次装夹加工同轴度要求较高的工件时，须对装夹好的工件进行同轴度的校正。

2）在数控车床上使用三爪自定心卡盘装夹圆柱形工件时，工件的校正方法如图 1.21 所示。将百分表固定在工作台面上，触头触压在圆柱侧母线的上方，然后轻轻手动转卡盘，根据百分表的读数用铜棒轻敲工件进行调整；当再次旋转主轴百分表时，若读数不变，则表示工件装夹表面的轴心线与主轴轴心线同轴。

图 1.20　三爪自定心卡盘

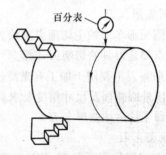

图 1.21　三爪自定心卡盘装夹的校正

在工件安装时，应根据加工工件尺寸选择卡盘，再根据其材料及切削余量的大小调整好卡盘卡爪夹持直径、行程和夹紧力。如有需要，可在工件端面打中心孔以顶尖顶紧。使用尾座时应注意其位置、套筒行程和夹紧力的调整。工件要留有一定的夹持长度，其伸出长度要考虑零件的加工长度及必要的安全距离。如夹持面已经过加工，须在外圆上包一层铜皮，防止表面损伤。

2. 双顶尖装夹

对于长度尺寸较大、加工工序较多的轴类零件，可采用双顶尖装夹。

3. 卡盘和顶尖装夹

双顶尖装夹工艺系统刚性差，所以车削余量较大工件时常采用卡盘和顶尖装夹。这种方式比较安全，能承受较大的轴向力，刚性好。

4. 四爪单动卡盘装夹

四爪单动卡盘在装夹工件过程中每一个卡爪可单独进行运动，不仅适用于圆柱轴类及套类零件的加工，还适用于偏心轴、套类零件和长度较短的方形表面的加工。四爪单动卡盘校正比较费时，一般用于单件生产，但夹紧力较大，可装成正爪或反爪。

（二）数控车刀的种类及特点

1. 根据加工用途分类

数控车床主要用于回转表面的加工，如圆柱面、圆锥面、圆弧面、螺纹、切槽等的切削加工,所以根据加工用途,数控车刀分为外圆、内孔、螺纹车刀及切槽刀等。

2. 根据刀尖形状分类

按刀尖的形状不同,数控车刀一般分成三类,即尖形车刀、圆弧形车刀和成型车刀,如图1.22所示。

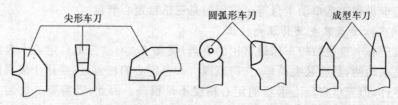

图 1.22　按刀尖形状分类的数控车刀

（1）尖形车刀

以直线形切削刃为特征的车刀一般称为尖形车刀。这类车刀的刀尖（刀位点）由直线形的主、副切削刃相交而成,常用的尖形车刀有端面车刀、切断刀、90°内孔车刀等。尖形车刀主要用于车削内外轮廓、直线沟槽等直线形表面。

（2）圆弧形车刀

构成圆弧形车刀的主切削刃形状为一段圆弧误差或线轮廓误差很小的圆弧。车刀圆弧刃上的每一点都是刀具的切削刃,因此车刀的刀位点不在圆弧刃上,而在该圆弧刃的圆心上。

圆弧形车刀主要用于加工有光滑连接的成型表面及精度和表面质量要求高的表面,如精度要求高的内外圆弧面及尺寸精度要求高的外圆锥面等。由尖形车刀自然或经修磨而成的圆弧刃车刀也属于这一圆弧形车刀。

（3）成型车刀

成型车刀俗称样板车刀,其加工零件的轮廓形状完全由车刀切削刃形状和尺寸决定。常用的有小半径圆弧车刀、非矩形车槽刀、螺纹车刀等。

3. 根据车刀结构分类

根据车刀的结构,可将数控车刀分为整体式车刀、焊接式车刀和机械夹固式车刀三类。

（1）整体式车刀

整体式车刀通常指小型车刀、螺纹车刀和形状复杂的成型刀具。它具有抗弯强度高、冲击韧性好、制造简单和刃磨方便、刃口锋利等优点。图1.23(a)所示为整体式高速钢车刀。

（2）焊接式车刀

图1.23(b)所示为焊接式车刀,将硬质合金刀片用焊接的方法固定在刀体上称为焊接式车刀。此类车刀优点是结构简单,制造方便,刚性较好;缺点是存在焊接应力,会使刀具材料的使用性能受到影响,甚至出现裂纹,且刀杆不能重复使用,硬质合金刀片不能充分回收利用,造成刀具材料的浪费。根据工件加工表面以及用途不同,焊接式车刀可分为切断、外圆、端面、内孔、螺纹及成型车刀等。

（3）机械夹固式车刀

图1.23(c)所示为机械夹固式车刀。它是将标准的硬质合金可换刀片通过机械夹固方式安装在刀杆上的一种车刀,是当前数控车床上使用最广泛的一种车刀。

刀片是机械夹固式车刀的一个最重要组成部件。按照国家标准 GB/T 2076—2007,刀片大致可分为带圆孔、带沉孔以及无孔三大类,形状有三角形、正方形、五边形、六边形、圆形以及菱形等共 17 种。

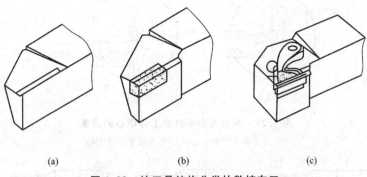

（a）　　　　　　　　　（b）　　　　　　　　　（c）

图 1.23　按刀具结构分类的数控车刀

（a）整体式车刀；（b）焊接式车刀；（c）机械夹固式车刀

（三）刀具的安装

车刀安装的正确与否，将直接影响切削能否顺利进行和工件的加工质量。车刀安装时，应注意下列几个问题。

1）车刀安装在刀架上，伸出部分不能太长，一般为刀杆高度的 1～1.5 倍。伸出过长会使刀杆刚性变差，切削时产生振动，影响工件的表面质量。

2）车刀垫铁要平整，数量要少，垫铁应与刀架对齐。车刀要用两个螺钉压紧在刀架上，并逐个轮流拧紧。

3）车刀刀尖应与工件轴线等高（见图 1.24（a）），否则会因基面和切削平面的位置发生变化而改变工作时前角和后角的数值。当车刀刀尖高于工件轴线时（见图 1.24（b）），后角减小，增大了车刀后刀面与工件间的摩擦；当车刀刀尖低于工件轴线时（见图 1.24（c）），前角减小，切削力增加，切削不顺利。

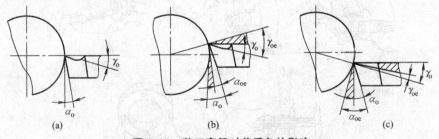

图 1.24　装刀高低对前后角的影响

（a）刀尖与工件轴线等高；（b）刀尖高于工件轴线；（c）刀尖低于工件轴线

车端面时，车刀刀尖高于或低于工件中心，车削后工件端面中心处会留有凸头（图 1.25（a））。如不注意这一点，车削到工件中心处会使刀尖崩碎（图 1.25（b））。

4）车刀刀杆中心线应与进给方向垂直，否则会使主偏角和副偏角的数值发生变化，如图 1.26 所示，如螺纹车刀安装歪斜，会使螺纹牙型半角产生误差。

（四）常用量具介绍

1. 游标卡尺

（1）游标卡尺的用途

使用游标卡尺可以测量外圆、长度、深度、内孔和孔距等，如图 1.27 所示。

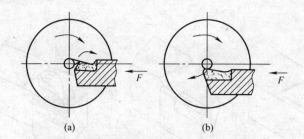

图 1.25　车刀刀尖不对准工件中心的后果

(a)刀尖高于工件中心；(b)刀尖低于工件中心

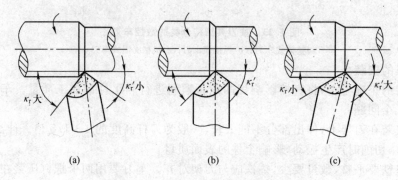

图 1.26　车刀装偏对主偏角的影响

(a)κ_r 增大；(b)装夹正确；(c)κ_r 减小

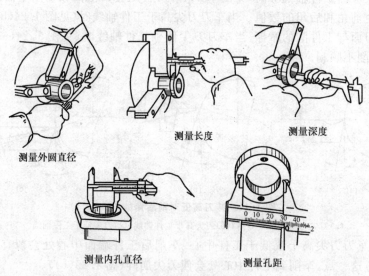

测量外圆直径　　　　　测量长度　　　　　测量深度

测量内孔直径　　　　　测量孔距

图 1.27　游标卡尺的用途

(2)游标卡尺的结构

图 1.28 所示是三用游标卡尺，其结构由上下量爪、尺身、紧固螺钉、游标和深度尺等部分组成，测量精度为 0.02 mm。

(3)0.02 mm 卡尺精度原理

如图 1.29(a)所示，主尺上每小格为 1 mm，副尺(游标)长 49 mm，分为 50 等份，每份为

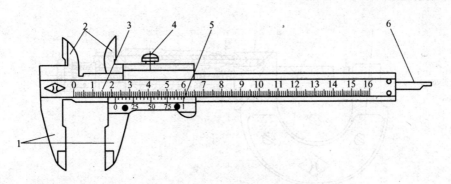

图 1.28　游标卡尺

1—下量爪；2—上量爪；3—尺身；4—紧固螺钉；5—游标；6—深度尺

0.98 mm,与主尺 1 格之差为 1－0.98＝0.02 mm,即此游标卡尺的精度。

(4)游标卡尺的读数方法

1)读出游标零线左边在尺身上的整数毫米值,图 1.29(b)所示整数部分为 60 mm。

2)找到游标与尺身刻线对齐的刻线。

3)读出游标刻线上的小数毫米数,即 0.02 mm×24＝0.48 mm。

4)两项相加为被测量的实际尺寸,即 60 mm＋0.48 mm＝60.48 mm。

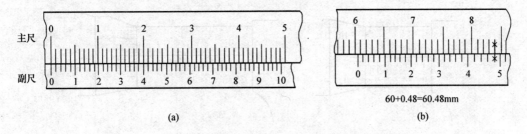

(a)　　　　　　　　　　　　　　　　　(b)

图 1.29　游标卡尺的精度原理和读数方法

(a)游标卡尺的精度原理；(b)游标卡尺的读数方法

2. 外径千分尺

外径千分尺简称千分尺,它是比游标卡尺更精密的长度测量仪器,常见的外径千分尺如图 1.30 所示,它的量程是 0～25 mm,刻度值是 0.01 mm。

(1)外径千分尺的结构

外径千分尺由固定的尺架、砧座、测微螺杆、锁紧装置、螺纹轴套、固定套管、微分筒、螺母、接头、测力装置等组成。

千分尺测量螺杆的螺距为 0.5 mm,当活动套管转动一周时,测量螺杆就会进或退 0.5 mm。活动套管圆周上共刻有 50 等份的小格,因此当它转过一格(1/50 周)时,测量螺杆就推进或退后 0.5 mm×1/50＝0.01 mm。

(2)外径千分尺的读数方法

外径千分尺的读数分三步。

第一步,读出固定套管上的尺寸,即固定套管上露出的刻线的尺寸,必须注意不可遗漏应读出的 0.5 mm 的刻度值。

21

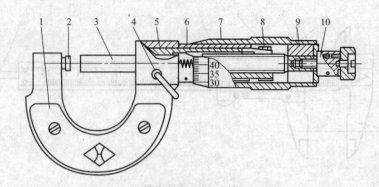

图 1.30　外径千分尺

1—尺架;2—砧座;3—测微螺杆;4—锁紧装置;5—螺纹轴套;6—固定套管;7—微分筒;

8—螺母;9—接头;10—测力装置

第二步,读出微分筒上的尺寸。要看清微分筒圆周上哪一格与固定套管的水平基准线对齐,将格数乘以 0.01 mm,即得活动套管上的尺寸。

第三步,将上面两个数相加,即为千分尺上测得的尺寸。

图 1.31(a)所示尺寸为:$L=6+0.05=6.05$ mm。

图 1.31(b)所示尺寸为:$L=35.5+0.12=35.62$ mm。

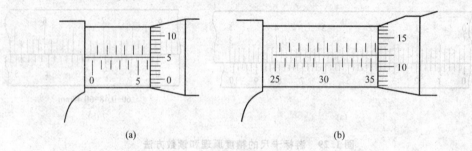

(a)　　　　　　　　　　　　　　　(b)

图 1.31　外径千分尺的读数方法

(a)固定套管未过 0.5 mm 刻度线;(b)固定套管过 0.5 mm 刻度线

(五)数控车床坐标系

1. 机床坐标系

(1)机床坐标系的定义

在数控机床上加工零件,机床的动作是由数控系统发出的指令来控制的。为了确定机床的运动方向和移动距离,就要在机床上建立一个坐标系,称为机床坐标系,也叫标准坐标系。

(2)机床坐标系的规定

数控机床的加工动作主要分为刀具的运动和工件的运动两部分。因此,在确定机床的坐标系的方向时规定:永远假定刀具相对于静止的工件而运动。

对于机床坐标系方向,统一规定增大工件与刀具间距离的方向为正方向。

数控机床的坐标系采用符合右手定则规定的笛卡儿坐标系。如图 1.32(a)所示,大拇指的方向为 X 轴的正方向,食指指向 Y 轴的正方向,中指指向 Z 轴的正方向。图 1.32(b)则规

定了旋转运动 A、B、C 轴旋转的正方向。对于工件旋转的主轴（如车床主轴），取正转方向（$+C'$）与 $+C$ 方向相反。

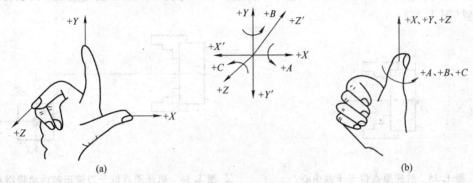

图 1.32 右手直角笛卡儿坐标系

（a）直线运动；（b）旋转运动

（3）机床坐标系的方向

1）Z 坐标方向。Z 坐标的运动由主要传递切削动力的主轴所决定。对于任何具有旋转主轴的机床，其主轴及与主轴轴线平行的坐标轴都称为 Z 坐标轴（简称 Z 坐标）。根据坐标系正方向的确定原则，刀具远离工件的方向为该轴的正方向。

2）X 坐标方向。X 坐标一般为水平方向并垂直于 Z 轴。对工件旋转的机床（如车床），X 坐标方向规定在工件的径向且平行于车床的横导轨。同时也规定其刀具远离工件的方向为 X 轴的正方向，如图 1.33 及图 1.34 所示。

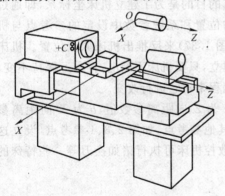

图 1.33 水平床身前置

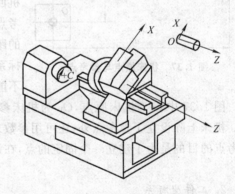

图 1.34 倾斜床身后置刀架

3）Y 坐标方向。Y 坐标轴垂直于 X、Z 坐标轴，并按照右手笛卡儿坐标系来确定。

4）旋转轴方向。旋转坐标 A、B、C 对应表示其轴线分别平行于 X、Y、Z 坐标轴的旋转坐标。A、B、C 坐标的正方向分别规定为沿 X、Y、Z 坐标正方向并按照右旋螺纹旋进的方向，如图 1.32（b）所示。

（4）机床原点与机床参考点

1）机床原点。机床原点（亦称机床零点）是机床上设置的一个固定点，即机床坐标系的原点。它在机床装配、调试时就已调整好，一般情况下不允许用户进行更改，因此它是一个固定的点。机床原点也是数控机床进行加工或位移的基准点。对于机床原点,有一些数控车床将机床原点设在卡盘中心处(图 1.35),还有一些数控机床将机床原点设在刀架位移的正方向极限点位置(图 1.36)。

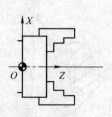

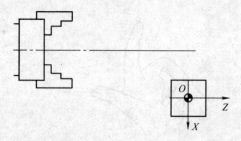

图 1.35　机床原点位于卡盘中心　　　　图 1.36　机床原点位于刀架正向运动极限点

2)机床参考点。机床参考点是数控机床上一个特殊位置的点。通常,数控车床的第一参考点一般位于机架正向移动的极限点位置,并由机械挡块来确定其具体位置。机床参考点与机床原点的距离由系统参数设定,其值可以是零,如果其值为零则表示机床参考点和机床零点重合。

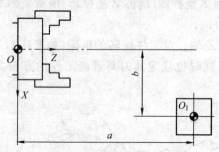

图 1.37　机床原点与参考点

对于大多数数控机床,开机第一步总是先使机床返回参考点(即所谓的机械回零)。当机床处于参考点位置时,系统显示屏上的机床坐标系显示系统参数中设定的数值(即参考点与机床原点的距离值)。开机回参考点的目的是为了建立机床坐标系,即通过参考点当前的位置和系统参数中设定的参考点与机床的距离值(图 1.37)来反推出机床原点位置。机床坐标系一经建立,只要机床不断电,将永远保持不变,且不能通过编程来对它进行改变。

图 1.37 中 O 为机床原点,O_1 为机床参考点,a 为 Z 向距离参数值,b 为 X 向距离参数值。机床上除设立了参考点外,还可用参数来设定其他参考点,如第 2、3、4 参考点,设立这些参考点的目的是为了建立一个固定的点,在该点处数控机床可执行诸如换刀等一些特殊的动作。

2. 工件坐标系

(1)工件坐标系的定义

机床坐标系的建立保证了刀具在机床上的正确运动。但是,加工程序的编制通常是针对某一工件和零件图样进行的。为了便于尺寸计算与检查,加工程序的坐标原点一般都尽量与零件图样的尺寸基准相一致。这种针对某一工件和零件图样建立的坐标系称为工件坐标系(亦称编程坐标系)。

(2)工件坐标系原点

工件坐标系原点亦称编程原点,该点是指工件装夹完成后,选择工件上某一点作为编程或工件加工的基准点。工件坐标系原点在图中以符号 ⊕ 表示。

数控车床工件坐标系原点的选取如图 1.38 所示。X 向一般选在工件的回转中心,而 Z

向一般选在加工工件的右端面(O 点)或左端面(O' 点)。

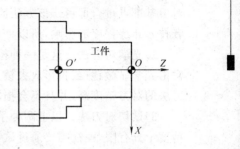

图 1.38　工件坐标系原点

(六)对刀、建立工件坐标系

1. 对刀的作用

刀具刀位点的运动轨迹自始至终需要在机床坐标系下进行精确控制,因为机械坐标系是机床唯一的基准,但编程尺寸却是按工件坐标系确定的,这就需要在工件坐标系和机床坐标系这两者之间建立起一种联系,即要确定工件坐标系在机床坐标系中的位置。这种联系的建立必须通过对刀操作来实现。所以对刀的实质是确定随编程而变化的工件坐标系的程序原点在唯一的机床坐标系中的位置。对刀的精度可以决定零件的加工精度,同时对刀效率还直接影响数控加工效率。

2. 对刀的基本概念

在加工程序执行前,调整每把刀的刀位点,使其尽量重合于某一理想基准点,这一过程称为对刀。刀位点是指在加工程序编制中,用于表示刀具特征的点,也是对刀和加工的基准点。理想基准点可以设定在刀具上,如基准刀的刀尖上;也可以设定在刀具外,如光学对刀镜内的十字刻线交点上。

对刀是数控加工中较为复杂的工艺准备工作之一,对刀的好与差将直接影响加工程序的编制及零件的尺寸精度。通过对刀或刀具预调,还可同时测定各号刀的刀位偏差,有利于设定刀具补偿量。

3. 对刀的基本方法

对刀一般分为自动对刀和手动对刀两大类。

(1)自动对刀

自动对刀是用数控机床自动对刀仪进行对刀,对刀仪由对刀数据采样器、数据锁存器、数据处理器及执行器几部分构成。数据采样器由刀具与工件作为采样器信号采集的终端,在刀具与刀库之间是绝缘的。比较常用的自动对刀仪是光学检测对刀仪。

光学检测对刀仪对刀(机外对刀)的工作原理如图 1.39 所示,它是将刀具随同刀架座一起紧固在刀具台安装座上,摇动 X 向和 Z 向进给手柄,使移动部件载着投影放大镜沿着两个方向移动,直至刀尖或假想刀尖(圆弧刀)与放大镜中"十"字线交点重合为止。通过读数器分别读出 X 向和 Z 向的长度值,即为该刀具的对刀长度,并把此值输入到数控系统中去。此种方法是预先将刀具在机床外校对好,装上机床即可以使用,大大节省了辅助时间。

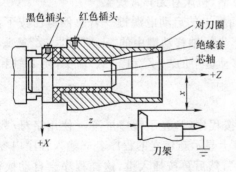

图 1.39　光学检测对刀仪对刀(机外对刀)

(2)手动对刀

目前绝大多数的数控车床采用手动对刀,其基本方法有以下几种。

1)定位对刀法。定位对刀法的实质是按接触式设定基准重合原理进行的一种粗定位对刀方法,其定位基准由预设的对刀基准点来体现。对刀时,只要将各号刀的刀位点调整至与对刀基准点重合即可。该方法简便易行，因而得到了较广泛的应用，但因其对刀精度受操作者技术熟练程度的影响，所以一般情况下其精度都不高，还须在加工或试切中修正。

2）光学对刀法。这是一种按非接触式设定基准重合原理进行的对刀方法，其定位基准通常由光学显微镜（或投影放大镜）上的"十"字基准刻线交点来体现。这种对刀方法比定位对刀法的对刀精度高，并且不会损坏刀尖，是一种被推广采用的方法。

3）试切对刀法。以上两种手动对刀方法，均可能受到手动和目测等影响产生误差，对刀精度十分有限，往往需要通过试切对刀，以得到更加准确和可靠的结果。

数控系统通过对刀可以直接获得每把刀具的刀位点相对于工件编程坐标原点的机床绝对坐标，并将此坐标直接输入到数控系统的刀具位置存储单元中，在程序中调用带有刀具位置补偿号的刀具功能指令后，即建立起工件的编程坐标系。

三、工艺准备

工艺准备指刀具、夹具、量具和加工程序的准备。完成图 1.19 零件的对刀操作，并输入给出的程序段。

1）刀具选择：1 号刀为 93°机夹车刀，2 号刀为宽 4 mm 的焊接切槽刀，3 号刀为 60°外螺纹刀，刀片材质全部为硬质合金。

2）夹具选择：用三爪自定心卡盘对工件进行装夹。

3）量具选择：游标卡尺、外径千分尺。

4）程序：同任务一中工作任务中的程序。

四、任务实施

在实习车间练习对刀操作，完成图 1.19 所示零件的加工，加工步骤有以下几个。

（一）开机、回零

通电后，检查各开关、按钮和按键是否正常、灵活，机床有无异常现象。

进入系统后的操作步骤如下：按下机床控制面板上的启动电源键→若急停键已按下，按急停键，使急停键弹起→按下返回参考点键→按下坐标轴移动键中的"＋X"和"＋Z"箭头，X轴、Z轴返回参考点→按点动键→分别按坐标轴移动键中的"－Z"和"－X"箭头，使 Z 轴和 X轴分别往负方向移动一段距离。

（二）新建程序

按面板上的编辑键，使系统处于编辑方式→按程序键，显示程序屏幕→使用字母/数字键，输入程序号 O0001→按插入键→这时程序屏幕上显示新建立的程序名→输入程序内容→在输入到一行程序的结尾时，先按 EOB 键生成"；"，然后再按插入键，这样程序会自动换行，光标出现在下一行的开头。

（三）程序编辑

1. 字的插入

使用光标移动键，将光标移动到需要插入的后一位字符上。如将光标移到"；"上，然后键入要插入的字和数据，如"X20."按插入键，则"X20."被插入。

2. 字的替换

使用光标移动键，将光标移动到需要替换的字符上，然后键入要替换的字和数据，按替换键,则光标所在的字符被替换,同时光标移动到下一个字符上。

3. 字的删除

使用光标移动键,将光标移动到需要删除的字符上,然后按下删除键,则光标所在的字符被删除,同时光标移到被删除字符的下一个字符上。

输入过程中的删除步骤是:在输入过程中,即字母或数字还在输入缓存区,没有按下插入键的时候,可以使用取消键来进行删除。每按一下,则删除一个字母或数字。

(四)MDI运行

按下 MDI 键,系统进入 MDI 运行方式→按下系统面板上的程序键,打开程序屏幕,系统会自动显示程序号 O0000→用程序编辑操作编制一个要执行的程序→使用光标键,将光标移动到程序开始部分→按循环启动键,程序开始运行。当执行程序结束语句(M02 或 M30)后,程序自动清除并运行结束。

(五)手动试切对刀

1)用手动方式车削工件右端面。

2)沿+X 方向退刀,并停下主轴。(不要在+Z 方向上移动刀架)

3)按 OFFSET SETING 键,然后按软键[形状],进入刀补页面,如图 1.40 所示,用方位键将亮条移动到要设置的刀具行,输入"Z0",再按软键盘上的[测量],完成 Z 向对刀。

4)用手动方式车削工件外圆。

5)沿+Z 方向退刀,并停下主轴。(不要在+X 方向上移动刀架)

6)测量车削后的外圆直径 d。

7)按 OFFSET SETING 键,然后按软键[形状],进入刀补页面,如图 1.41 所示,用方位键将亮条移动到要设置的刀具行,输入"Xd",再按软键盘上的[测量],完成 X 向对刀。

用同样的方法可以完成对其余几把刀的对刀。

图 1.40　对 Z 轴

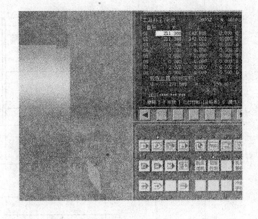

图 1.41　对 X 轴

(六)程序运行

程序运行步骤是:置模式旋钮在"AUTO"位置→选择程序→按程序启动按钮。

27

(七)测量零件

加工结束后测量零件,要待机床完全停止、主轴停转后方可进行测量。此时千万注意不要触及"开始"按钮,以免发生人身事故。

(八)关机

加工结束后卸下工件及刀具、夹具,等待主轴停转 3 min 后方可关机。

五、考核评价

1)学生对实施对刀操作过程及程序输入情况完成自检。

2)教师对零件进行检测,对学生整个任务的实施过程进行分析,并进行成绩评定。

六、思考与练习

1)数控车削刀具的种类有哪些?

2)数控车刀在数控机床刀架上的安装要求有哪些?

3)如何确定机床坐标系的方向? 机床原点是如何确定的?

任务三　数控仿真加工

一、工作任务

根据给定的图纸及程序,在仿真系统上加工出图 1.42 所示零件,材料为 45 钢,毛坯尺寸是 $\phi40$ mm×75 mm。

28

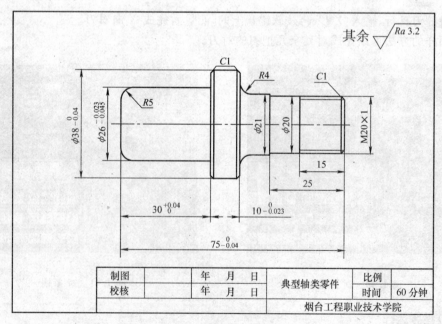

图 1.42　典型轴类零件图

二、相关知识

(一)仿真系统简介

仿真系统是以计算机为平台设计的一个数控加工软件,它的通用性强,在计算机屏幕上能显示和机床操作面板一模一样的操作界面;它以虚拟的模拟技术代替机床实际运动,并能及时提示报警信息,既保证了机床设备的安全又节省了消耗。

仿真系统的优点是:

1)系统完全模拟真实数控机床的控制面板和 CRT 显示,可轻松操作;

2)在虚拟环境下对 NC 代码的切削状态进行检验,操作安全;

3)用户可看到逼真的三维加工仿真过程,能够仔细检查加工后的工件,可以更迅速地掌握数控机床的操作过程;

4)采用虚拟机床替代真实机床进行培训,在降低费用的同时能获得更佳的培训效果,使用更经济。

(二)仿真系统详细操作

1. 数控仿真系统的启动

点击“开始”按钮→“程序”目录中弹出“数控加工仿真系统”的子目录→点击“加密锁管理程序”,如图 1.43 所示。

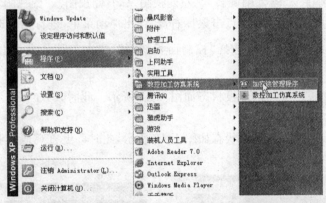

图 1.43　启动数控仿真系统“加密锁管理程序”

加密锁程序启动后,在屏幕的右下方工具栏中会出现 的图表,此时重复上面的步骤,在最后弹出的目录中点击 数控加工仿真系统 ,系统弹出“用户登录”界面,如图 1.44 所示。

点击“快速登录”按钮,进入数控加工仿真系统。

2. 机床的选择

打开菜单“机床”→“选择机床 ...”(见图1.45),或者点击工具条上的小图标 ,在“选择机床”对话框中的“机床类型”选择相应的机床,厂

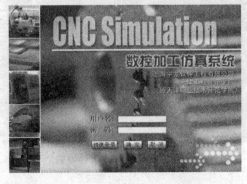

图 1.44　仿真系统“用户登录”界面

29

家及型号在下拉框中选择,按确定按钮,此时界面如图 1.46 所示。

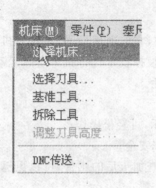

图 1.45 打开"选择机床"列表

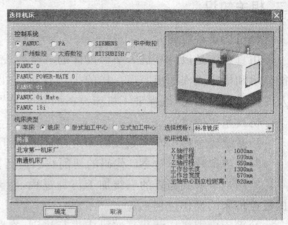

图 1.46 "选择机床"对话框

3. 视图选项设置

在工具栏中选 ![工具栏图标] 之一,这几个图标分别对应菜单"视图"下拉菜单的"复位"、"局部放大"、"动态缩放"、"动态平移"、"动态旋转"、"绕 X 轴旋转"、"绕 Y 轴旋转"、"绕 Z 轴旋转"、"左侧视图"、"右侧视图"、"俯视图"、"前视图"。或者可以将光标置于机床显示区域内,点击鼠标右键,弹出浮动菜单,进行相应选择。

在"视图"菜单或浮动菜单中选择"控制面板切换",或在工具条中点击" ![图标] ",即完成控制面板切换。

未选择"控制面板切换"时,面板状态如图 1.47 所示。此时,FANUC 系统可完成机床回零、手动控制等基本操作。

选择"控制面板切换"后,面板状态如图 1.48 所示,此时可更直观地观看机床的状态及加工情况。

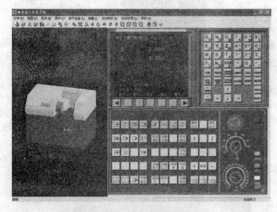

图 1.47 控制面板切换前

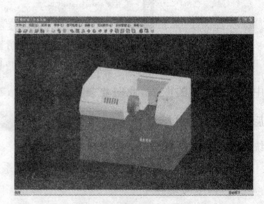

图 1.48 控制面板切换后

在"视图"菜单或浮动菜单中选择"选项"或在工具条中选择 ![图标] ,在对话框中设置视图选项,如图 1.49 所示。"仿真加速倍率"中的速度值用以调节仿真速度,有效数值范围是 1～100。同时铁屑的开、关和声音的开、关等一些常用的参数也在此对话框内。

选定"左键平移、右键旋转",在"机床显示区"内机床的旋转、平移、放大、缩小就可以通过鼠标直接完成,不用点击工具栏中的图标,既方便又节省时间。

4. 机床回零

机床必须首先执行回零操作,然后才可以运行。检查操作面板上回原点指示灯 ⊙ 是否亮,若指示灯亮,则已进入回原点模式;若指示灯不亮,则点击"回原点"按钮 ⊙,转入回原点模式。在回原点模式下,先将 X 轴回原点,点击操作面板上的"X 轴选择"按钮 X ,使 X 轴方向移动指示灯 X 变亮,点击"正方向移动"按钮 + ,此时 X 轴将回原点,X 轴回原点灯 X原点灯 变亮。同样,再点击"Z 轴选择"按钮 Z ,使指示灯变亮,点击 + ,Z 轴将回原点,Z 轴回原点灯 Z原点灯 变亮,此时 CRT 界面如图 1.50 所示。

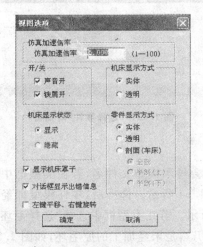

图 1.49 "视图选项"对话框

图 1.50 机械回零的 CRT 界面

5. 零件的安装及程序的输入

(1)定义毛坯

定义毛坯的步骤是打开菜单"零件"→"定义毛坯"或在工具条上选择 ▱ →框内输入毛坯名→点击"形状"→选择圆柱形或 U 形料→毛坯材料列表框中提供了多种供加工的毛坯材料,可根据需要在"材料"下拉列表中选择毛坯材料,如图 1.51 所示。

参数输入:尺寸输入框用于输入尺寸。圆柱形毛坯直径的范围为 10～160 mm,高度范围为 10～280 mm。

保存退出:按"确定"按钮,保存定义的毛坯并且退出本

图 1.51 圆柱及 U 形毛坯定义

操作。

取消退出:按"取消"按钮,退出本操作。

图 1.52　导出的毛坯模型

(2)导出零件模型

导出零件模型相当于保存零件模型,利用这个功能可以把经过部分加工的零件作为成型毛坯予以存放。如图 1.52 所示,此毛坯已经过部分加工,称为零件模型。

若经过部分加工的成型毛坯希望作为零件模型予以保存,打开菜单"文件"→"导出零件模型",系统弹出"另存为"对话框,在对话框中输入文件名,点击保存,此零件模型即被保存,可在以后放置零件时调用。

(3)导入零件模型

机床在加工零件时,除了可以使用完整的毛坯,还可以对经过部分加工的毛坯(即零件模型)进行再加工,此时可以通过导入零件模型的功能调用零件模型。

打开菜单"文件",选择"导入零件模型",系统将弹出"打开"对话框,在此对话框中选择并且打开所需的后缀名为"PRT"的零件文件,则选中的零件模型被放置在工作台面上。

打开菜单"零件",选择"放置零件",然后命令或者在工具条上选择图标 ,系统弹出操作对话框,如图 1.53 所示。在列表中点击所需的零件,选中的零件信息加亮显示,点击"确定",系统自动关闭对话框,零件将被放到机床上。

图 1.53　"选择零件"对话框

经过导入零件模型的操作,对话框的零件列表中会显示模型文件名,若在类型框中选择"选择模型",则可以选择导入的零件模型文件,如图 1.54 所示。选择后,零件模型即经过部分加工的成型毛坯被放置在机床台面上,如图 1.55 所示。若在类型框中选择"选择毛坯",即使选择了导入的零件模型文件,放置在工作台面上的仍然是未经加工的原毛坯,如图 1.56 所示。

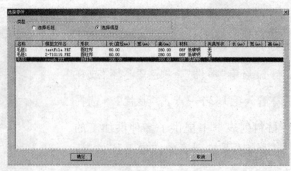

图 1.54　"选择模型"对话框

(4)调整零件位置

零件放置完成后可以在工作台面上移动。毛坯放上工作台后,工作系统将自动弹出一个小键盘(见图 1.57),通过点击小键盘上的方向按钮,实现零件的平移和旋转。小键盘上的"退出"按钮用于关闭小键盘。选择菜单"零件"→"移动零件",也可以打开小键盘。

(5)导入数控程序

数控程序可以通过记事本或写字板等编辑软件输入并保存为文本格式(后缀名为 txt)文件,也可直接用 FANUC 0i 系统的 MDI 键盘输入。

图 1.55　经过部分加工的成型毛坯

图 1.56　原毛坯

点击操作面板上的编辑键 ,编辑状态指示灯 变亮 ,此时已进入编辑状态。点击 MDI 键盘上的 PROG,CRT 界面转入编辑页面。再按菜单软键[操作],在出现的下级子菜单中按软键 ▶,按菜单软键[READ],转入如图 1.58 所示界面。点击 MDI 键盘上的数字/字母键,输入"Ox"(x 为任意不超过四位的数字),按软键[EXEC];点击菜单"机床/DNC 传送",在弹出的对话框中选择所需的 NC 程序,按"打开"确认(见图 1.59),则数控程序被导入并显示在 CRT 界面上。

图 1.57　车床工件移动对话框

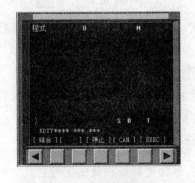

图 1.58　进入编辑方式

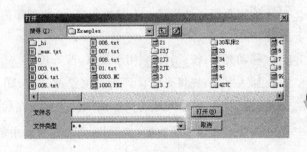

图 1.59　导入已保存的文件

(6)数控程序的管理

显示数控程序目录:点击操作面板上的编辑键 →编辑状态指示灯 变亮→点击 MDI

图 1.60　程序目录表

键盘上的 ，CRT 界面转入编辑页面→按菜单软键[LIB]，经过 DNC 传送的数控程序名显示在屏幕上，如图 1.60 所示。

选择一个数控程序：经过导入数控程序操作后，点击 MDI 键盘上的 ，CRT 界面转入编辑页面。利用 MDI 键盘输入"Ox"（x 为数控程序目录中显示的程序号），按 键开始搜索，搜索到后，"Ox"显示在屏幕首行程序号位置，NC 程序将显示在屏幕上。

删除一个数控程序：点击操作面板上的编辑键 ，编辑状态指示灯 亮→利用 MDI 键盘输入"Ox"→按 键，程序即被删除。

新建一个 NC 程序：点击操作面板上的编辑键 ，编辑状态指示灯 变亮，此时已进入编辑状态→点击 MDI 键盘上的 ，CRT 界面转入编辑页面→利用 MDI 键盘输入"Ox"（x 为程序号，但不能与已有的程序号重复）按 键，CRT 界面上将显示一个空程序，可以通过 MDI 键盘开始程序输入→输入一段代码后，按 键则数据输入域中的内容将显示在 CRT 界面上，用回车换行键 结束一行的输入后换行。

删除全部数控程序：点击操作面板上的编辑键 ，编辑状态指示灯 变亮，此时已进入编辑状态→点击 MDI 键盘上的 ，CRT 界面转入编辑页面，利用 MDI 键盘输入"O－9999"，按 键，全部数控程序即被删除。

(7)数控程序的编辑

选择程序：点击编辑键 ，编辑状态指示灯 亮→点击 MDI 键盘上的 ，CRT 界面转入编辑页面。选定了一个数控程序后，此程序显示在 CRT 界面上，可对数控程序进行编辑操作。

移动光标：按 和 用于翻页，按方位键 移动光标。

插入字符：先将光标移到所需位置，点击 MDI 键盘上的数字/字母键，将代码输入到输入域中，按 键，把输入域的内容插入到光标所在代码后面。

删除输入域中的数据：按 键删除输入域中的数据。

删除字符：将光标移到所需删除字符位置，按 键，删除光标所在处的字符。

查找：输入需要搜索的字母或代码（代码可以是一个字母或一个完整的代码，例如"N0010"、"M"等），按 开始在当前数控程序中光标所在位置后搜索。如果此数控程序中有所搜索的代码，则光标停留在找到的代码处；如果此数控程序中光标所在位置后没有搜索的代码，则光标停留在原处。

替换：先将光标移到所需替换字符的位置，将替换后的字符通过 MDI 键盘输入到输入域中,按 键,把输入域的内容替代光标所在处的字符。

(8)数控程序的保存

编辑好程序后需要进行保存操作,保存方法是:点击编辑键 ,编辑状态指示灯 亮→按菜单软键[操作],点击菜单软键[▷]→点击菜单软键[Punch]→弹出的对话框中输入文件名,选择文件类型和保存路径→点击"保存",如图1.61所示。

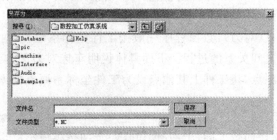

图1.61　保存程序

6. 刀具安装与对刀

(1)选择刀具

打开菜单"机床"→"选择刀具"或者在工具条中选择 ,系统弹出刀具选择对话框,系统中数控车床前置刀架允许同时安装4把刀具,对话框如图1.62所示。后置刀架允许安装8把刀具,对话框如图1.63所示。

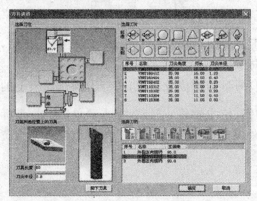

图1.62　前置刀架车刀选择对话框

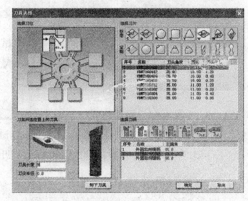

图1.63　后置刀架车刀选择对话框

选择车刀:在对话框右侧排列的编号1~8中,选择所需的刀位号。刀位号即为刀具在车床刀架上的位置编号,被选中的刀位编号的背景颜色变黄色。

选择刀柄:在刀片列表框中选择所需的刀片后,系统自动给出相匹配的刀柄供选择,当刀片和刀柄都选择完毕,刀具被确定,并且输入到所选的刀位中。

选择钻头:前置刀架的钻头选择在尾座上,而后置刀架直接选择在刀架上。

刀尖半径的修改:允许操作者修改刀尖半径,刀尖半径范围为0~10 mm。在职业鉴定考试的时候,系统是不允许修改刀尖半径的,只能用系统默认值。

刀具长度修改：刀具长度是指从刀尖开始到刀架的距离，刀具长度的范围为 60～300 mm。

删除当前刀具：当前选中的刀位号中的刀具可通过"卸下刀具"键删除。

确认退出：选择完刀具，完成刀尖半径、刀具长度选择后，按"确认"键完成选刀，刀具按所选刀位安装在刀架上，按"取消"键退出选刀操作。选择车刀时，刀位号被选中的刀具在确认退出后，放置在刀架上可立即加工零件的位置。

（2）试切法设置工件坐标系

设置工件坐标系原点（对刀）：数控程序一般按工件坐标系编程，对刀的过程就是建立工件坐标系与机床坐标系之间关系的过程。下面具体说明车床对刀的方法，其中将工件右端面中心点设为工件坐标系原点，将工件上其他点设为工件坐标系原点的方法和对刀方法与此类似。

1）切削外径：点击操作面板上的"手动"按钮 ▦，手动状态指示灯 ▦ 变亮，机床进入手动操作模式，点击控制面板上的 ⊠ 按钮，使 X 轴方向移动指示灯 ⊠ 变亮，点击 ＋ 或 －，使机床在 X 轴方向移动；同样方法可使机床在 Z 轴方向移动。通过手动方式将机床移到如图1.64 所示的大致位置。

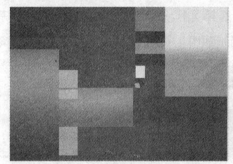

图 1.64　切削外圆

点击操作面板上的 ▣ 按钮，使其指示灯变亮，主轴转动。再点击 Z 轴方向选择按钮 ☑，使 Z 轴方向指示灯 ☑ 变亮，点击 －，用所选刀具来试切工件外圆，如图 1.64 所示。然后按 ＋ 按钮，X 方向保持不动，刀具退出。

2）测量切削位置的直径：点击操作面板上的 ▤ 按钮，使主轴停止转动，点击菜单"测量/坐标测量"，此时刀具位置如图 1.65 所示。点击试切外圆时所切线段，选中的线段由红色变为黄色，记下下半部对话框中对应的 X 的数值（即直径）。

3）按下控制箱键盘上的 ▦ 键。

4）把光标定位在需要设定的坐标系上。

5）光标移到 X 处。

6）输入直径值。

7）按［测量］键即输入。（通过按软键［操作］，也可以进入相应的菜单）

8）切削端面：点击操作面板上的 ▣ 按钮，使其指示灯变亮，主轴转动。将刀具移至图1.66 所示的位置，点击控制面板上的 ⊠ 按钮，使 X 轴方向移动指示灯 ⊠ 变亮，再点击 － 按钮，切削工件端面，如图 1.67 所示。然后按 ＋ 按钮，Z 方向保持不动，刀具退出。

9）点击操作面板上的主轴停止按钮 ▤，使主轴停止转动。

10)把光标定位在需要设定的坐标系上。

11)在 MDI 键盘面板上按下需要设定的轴"Z"键。

12)输入工件坐标系原点的距离(注意距离有正负号)。

13)按菜单软键[测量],自动计算出坐标值填入。

图 1.65　车外圆

图 1.66　平端面进刀

图 1.67　平端面退刀

(3)测量、输入刀具偏移量

使用手动试切法对刀,在程序中直接使用机床坐标系原点作为工件坐标系原点。

用所选刀具试切工件外圆,点击主轴停止 按钮,使主轴停止转动,点击菜单"测量"→"坐标测量",得到试切后的工件直径,记为"a"。

保持 X 轴方向不动,刀具退出。点击 MDI 键盘上的 键,进入形状补偿参数设定界面,将光标移到与刀位号相对应的位置,输入"Xa",按菜单软键[测量](见图 1.68),对应的刀具偏移量自动输入。

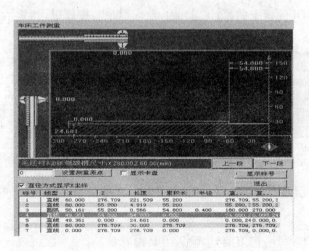

图 1.68　测量界面

试切工件端面,把端面在工件坐标系中 Z 轴的坐标值,记为 b(此处以工件端面中心点为工件坐标系原点,则 b 为 0)。

保持 Z 轴方向不动,刀具退出。进入形状补偿参数设定界面,将光标移至相应位置,输入"Zb",按[测量]软键(见图 1.69),对应的刀具偏移量自动输入。

（4）设置偏置值完成多把刀具对刀

设置偏置值完成多把刀具对刀有两种方法。

1）方法一有以下步骤。

选择一把刀为标准刀具，采用试切法或自动设置坐标系法完成对刀，把工件坐标系原点放入 G54～G59，然后通过设置偏置值完成其他刀具的对刀，下面介绍刀具偏置值的获取办法。

点击 MDI 键盘上的 ^{pos} 键和［相对］软键，进入相对坐标显示界面，如图 1.70 所示。

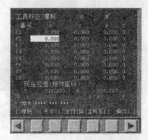

图 1.69　形状补偿参数设定界面

图 1.70　相对坐标显示界面

选定的标准刀具试切工件端面，将刀具当前的 Z 轴位置设为相对零点（设零前不得有 Z 轴位移）。

依次点击 MDI 键盘上的 ^{SHIFT}、^{Z_W}、⁰，输入"W0"，按软键［预定］，则将 Z 轴当前坐标值设为相对坐标原点。

用标准刀具试切零件外圆，将刀具当前 X 轴的位置设为相对零点（设零前不得有 X 轴的位移）。依次点击 MDI 键盘上的 ^{SHIFT}、^{X_U}、⁰，输入"U0"，按软键［预定］，则将 X 轴当前坐标值设为相对坐标原点。此时 CRT 界面如图 1.71 所示。

换刀后，移动刀具使刀尖分别与标准刀具切削过的表面接触。接触时显示的相对值，即为该刀具相对于标准刀具的偏置值 ΔX、ΔZ（为保证刀具准确移到工件的基准点上，可采用手动脉冲进给方式）。此时 CRT 界面如图 1.71 所示，所显示的值即为偏置值。

图 1.71　相对坐标显示界面　将偏置值输入到磨耗参数补偿表或形状参数补偿表内。

MDI 键盘上的 ^{SHIFT} 键用来切换字母键，如 ^{X_U} 键，直接按下此键，输入的为"X"，按 ^{SHIFT} 键，再按 ^{X_U}，输入的为"U"。

2）方法二是分别对每一把刀测量，输入刀具偏置量。

7. 各种方式的操作与测量

（1）手动/连续操作方式

点击操作面板上的"手动"按钮 ，使其指示灯 亮，机床进入手动模式，分别点击 X 、Z 键，选择移动的坐标轴，分别点击 + 、− 键，控制机床的移动方向，点击 控制主轴的转动和停止。

刀具切削零件时,主轴须转动。加工过程中刀具与零件发生非正常碰撞后(非正常碰撞包括车刀的刀柄与零件发生碰撞),系统弹出警告对话框,同时主轴自动停止转动,调整到适当位置,继续加工时需再次点击 ⬚⬚⬚ 按钮,使主轴重新转动。

(2)手动脉冲方式

在选择手动/连续方式或在对刀时,如需精确调节机床,可用手动脉冲方式调节机床。点击操作面板上的手动脉冲按钮 ⬚ 或 ⬚,使指示灯 ⬚ 变亮。点击按钮 ⬚,显示手轮 。鼠标对准轴选择旋钮 ⬚,点击左键或右键,选择坐标轴。鼠标对准手轮进给速度旋钮 ⬚,点击左键或右键,选择合适的脉冲当量。鼠标对准手轮 ⬚,点击左键或右键,精确控制机床的移动。点击 ⬚⬚⬚,可控制主轴的转动和停止。点击 ⬚,可隐藏手轮。

(3)自动/连续方式

1)自动加工流程。检查机床是否回零,若未回零,先将机床回零。导入数控程序或自行编写一段程序,点击操作面板上的"自动运行"按钮 ⬚,使其指示灯 ⬚ 变亮。点击操作面板上的"循环启动"按钮 ⬚,程序开始执行。

2)中断运行。数控程序在运行过程中可根据需要暂停、急停和重新运行。数控程序在运行时,按进给保持按钮 ⬚,程序停止执行;再点击循环启动按钮 ⬚,程序从暂停位置开始执行。数控程序在运行时,按下急停按钮 ⬚,数控程序中断运行,继续运行时,先将急停按钮松开,再按"循环启动"按钮 ⬚,余下的数控程序从中断行开始作为一个独立的程序执行。

(4)自动/单段方式

检查机床是否机床回零,若未回零,先将机床回零。导入数控程序或自行编写一段程序,点击操作面板上的自动运行按钮 ⬚,使其指示灯 ⬚ 变亮。点击操作面板上的单节按钮 ⬚,先一个程序段一个程序段地运行,再点击操作面板上的循环启动按钮 ⬚,程序开始执行。自动/单段方式执行每一行程序均需点击一次循环启动 ⬚ 按钮。点击单节跳过按钮 ⬚,则程序运行时跳过符号"/"有效,该行成为注释行,不执行;点击选择性停止按钮 ⬚,则程序中"M01"有效。可以通过主轴倍率旋钮 ⬚ 和进给倍率旋钮 ⬚ 来调节主轴旋转的速度和移动的速度。按 ⬚ 键可将程序重置。

(5)检查运行轨迹

NC 程序导入后,可检查运行轨迹。点击操作面板上的"自动运行"按钮 ⬛️,使其指示灯 ⬛️ 变亮,转入自动加工模式,点击 MDI 键盘上的 ⬛️ 按钮,点击数字/字母键,输入"Ox"(x 为所需要检查运行轨迹的数控程序号),按 ⬛️ 开始搜索,找到后,程序显示在 CRT 界面上。点击 ⬛️ 按钮,进入检查运行轨迹模式,点击操作面板上的循环启动按钮 ⬛️,即可观察数控程序的运行轨迹,此时也可通过"视图"菜单中的动态旋转、动态放缩、动态平移等方式对三维运行轨迹进行全方位的动态观察。

(6)车床零件测量

1)数控加工仿真系统提供了卡尺以完成对零件的测量。如果当前机床上有零件且零件不处于正在被加工的状态,菜单选择"测量"→"剖面图测量…",弹出对话框如图 1.72 所示。对话框上半部分的视图显示了当前机床上零件的剖面图。坐标系水平方向上以零件轴心为 Z 轴,向右为正方向,默认零件最右端中心记为原点,拖动 ⬛️ 可以改变 Z 轴的原点位置。垂直方向上为 X 轴,显示零件的半径刻度。Z 方向、X 方向各有一把卡尺用来测量两个方向上的投影距离。下半部分的列表中显示了组成视图中零件剖面图的各条线段,每条线段包含以下数据。

①标号:每条线段的编号,点击"显示标号"按钮,视图中将用黄色标注出每一条线段在此列表中对应的标号。

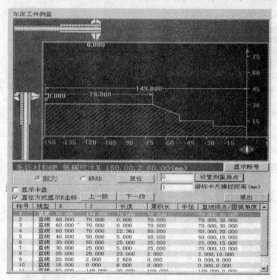

图 1.72 "车床工件测量"对话框

②线型:包括直线和圆弧,螺纹将由小段的直线组成。

③X:显示此线段自左向右的起点 x 值,即直径/半径值。选中"直径方式显示 X 坐标",列表中"X"列显示直径,否则显示半径。

④Z:显示此线段自左向右的起点距零件最右端的距离。

⑤长度:线型若为直线,显示直线的长度;若为圆弧,显示圆弧的弧长。

⑥累积长:从零件的最右端开始到线段的终点在 Z 轴方向上的投影距离。

⑦半径:线型若为直线,不做任何显示;若为圆弧,显示圆弧的半径。

⑧直径终点/圆弧角度:线型若为直线,显示直线终点坐标;若为圆弧,显示圆弧的角度。

2)选择一条线段的方法有以下几种。

①方法一:在列表中点击选择一条线段,当前行变蓝,视图中将用黄色标记出此线段在零件剖面图上的详细位置,如图 1.73 所示。

②方法二:在视图中点击一条线段,线段变为黄色,且标注出线段的尺寸。对应列表中的一条线段显示变蓝。

③方法三：点击"上一段"、"下一段"可以在相邻线段间切换，视图和列表中相应变为选中状态。

3)设置测量原点的方法有以下几种。

①方法一：在按钮前的编辑框中填入所需坐标原点距零件最右端的位置，点击"设置测量原点"按钮。

②方法二：拖动 ，改变测量原点。拖动时在虚线上有一黄色圆圈在 Z 轴上滑动，遇到线段端点时，跳到线段端点处，如图1.73所示。

4)视图操作。鼠标选择对话框中"放大"或者"移动"，可以使鼠标在视图上拖动时做相应的操作，完成放大或者移动视图，点击"复位"按钮视图恢复到初始状态。

选中"显示卡盘"，视图中用红色显示卡盘位置，如图1.74所示。

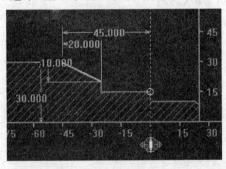

图1.73　设置测量原点方法二选项

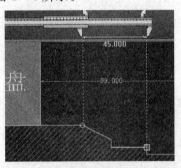

图1.74　卡盘位置

5)卡尺测量。在视图的 X、Z 方向各有一把卡尺，可以拖动卡尺的两个卡爪测量任意两位置间的水平距离和垂直距离。如图1.73所示，移动卡爪时，延长线与零件焦点由 变为 时，卡尺位置为线段的一个端点，用同样的方法使另一个卡爪处于端点位置，便测出两端点间的投影距离，此时卡尺读数为45.0 mm。通过设置"游标卡尺捕捉距离"，可以改变卡尺移动端查找线段端点的范围。点击"退出"按钮，即可退出此对话框。

三、工艺准备

(一)图样分析

图1.42所示零件为典型的轴类零件，由外圆、圆弧和螺纹组成。该零件外圆的尺寸精度要求较高，为IT7级～IT8级，长度方向有两个尺寸精度要求较高，无形位公差精度要求。

(二)刀具准备

加工该零件选择93°外圆车刀、60°外螺纹刀。

(三)编排加工工艺

1)先粗加工左半部分的 ϕ26 mm外圆、ϕ38 mm外圆，加工长度42 mm左右。

2)精加工上述内容，保证各部分的加工精度。

3)零件调头夹住 ϕ26 mm外圆找正夹紧，平端面保证总长98 mm。

4)粗加工右部分 R4 mm的圆弧、ϕ21 mm外圆、螺纹大径。

5)精加工右部分 R4 mm的圆弧、ϕ21 mm外圆、螺纹大径，保证加工精度。

6)用螺纹刀加工螺纹。

41

（四）加工程序

O0001；（工件左端程序）
T0101 M03 S700；
G00 X100. Z100.；
X42. Z2.；
G71 U2. R0.5；
G71 P1 Q2 U0.5 W0.05 F0.2；
N1 G00 X16.；
G01 Z0；
O0002；（工件右端程序）
T0101 M03 S700；
G00 X100. Z100.；
X42. Z2.；
G71 U2. R0.5；
G71 P3 Q4 U0.5 W0.05 F0.2；
N3 G00 X17.87；
G01 Z0；
X19.87 Z−1.；
G01 Z−15.；
X20.；
Z−25.；
X21.；
Z−31.；

G03 X26. Z−5. R5.；
G01 Z−30.；
X36.；
X38. Z−31.；
N2 Z−42.；
G70 P1 Q2；
G00 X100. Z100.；
M30；
G02 X29. Z−35. R4.；
G01 X36.；
N4 X38. Z−36.；
G70 P3 Q4；
G00 X100. Z100.；
T0303 M03 S500；
G00 X22. Z3.；
G92 X19.4 Z−15. F1.；
X19.1；
X19.；
X18.92；
G00 X100. Z100.；
M30；

四、任务实施

1）进入数控仿真软件。双击桌面或"开始"→"程序"的仿真图标进入数控仿真软件。

2）选择数控仿真系统并进行加工前准备。选择所需要的数控仿真系统，如 FANUC 0i。对数控系统进行启动、机械回零等加工前数控系统的调试和加工准备。

3）刀具毛坯的定义。根据图纸选择 1 号刀 93°外圆车刀，3 号刀 60°外螺纹刀，定义毛坯 ϕ40 mm×75 mm

4）输入并调试程序。把给定的数控程序输入到数控系统中，检查输入的程序是否准确，要逐个字母、数字、标点符号检查，并用数控系统检查运行轨迹。

5）对刀、建立工件坐标系。

6）自动运行加工零件。查看机床的快速倍率和进给倍率是否处在较低挡位，检查主轴倍率等是否在正常位置，运行加工程序，注意查看安全点和起刀点。加工过程中，刚开始执行程序的时候要打开单段运行，当运行过程中发现没有错误的情况下可以将单段运行取消。

7）测量检查。测量加工完成的零件，检查尺寸、形状是否与图纸相符。

五、考核评价

学生完成零件自检，填写考核评分表（见工作页），上交老师审阅。

项目二　阶梯轴的加工

项目导读

　　阶梯轴类零件的加工是各类零件加工的基础,数控车削以此类件为平台,引领学生逐步熟识程序及代码,了解数控加工程序的编制格式及方法、步骤,熟悉数控加工工艺常识,读懂数控加工工艺卡的内容,能够编写简单零件的加工程序,进一步掌握数控车床的操作。

最终目标

　　能对简单阶梯轴进行加工工艺分析,编排合理的加工工艺,最终编程加工出阶梯轴零件。

促成目标

　　1)正确识图并对零件图样进行工艺与技术要求分析。
　　2)熟练运用 G00、G01、G90、G94 指令编程。
　　3)熟练掌握制订一般阶梯轴类零件加工方案。
　　4)正确填写数控加工刀具卡、工序卡等工艺卡片。
　　5)熟练掌握一般轴类零件的数控加工操作。
　　6)培养学生具备丰富的想象力,不拘泥于固定的思维方式。

任务　阶梯轴的加工

一、工作任务

　　加工图 2.1 所示的阶梯轴零件,材料为 45 钢,毛坯尺寸 $\phi40$ mm×100 mm。

二、相关知识

(一)外圆车刀

1. 外圆车刀的组成

车刀切削部分由刀面、刀刃和刀尖组成,通常称为三面、两刃、一尖(见图 2.2)。

(1)刀面

1)前刀面——刀具上方切屑流过的表面。

2)主后刀面——与工件上的过渡表面相对的表面。

3)副后刀面——与已加工表面相对的表面。

(2)刀刃

1)主切削刃——刀具上前刀面与主后刀面的交线,承担主要的切削工作。

43

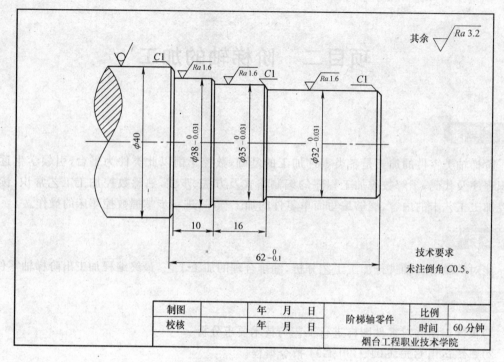

图 2.1　阶梯轴零件图

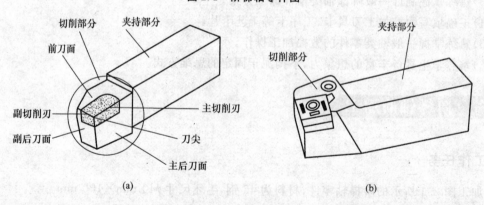

图 2.2　外圆加工常用车刀

（a）焊接车刀；（b）机夹车刀

2)副切削刃——刀具上前刀面与副后刀面的交线,承担少量的切削工作。

（3）刀尖

主切削刃与副切削刃的交点称为刀尖。为提高刀尖强度和耐磨性,通常将刀尖磨成圆弧形或直线形的过渡刃。

2. 确定车刀几何角度的辅助平面

如图 2.3 所示,确定车刀几何角度的辅助平面有以下几个。

1)基面 P_r——通过主切削刃上选定点而又垂直于该点切削速度的平面。

2)切削平面 P_Σ——通过主切削刃上选定点与主切削刃相切并垂直于基面 P_r 的平面。

3)正交平面 P_o——通过主切削刃上选定点并同时垂直于基面 P_r 和切削平面 P_Σ 的平面。

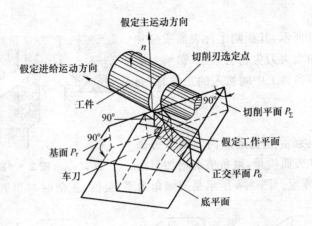

图 2.3　刀具静止参考系的平面

3. **车刀的几何角度**

如图 2.4 所示,车刀的几何角度有以下几种。

(1)在正交平面 P_o 内测量的角度

1)前角 γ_o——前面与基面之间的夹角。

2)后角 α_o——主后面与切削平面之间的夹角。

3)楔角 β_o——前面与主后面之间的夹角。

(2)在基面 P_r 内测量的角度

1)主偏角 κ_r——主切削刃与进给运动方向之间的夹角。

2)副偏角 κ_r'——副切削刃与进给运动反方向之间的夹角。

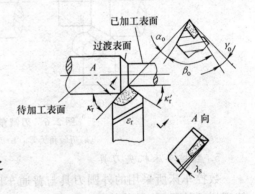

图 2.4　车刀的几何角度

3)刀尖角 ε_r——主切削刃与副切削刃之间的夹角,即 $\varepsilon_r = 180° - (\kappa_r + \kappa_r')$。

(3)在切削平面 P_Σ 内测量的角度

刃倾角 λ_s——主切削刃与基面之间的夹角。

4. **车刀主要角度的选择**

车刀角度与工件加工质量及生产率息息相关。切削用量、刀具及工件材料都会影响角度的选择,所以车刀角度选择应综合来考虑。

(1)前角

前角若刃口锋利,会减小切削变形和摩擦力,让切削顺畅,排屑方便。切削软的、塑性的材料及精车,前角宜选大;反之,切削硬的、脆性的材料及粗车,前角宜选小。

(2)后角

后角太大,车刀强度差;后角太小工件表面质量差。切削软的材料宜选大的后角,切削硬的材料及粗加工取小的后角。

(3)主偏角

主偏角的大小影响刀尖强度、刀头散热等。细长轴刚性较差,主偏角宜取大;硬的材料刚性好,主偏角取小。

（4）副偏角

副偏角如图 2.5 所示，其影响工件表面质量和刀具耐用度。副偏角太大刀尖角会减小，影响刀头强度，一般取 6°～8°，当加工中间切入的工件时，副偏角宜取 45°～60°。

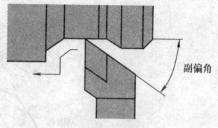

图 2.5　副偏角

（5）刃倾角

刃倾角改变刀具强度和切屑流向。精车刃倾角取正值以提高工件表面质量，取负值会增加刀头强度，一般切削宜取零度。图 2.6 所示是刃倾角为零、负值、正值时对切屑流出方向影响的三种情况。

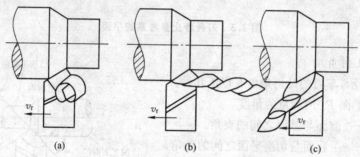

图 2.6　刃倾角对切屑流出方向的影响

(a)刃倾角为零；(b)刃倾角为负值；(c)刃倾角为正值

5. 数控车床机夹刀具

数控车床所采用的外圆刀具与普通车床刀具相似可通用，为适应数控机床高速、高效、高精度加工的需要，目前数控机床已广泛地使用机夹式刀具。

机夹可转位车刀是将可转位刀片用机械的方法夹持在刀杆上形成的车刀，根据夹紧结构的不同可分为螺钉式、杠杆式、楔块式、上压式几种，其结构一般由刀片、刀垫、夹紧元件和刀体等组成，如图 2.7 所示。刀片材料有硬质合金、陶瓷合金、立方氮化硼等，常见的刀片形状有三角形、六边形、菱形、正方形等，刀具编码及刀片形状详情可查阅相关标准。

（二）数控车削方案

1. 制订方案的一般原则

制订加工方案的一般原则为：先粗后精，先近后远，先内后外，走刀路线最短以及特殊情况特殊处理。

（1）先粗后精

粗加工主要考虑的是较高的生产率，因此粗加工要在较短的时间内将大部分的余量去除。粗加工后，应接着换刀进行精加工。如果粗加工余量较多或不均匀，可在粗加工与精加工之间安排半精加工，使精加工余量小而均匀。精加工时，零件的最终轮廓应由最后一刀连续加工而成。先粗后精示意图如图 2.8 所示。

（2）先近后远

远与近是按加工部位相对于刀具起刀点的距离大小而言的。在一般情况下，通常安排离起刀点近的部位先加工，离起刀点远的部位后加工，以便缩短刀具移动距离，减少空行程时间，如图 2.9 所示。

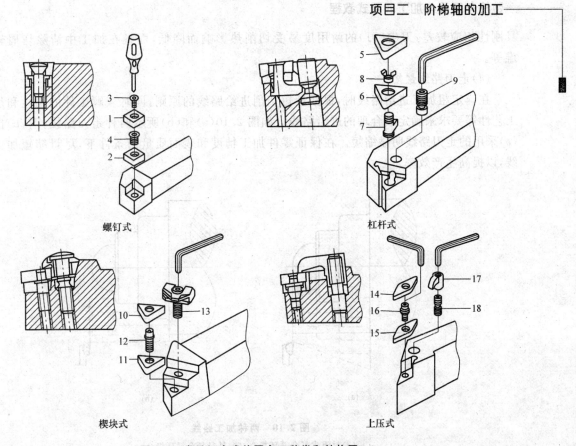

图 2.7 常见机夹式外圆车刀种类和结构图

1、5、10、14—刀片；2、6、11、15—刀垫；3、9—螺钉；4、12—刀垫螺钉；
7—杠杆；8—刀垫销；13—楔块；16—锁销；17—压块；18—压紧螺钉

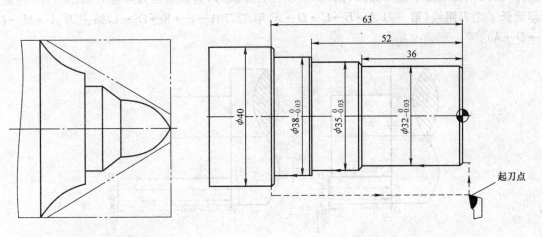

图 2.8 先粗后精示意图　　　　　　图 2.9 先近后远示意图

（3）先内后外

对既要加工内表面（内型、内腔），又要加工外表面的零件，在制订其加工方案时，通常应安排先加工内型和内腔，后加工外表面。这是因为控制内表面的尺寸和形状较困难，刀具刚性相应较差,刀尖(刃)的耐用度易受切削热影响而降低,而且在加工中清除切屑较困难等。

(4)走刀路线最短

在确定粗加工进给路线时,根据最短切削进给路线的原则,同时兼顾工件的刚性和加工工艺性等要求来确定最合理的进给路线。如图 2.10(a)和(b)所示两种走刀路线,图(b)比图(a)采用的走刀路线明显缩短。在保证零件加工精度和表面质量的条件下,尽量缩短加工路线,以提高生产效率。

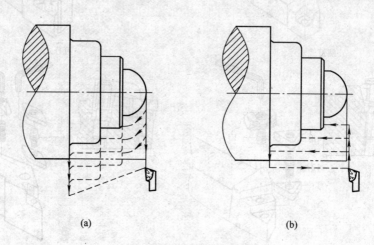

(a)   (b)

图 2.10   两种加工路线

(a)封闭式复合循环指令;(b)外径复合循环指令

如图 2.11 所示,因为起刀点不同,走刀路线就各有长短。图(a)所示起刀点非常接近工件,最大限度缩短了走刀路线;图(b)所示为方便换刀,直接从换刀点起刀加工零件,但是却延长了走刀路线(第一刀 $A→B→C→D→A$,第二刀 $A→E→F→D→A$,第三刀 $A→H→I→D→A$)。

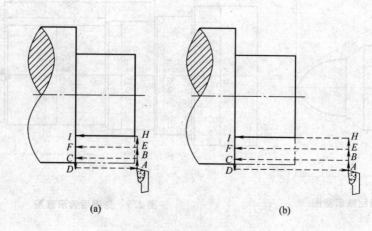

(a)   (b)

图 2.11   巧用起刀点

(a)起刀点接近工件;(b)起刀点远离工件

2. 工序与工步的划分

(1)工序与工步的概念

工序与工步的划分是产品制造过程中的基本环节,也是构成生产的基本单位。

工序是指一个或一组工人,在一个固定的工作地点(如一台机床或一个钳工台),对同一个或同时对几个工件进行加工所连续完成的那部分工艺过程,称之为工序。

工步是工序的组成单位,加工表面不变、切削刀具不变、切削用量基本保持不变的情况下,所连续完成的那部分工序内容,称为工步。当其中有一个因素变化时,则为另一个工步;当同时对一个零件的几个表面进行加工时,则为复合工步。

(2)工序的划分

在数控机床上加工零件,要求工序尽可能集中,在一次装夹中尽可能完成大部分或全部工序。一般工序划分有以下几种方式。

1)按零件装夹定位方式划分工序。由于每个零件结构形状不同,各加工表面的技术要求也有所不同,故加工时,其定位方式各有差异。一般加工外表面时,以内表面定位;加工内表面时,又以外表面定位。因而可根据定位方式的不同来划分工序。

2)按粗、精加工划分工序。对于容易发生加工变形的零件,通常先粗加工再精加工,以减小热变形和切削力变形对工件的形状、位置精度、尺寸精度和表面质量的影响,这时粗加工和精加工作为两道工序,可以采用不同的刀具或不同的数控车床加工。

以车削图2.12(a)所示手柄零件为例,说明工序的划分。

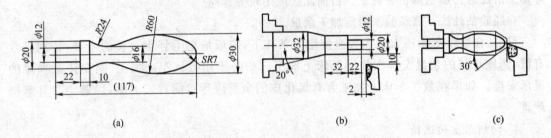

(a)   (b)   (c)

图2.12 粗、精加工划分工序
(a)手柄零件;(b)第一道工序;(c)第二道工序

该零件加工所用坯料为 $\phi32$ mm棒料,批量生产,加工时用一台数控车床。工序划分为两步。

第一道工序:如图2.12(b),先车出 $\phi12$ mm和 $\phi20$ mm两圆柱面及圆锥面(粗车掉 $R24$ mm圆弧的部分余量)。

第二道工序:如图2.12(c),夹持 $\phi12$ mm外圆及 $\phi20$ mm端面定位,对全部圆弧表面粗车,然后换精车刀将全部圆弧表面一刀精车成型。

3)按所用刀具划分工序。为了减少换刀次数,压缩空行程时间,减少不必要的定位误差,可按刀具集中工序的方法加工零件,即在一次装夹中,尽可能用同一把刀具加工出可能加工的所有部位,然后再换另一把刀具加工其他部位。在专用数控机床和加工中心中常采用这种方法。

（3）工步的划分

工步的划分主要从加工精度和效率两方面考虑。在一个工序内往往需要采用不同的刀具和切削用量，对不同的表面进行加工。为了便于分析和描述较复杂的工序，在工序内又细分为工步。划分工步的目的是便于分析和描述比较复杂的工序，更好地组织生产和计算工时。

在加工表面（或装配时的连接面）和加工（或装配）工具不变的情况下，连续完成的那一部分工序称为工步。

为了提高生产率，用几把刀具同时加工几个表面，这也可看做一个工步，称为复合工步。

3．加工余量的确定

加工余量的大小对零件的加工质量和制造的经济性有较大的影响。余量过大会浪费原材料及机械加工工时，增加机床、刀具及能源的消耗；余量过小则不能消除上道工序留下的各种误差、表面缺陷和本工序的装夹误差，容易造成废品。因此，应根据影响余量的因素合理地确定加工余量，一般有以下几种方法确定加工余量。

1）计算法。用加工余量计算公式计算确定余量。此法必须要有可靠的实际数据资料，目前应用较少。

2）查表法。根据各厂长期生产实践与实验研究所积累的有关加工余量资料，制成各种表格并汇编成手册（如《机械加工工艺手册》等），确定加工余量时，查阅这些手册，再根据本厂实际加工情况进行适当修正后确定。目前此法应用较为普遍。

3）经验估计法。靠经验来确定加工余量。

目前，在数控车床还未达到普遍使用的条件下，一般应把毛坯上过多的余量，特别是含有锻、铸硬皮层的余量安排在普通车床上加工。如必须用数控车床加工，则要注意程序的灵活安排。如果在数控车床上加工含有氧化皮的余量应尽可能首刀去除，以避免刀具磨损严重。

4．切削用量的选择

数控车床加工中的切削用量包括切削深度、主轴转速、进给速度等。切削深度由机床、刀具、工件的刚度决定，在刚度允许的条件下，粗加工时取较大，以减少走刀次数，提高生产率；精加工时取较小，以获得较好的表面质量。主轴转速由机床允许的切削速度及工件直径确定。进给速度则按零件加工精度、表面质量要求选取。总之，切削用量在粗车时取大值，精车时取小值，具体数值应根据机床说明书、切削用量手册，并结合经验而定。

（三）加工程序的编制

1．编程基础知识

普通车床上加工零件是操作工利用自动进给系统或手动进给系统，靠不断移动大、中、小拖板带动刀具来完成的，而数控机床上之所以能够自动加工出各种不同形状及尺寸精度的零件，是因为这种机床能按照加工程序来对整个过程进行控制。

数控加工程序编制就是将加工零件的工艺过程、工艺参数、工件尺寸、刀具位移的方向及其他辅助动作（如换刀、冷却、工件的装卸等），按运动顺序依照编程格式用指令代码编写程序单的过程。

图 2.13 所示是一个平端面的加工示例,一个完整的加工程序是由程序号、程序内容、程序结束三部分构成。

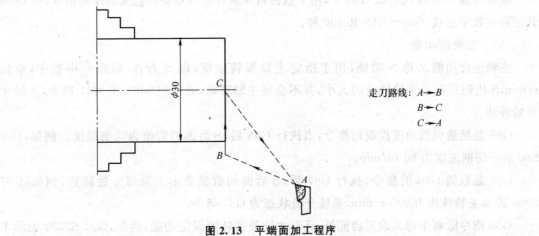

走刀路线:$A \rightarrow B$
$B \rightarrow C$
$C \rightarrow A$

图 2.13   平端面加工程序

O0001;(程序号开始)

N10 T0101 M03 S800;(1 号刀具执行 1 号刀补,主轴正转,转速 800 r/min)

N20 G00 X100. Z100.;(刀具快速移动至换刀点 A)

N30 G00 X34. Z0.;(刀具快速移动 $A \rightarrow B$)

N40 G98 G01 X0. Z0. F150;(平端面 $B \rightarrow C$)

N50 G00 X100. Z100.;(刀具快速返回换刀点 $C \rightarrow A$)

N60 M30;(程序结束)

程序内容

2. 程序组成

程序的组成:程序段→程序字→地址符+数字,以下是组成程序段每一个程序字的说明。

(1)程序号

程序号写在程序最前面,是程序开始部分,单独占用一行,在数控装置中,程序的记录是靠程序号来辨别的,即调用程序或者编辑程序都要通过程序号来调出。其格式为:O××××,"O"后面数字用 4 位数(1~9999)表示,同一机床中不可重复使用。

(2)程序段号

程序段号又叫程序段顺序号,有的机床在输入程序时可自动形成,其格式为:N××××,后续数字为 1~9999,通常可省,但在固定循环指令中有一些程序段必须要指定程序段号,否则会发生事故。

(3)刀具功能

刀具功能是数控系统进行选刀或换刀的功能,其格式通常为:T××××,T 后面一般跟四位数字,分别用于指定刀具编号和刀具补偿号。刀具编号和刀具补偿号不必相同,为便于记忆最好一致,如 T0101。

(4)辅助功能

辅助功能又称 M 代码或 M 指令,用于启动主轴及改变其旋转方向、开关冷却液、程序结束、

51

刀具的更换、工件或刀具的夹紧或松开等。辅助功能由 M 和其后的两位数字组成,M00~M99 共 100 种。

(5)准备功能

准备功能又称 G 代码或 G 指令,用于数控机床做好某些准备功能或动作的指令,由 G 和其后两位数字组成,G00~G99 共 100 种。

(6)主轴速度功能

主轴速度功能又称 S 功能,用于指定主轴旋转速度,以 S 为首,后跟一串数字,单位 r/min,S 代码只设定主轴转速的大小,并不会使主轴转动,必须用 M03 或 M04 指令,主轴才开始转动。

G96 是接通恒线速度控制的指令,当执行 G96 后,S 后面的数值为切削速度。例如,G96 S80 表示切削速度为 80 m/min。

G97 是取消 G96 的指令,执行 G97 后,S 后面的数值表示主轴每分钟转数,例如,G97 S900 表示主轴转速为 900 r/min,系统开机状态为 G97 指令。

G50 指令除有坐标系设定功能外,还有主轴最高转速设定功能,例如,G50 S2000 表示主轴转速最高 2 000 r/min,用恒线速度控制加工端面锥度和圆弧时,由于 X 坐标值不断变化,当刀具逐渐接近工件旋转中心时,主轴转速会越来越高,工件有从卡盘飞出的危险,所以为防止事故发生,必须限定主轴最高转速。

(7)坐标尺寸

坐标尺寸用来设定机床各坐标轴的位移量,由坐标地址符及数字组成,一般以 X、Y、Z、U、V、W 等字母开头,后面紧跟"+"或"−"及一串数字,"+"号可省略。编程时可分绝对坐标编程、增量坐标编程和混合编程。

1)绝对坐标编程。刀具的位置坐标是以编程原点为基准来确定或计算,用绝对坐标(X,Z)来表示。

2)增量坐标编程。刀具的位置坐标是以上一点的位置为基准,到当前位置之间的增量来确定当前点的增量坐标,用增量坐标(U,W)来表示。

3)混合编程。在同一程序段中可同时有绝对坐标和增量坐标出现,如图 2.14 所示。

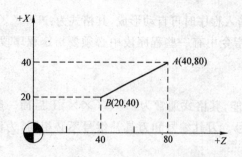

例如：由A点→B点

G00 X20. Z40.; 绝对坐标编程

G00 U−20. W−40.; 增量坐标编程

G00 U−20. Z40.; 混合编程

图 2.14　三种编程方式

（8）进给功能

进给功能也称为 F 功能或进给速度，用来指定刀具移动的速度。有两种表达方式：一种是每分钟进给量，单位为 mm/min，用 G98 指定（图 2.15(a)），如 G98 F200 表示 1 min 之内刀具移动 200 mm；另一种是每转进给量，单位为 mm/r，用 G99 指定（图 2.15(b)），如 G99 F0.2 表示主轴转 1 转，刀具移动 0.2 mm。

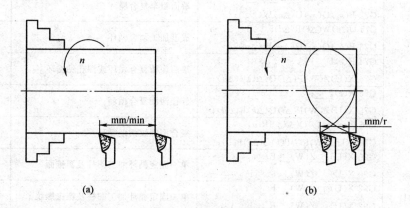

图 2.15 两种功能指定

(a)G98 每分钟进给量；(b)G99 每转进给量

每分钟进给量 F_m 与每转进给量 F_r 及转速 n 的换算公式为：$F_m = F_r \cdot n$。

由于数控机床的生产厂家很多，虽然常用指令代码基本一致，但每家的指令使用功能也不尽相同，因此必须根据数控机床说明书的规定进行编程。表 2.1 和表 2.2 是 FANUC 0i 系统常用 G 代码和 M 代码。

表 2.1 FANUC 0i 系统常用 G 代码

G 代码	组别	格 式	功 能	备注
G00		G00 X(U)__ Z(W)__；	控制刀具快速移动	模态
G01		G01 X(U)__ Z(W)__ F__；	直线插补	模态
G02	01	G02 X(U)__ Z(W)__ R__ F__；	刀具沿顺时针圆弧插补	模态
G03		G03 X(U)__ Z(W)__ R__ F__；	刀具沿逆时针圆弧插补	模态
G04	00	G04 X(U)__或 G04 P__；	延时或暂停，以提高表面质量	非模态
G20	00	英制输入单位	设定系统单位为英制(in)	模态
G21		公制输入单位	设定系统单位为公制(mm)	模态
G28		G28 X(U)__ Z(W)__；	通过中间点返回参考点	非模态
G32	01	G32 X(U)__ Z(W)__ F__；	等螺距螺纹切削	模态
G40		G40 (G00) G01 X(U)__ Z(W)__；	取消刀具半径补偿指令	模态
G41	07	G41 (G00) G01 X(U)__ Z(W)__；	刀尖圆弧半径左补偿	模态
G42		G42 (G00) G01 X(U)__ Z(W)__；	刀尖圆弧半径右补偿	模态
G50	00	G50 S__；	1. 坐标系设定； 2. 主轴最大速度设定	非模态

G 代码	组别	格 式	功 能	备 注
G70	00	G70 P(n_s)Q(n_f)F __ S __ T __;	精加工循环	非模态
G71		G71 U(Δd)R(e)F __ S __ T __; G71 P(n_s)Q(n_f)U(ΔU)W(ΔW);	外圆粗车复合循环	非模态
G72		G72 W(d)R(e)F __ S __ T __; G72 P(n_s)Q(n_f)U(Δu)W(Δw);	端面粗车复合循环	非模态
G73		G73 U(Δi)W(Δk)R(Δd)F __ S __ T __; G73 P(n_s)Q(n_f)U(Δu)W(Δw);	成型加工复合循环	非模态
G74		G74 R(e)F __; G74 X(U)Z(W)P(Δi)Q(Δk)R(Δd)	端面沟槽复合循环或深孔钻循环	非模态
G75		G75 R(e)F __; G75 X(U)Z(W)P(Δi)Q(Δk)R(Δd)	外径沟槽复合循环	非模态
G76		G76 P(m)(r)(a)Q(Δd_{min})R(d); G76 X(U)Z(W)R(i)P(k)Q(Δd)F(L);	复合型螺纹切削循环	非模态
G90	01	G90 X(U)__ Z(W)__ F __; G90 X(U)__ Z(W)__ R __ F __	单一固定循环加工圆柱及圆锥面	模态
G92		G92 X(U)__ Z(W)__ F __; G92 X(U)__ Z(W)__ R __ F __;	单一固定循环加工圆柱及圆锥螺纹	模态
G94		G94 X(U)__ Z(W)__ F __; G94 X(U)__ Z(W)__ R __ F __;	单一固定循环加工端面及斜面	模态
G96	02	G96 S __;	恒线速度开指定线速度,m/min	模态
G97		G97 S __;	恒线速度关指定主轴转速,r/min	模态
G98	03	G98 F __;	指定每分钟进给,mm/min	模态
G99		G99 F __;	指定每转进给,mm/r	模态

表 2.2　FANUC 0i 系统常用 M 代码

M 代码	功能	说 明	备 注
M00	程序暂停	机床所有的动作全部停止,按循环启动键使程序继续向下执行,用于关键尺寸的检测或临时暂停	非模态
M01	任选暂停	只有按下面板上"选择停止"键,该指令才有效,否则无效	非模态
M02	程序结束	机床处于复位状态;使主轴、冷却液和进给等都停止	非模态
M03	主轴正转	从主轴头向工作台方向看,主轴顺时针方向转动	模态
M04	主轴反转	从主轴头向工作台方向看,主轴逆时针方向转动	模态
M05	主轴停	命令主轴停止	模态
M06	换刀	执行换刀动作,格式为:M06 T××	非模态
M08	冷却液开	命令切削液打开	模态
M09	冷却液关	命令切削液关闭	模态
M30	主程序结束	切断机床所有动作,并使程序复位	非模态
M98	调用子程序	格式为:M98 P×××××××,后 4 位数字是子程序号,前面数字是调用次数,调用 1 次时,可省略	非模态
M99	子程序结束	放在子程序最后,返回主程序 M98 的下一程序段	非模态

说明:G 指令和 M 指令均有模态和非模态之分,所谓模态代码也称续效指令,一经程序段中指定,便一直有效,直到出现同组另一指令或被其他指令取消时才失效。非模态指令即非续效指令,仅在出现的程序段中有效,下一段程序需要时必须重写。

同组的任意两个 M 代码不能同时出现在一个程序段中。如果在同一个程序段中指定了两个以上的同组 G 代码时,后一个 G 代码有效。

3. 常用外圆加工指令的应用

(1)快速点定位指令 G00

1)格式:G00 X(U)__ Z(W)__;

2)功能:命令刀具快速从当前点移动到指定点位置。

3)应用说明如下:

①X、Z 为切削终点坐标,U、W 为增量坐标编程;

②G00 不用指定移动速度,由生产厂家或机床系统参数设定;

③G00 运动轨迹是空行程,不能进行切削加工,一般用于加工前快速定位和加工后快速退刀;

④运动轨迹有直线和折线两种(见图 2.16),要注意刀具和工件之间不要发生干涉,忽略这一点,就容易发生碰撞,而在快速状态下的碰撞更加危险。

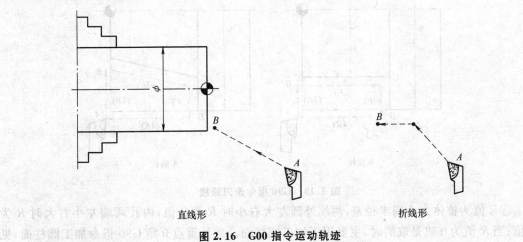

直线形　　　　　　　　　折线形

图 2.16　G00 指令运动轨迹

(2)直线插补指令 G01

1)格式:G01 X(U)__ Z(W)__ F __;

2)功能:命令刀具以指定的进给速度沿直线移动到指定的目标点,移动中进行切削加工。

3)应用说明如下:

①编程时遇到 G01 的第一个程序段,必须加 F 值指定进给速度,F 是模态代码。

②G01 是直线切削,其运动轨迹是直线。

4)编程:如图 2.17 所示,刀具从当前位置到达指令终点。

(3)单一固定循环加工圆柱及圆锥面指令 G90

1)格式:G90 X(U)__ Z(W)__ F __;

G90 X(U)__ Z(W)__ R__ F__;

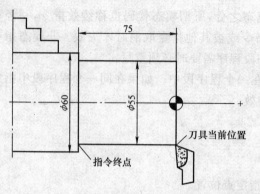

G01 X55. Z-75. F200; 绝对坐标编程

G01 U0. W-75. F200; 增量坐标编程

G01 X55. W-75. F200; 混合编程

图 2.17　G01 指令编程实例

2)功能:该指令可简化编程,加工余量较大的圆柱面及圆锥面时,其运行轨迹分别为矩形和梯形。

3)应用说明有以下几点。

①如图 2.18 所示,A 点为循环起点,X 向取值应大于毛坯 1~2 mm,Z 向取值大小的原则是距离端面应有一定的量,以确保进刀安全。

②G90 指令走刀路线为 $A \rightarrow B \rightarrow C \rightarrow D \rightarrow A$(见图 2.18),R 为快进,F 为直线插补。

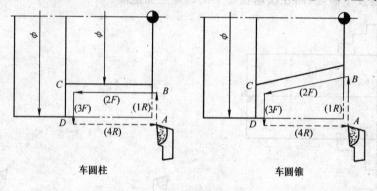

图 2.18　G90 指令走刀路线

③R 值为锥体大小端半径差,两端外圆左大右小时 R 为负值;内孔两端左小右大时 R 为正值;当 R 值为 0 或是取消时,主要用于加工圆柱面。此处重点介绍 G90 指令加工圆柱面,见图 2.19。

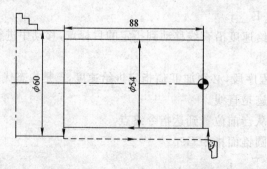

G00 X62. Z3.0;

G90 X58.0 Z-88.0 F0.2;

X56.0;

X54.0;

图 2.19　G90 指令编程实例

（4）单一固定循环加工端面及斜面指令 G94

1）格式：G94 X(U)＿Z(W)＿F＿；

G94 X(U)＿Z(W)＿R＿F＿；

2）功能：该指令适合加工长度较短的盘类工件，其运行轨迹有矩形和梯形两种。与 G90 指令的区别是刀具 X 向进刀，Z 向切削。

3）应用说明有以下两点。

①A 点为循环起点，X 向取值应大于毛坯 $1\sim2$ mm，Z 向取值大小的原则是距离端面应有一定的量，以确保进刀安全；

②G94 指令走刀路线为 $A\to B\to C\to D\to A$（见图 2.20），Z 向进刀，X 向切削。

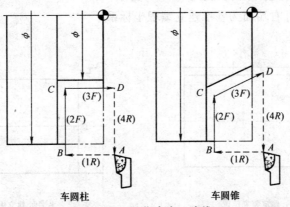

车圆柱   车圆锥

图 2.20 G94 指令走刀路线

4）编程：如图 2.21 所示，刀具从当前位置到达指令终点，走刀路线为：$A\to B\to C\to D\to A,A\to E\to F\to D\to A,A\to G\to H\to D\to A$。

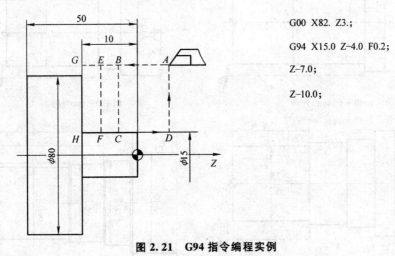

图 2.21 G94 指令编程实例

G00 X82. Z3.;

G94 X15.0 Z-4.0 F0.2;

Z-7.0;

Z-10.0;

三、工艺准备

（一）图样分析

图 2.1 所示零件为简单的阶梯轴，由外圆、端面、倒角组成。外圆及长度方向的尺寸精度要求一般为 IT10 级，表面结构参数 $R_a1.6$ μm。

(二)夹具选择

用三爪自定心卡盘进行装夹。

(三)刀具准备

准备焊接式93°外圆车刀一把,并填写刀具卡(见附表二)。

(四)量具准备

0~150 mm游标卡尺1把,测量外圆和长度;25~50 mm外径千分尺1把,测量外圆。

(五)编写加工工艺

如图2.22所示,加工工艺步骤如下:

1)夹持 ϕ40 mm毛坯,伸出长度约73 mm夹紧;

2)平端面,以工件右端面为基准建立编程坐标系;

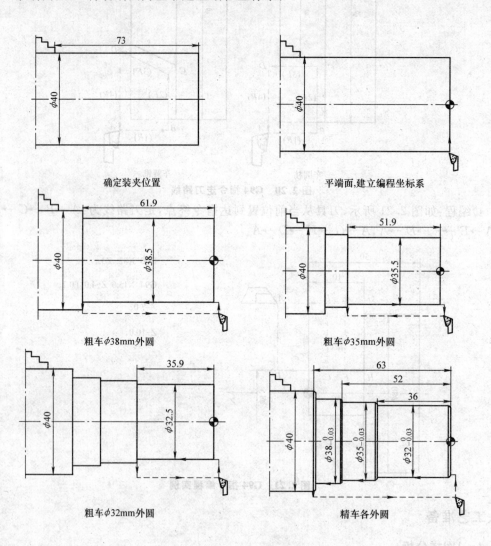

确定装夹位置　　　　　　平端面,建立编程坐标系

粗车 ϕ38mm外圆　　　　　　粗车 ϕ35mm外圆

粗车 ϕ32mm外圆　　　　　　精车各外圆

图2.22　阶梯轴加工工艺分析图

3)粗车外圆 $\phi 38$ mm、$\phi 35$ mm、$\phi 32$ mm,并分别留精车余量;

4)精车上述各外圆至尺寸,并倒角,保证各部分的加工精度。

(六)坐标计算

1)编程原点。为了方便计算与编程,编程坐标系原点确定在工件右端面中心点。

2)加工路线起刀点。该点通常离工件较近,但须与毛坯留有一定的距离,因此该该点的坐标定位为(X43.0,Z2.0)。

3)粗车各点坐标,精车各点坐标(见程序)。

(七)编制加工程序,填写加工程序单

1. 编制加工程序

(1)运用 G01 指令粗加工外圆

程序	说明
O0001;	程序号
N10 T0101 M03 S800;	1号刀执行1号刀补,主轴正转,转速800 r/min
N20 G00 X100.Z100.;	刀具快速定位至换刀点
N30 X43.Z0.;	刀具快速定位至平端面起刀点
N40 G99 G01 X0.F0.15;	刀具以 0.15 mm/r 的进给量平端面
N50 G00 X38.5 Z2.;	进刀至 $\phi 38.5$ mm 外圆起点
N60 G01 Z-61.9 F0.3;	切削
N70 G00 X43.Z2;	退刀
N80 X35.5;	进刀
N90 G01 Z-51.9;	切削
N100 G00 X43.Z2.;	退刀
N110 X32.5;	进刀
N120 G01 Z-35.9;	切削
N130 G00 X100.Z100.;	退刀至换刀点,便于测量
N140 M05;	主轴停
N150 M00;	暂停测量,调刀补,保证尺寸加工精度
N160 T0101 M03 S1200;	1号刀执行调整后的刀补,主轴正转,转速1 200 r/min
N170 G00 X30.Z2.;	刀具快速进刀至 $\phi 32$ mm,外圆,倒角 C1 起点
N180 G01 Z0.F0.15;	靠至端面准备精车
N190 X32.Z-1.;	开始精车倒角 C1
N200 Z-36.;	精车外圆 $\phi 32$ mm
N210 X33.;	退刀至 $\phi 35$ mm 倒角起点
N220 X35.Z-37.;	倒角 C1
N230 Z-52.;	精车外圆 $\phi 35$ mm
N240 X37.;	退刀至锐角倒钝起点

59

N250 X38. Z−52.5；　　　　　　锐角倒钝 C0.5

N260 Z−62.；　　　　　　　　　精车外圆 φ38 mm

N270 X40.0 Z−63.；　　　　　　倒角 C1

N280 G00 X100. Z100.；　　　　快速退刀至换刀点

N290 M30；　　　　　　　　　　程序结束并复位

（2）运用 G90 指令粗加工外圆

O0002；　　　　　　　　　　　　程序号

N10 T0101 M03 S800；　　　　　1 号刀执行 1 号刀补，主轴正转，转速 800 r/min

N20 G00 X100. Z100.；　　　　　刀具快速定位至换刀点

N30 X43. Z0.；　　　　　　　　刀具快速定位至平端面起刀点

N40 G99 G01 X0. F0.15；　　　　刀具以 0.15 mm/r 的进给量平端面

N50 G00 X41. Z2.；　　　　　　进刀至 G90 循环起点

N60 G90 X38.5 Z−61.9 F0.3；　执行 G90 粗车外圆

N70 X35.5 Z−51.9；

N80 X32.5 Z−35.9；

N90 G00 X100. Z100.；　　　　　退刀至换刀点，准备测量

N100 M05；　　　　　　　　　　主轴停

N110 M00；　　　　　　　　　　暂停测量，调刀补保证尺寸加工精度

N120 T0101 M03 S1200；　　　　1 号刀执行调整后的刀补，主轴正转，转速 1 200 r/min

N130 G00 X30. Z2.；　　　　　　刀具快速进刀至 φ32 mm 倒角 C1 起点

N140 G01 Z0. F0.15；　　　　　靠至端面准备精车

N150 X32. Z−1.；　　　　　　　开始精车倒角 C1

N160 Z−36.；　　　　　　　　　精车外圆 φ32 mm

N170 X33.；　　　　　　　　　　退刀至 φ35 mm 倒角起点

N180 X35. Z−37.；　　　　　　倒角 C1

N190 Z−52.；　　　　　　　　　精车外圆 φ35 mm

N200 X37.；　　　　　　　　　　退刀至锐角倒钝起点

N210 X38. Z−52.5；　　　　　　锐角倒钝 C0.5

N220 Z−62.；　　　　　　　　　精车外圆 φ38 mm

N230 X40.0 Z−63.；　　　　　　倒角 C1

N240 G00 X100. Z100.；　　　　快速退刀至换刀点

N250 M30；　　　　　　　　　　程序结束并复位

2. 填写加工程序单

数控加工程序单见附表一。

四、任务实施

（一）仿真加工练习

1）进入宇龙仿真数控系统，选择 FANUC 系统数控车床，机械回零。

2）定义 $\phi40\ mm\times100\ mm$ 毛坯，选择93°外圆车刀，置于刀架的1号刀位。

3）对刀建立工件坐标系。

4）输入程序号。

5）自动方式运行加工程序，完成外圆和端面的粗、精车。

（二）实习车间加工

1）工件的装夹。将工件置于三爪卡盘中，控制工件的伸出长度约73 mm，夹持工件外圆找正并夹紧。

2）刀具的装夹。将外圆车刀置于刀架的1号刀位，调整好刀具高度、主偏角与副偏角和伸出长度后，夹紧刀具。

3）对刀、建立工件坐标系。

4）输入并调试程序。将程序 O0001 输入到数控装置中，在自动运行方式下，开启"空运行"和"机床锁住"功能，检查走刀轨迹。

5）自动方式运行加工程序，查看机床的快速倍率和进给倍率是否处在较低挡位，检查主轴倍率等是否在正常位置，运行加工程序，注意查看安全点和起刀点。加工过程中，操作者将手置于暂停（或急停、复位）按钮处，完成外圆和端面的粗、精车。

6）测量并调刀补，根据测量结果对磨耗（刀补）值或程序进行修正。

7）卸下工件，清理机床。

五、考核评价

1）学生完成零件自检，填写考核评分表（见工作页），同刀具卡和加工程序单一起上交。

2）教师对零件进行检测，对上述项目进行批改，对学生整个任务的实施过程进行分析，并填写考核评分表，对学生进行成绩评定。

六、项目评估

1）学生自评。每组选出代表，对本组产品进行论证说明。重点从方案设计、材料选择、加工工艺安排、加工方法、切削用量、产品的加工质量、成本（约数）等方面进行阐述。

2）小组互评。根据各组完成情况，各组间对彼此加工方案提出意见和建议。在激烈的探讨过程中，可以加深对知识的理解和运用。

3）教师评价。对整个项目实施过程进行综合评价。首先肯定大家的成绩，增强大家学习的热情和兴趣，同时对项目实施过程中的问题进行评析。评选出优秀的小组进行表扬。

61

七、思考与练习

1）常用外圆加工G代码有哪些？试用不同编程指令加工外圆。

2）绝对坐标编程和增量坐标编程有什么不同？编程时应如何区分选择？

3）编制图2.23所示的简单阶梯轴零件车削加工程序。零件加工的单边精车余量为0.5 mm。

4）按图2.1加工要求，灵活选择编程指令加工零件。

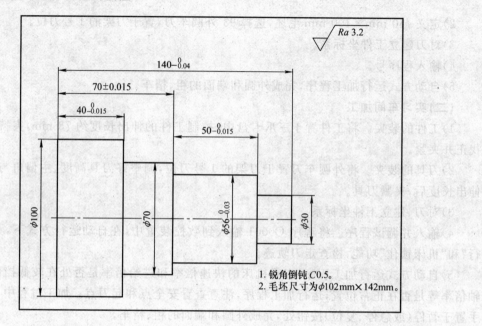

图 2.23   简单阶梯轴零件图

项目三 锥度轴的加工

项目导读

圆锥面配合的同轴度高、拆卸方便,圆锥角较小($\alpha<3°$)时锥度轴能够传递很大扭矩,因此在机械加工中被广泛采用。本项目通过锥度轴加工的学习和实施,使学生熟练掌握锥度尺寸的计算方法、锥度轴的加工方法、锥度轴质量的检测、夹具和装夹方式的选择、切削用量的确定、基本指令和循环指令的运用、数控加工程序的编制等。

最终目标

熟练掌握锥度轴类零件的加工。

促成目标

1)正确识图并对零件图样进行工艺与技术要求分析。

2)熟练掌握制订锥度轴类零件加工方案。

3)熟练运用编程指令。

4)熟练并正确编制锥度轴类零件的数控加工程序。

5)熟练掌握锥度轴类零件的数控加工操作。

6)正确测量加工后的零件。

任务 锥度轴的加工

一、工作任务

加工图 3.1 所示锥度轴零件,材料为 45 钢,以项目二中加工后的零件为毛坯。

二、相关知识

1. 认识圆锥

(1)圆锥各部分的名称

如图 3.2 所示,圆锥由几部分组成,分别为圆锥锥度(C)、最大圆锥直径(大端直径 D)、最小圆锥直径(小端直径 d)、圆锥角(α)、圆锥半角($\alpha/2$)和圆锥长度(L)。其中圆锥锥度是两个垂直圆锥轴截面的圆锥直径差与该两截面间的轴向距离之比。

(2)圆锥的计算

1)已知锥度 C、大端直径 D、小端直径 d、圆锥长度 L 中的任意三个量,求另外一个未知量的公式是:

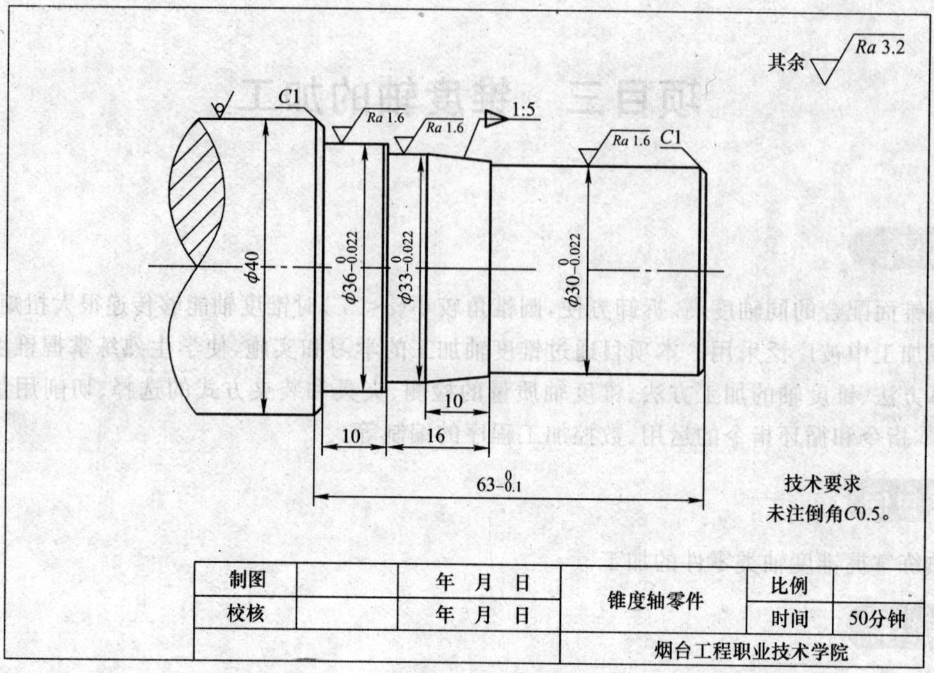

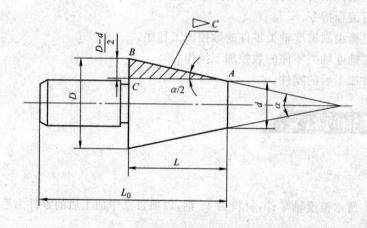

图 3.1　锥度轴零件图

图 3.2　圆锥的组成

$$C = \frac{D-d}{L}$$

2)已知大端直径 D、小端直径 d、圆锥长度 L、圆锥半角 $\alpha/2$ 中的任意三个量,求另外一个未知量的公式是:

$$\tan\left(\frac{\alpha}{2}\right) = \frac{D-d}{2L}$$

3)圆锥半角 $\alpha/2$ 与锥度 C 的关系公式是:

$$C = 2\tan\left(\frac{\alpha}{2}\right)$$

2. 标准圆锥

为了降低生产成本以及使用的方便,把常用的工具圆锥表面也做成标准化,即圆锥表面的各部分尺寸按照规定的几个号码来制造,使用时只要号码相同,圆锥表面就能紧密配合和互换。根据标准尺寸制成的圆锥叫做标准圆锥,常用标准圆锥有下列 2 种。

(1)莫氏圆锥

莫氏圆锥在机器制造业中应用广泛。如车床主轴锥孔、尾座套筒锥孔、钻头柄、铰刀柄等都用莫氏圆锥。莫氏圆锥按尺寸由小到大有 0、1、2、3、4、5、6 七个型号,当型号不同时,锥角和其他尺寸都不同。不同型号的莫氏圆锥各部分尺寸可查阅相关标准。

(2)米制圆锥

米制圆锥有 8 个型号,即 4、6、80、100、120、140、160、200 号。

3. 圆锥的加工方法

(1)圆锥面的加工指令

1)G01 X(U)__ Z(W)__ F __;

车削图 3.3 所示的外圆锥面的程序是:

G01 X80. Z−80. F0.3;或 G01 U20. W−80. F0.3;

2)G90 X(U)__ Z(W)__ R __ F __;

此程序的轨迹如图 3.4 所示,刀具从定位点 A 开始沿 $ABCDA$ 的方向运动,其中 X(U)、Z(W)给出 C 点的位置,R 为切削起点与圆锥面切削终点的半径差。R 值的正负由 B 点和 C 点的 X 坐标之间的关系确定,图 3.4 中 B 点的 X 向坐标比 C 点的 X 向坐标小,所以 R 应取负值。

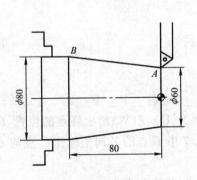

图 3.3　圆锥面加工

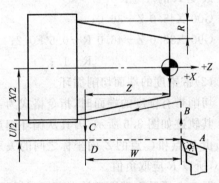

图 3.4　圆锥面切削循环

(2)圆锥面的加工路线

圆锥的切削方法有两种,如图 3.5 所示。

1)X 向、Z 向终点坐标尺寸位置不变,每个程序段只改变 R 的尺寸,如图 3.5(a)所示。

2)R 向、Z 向尺寸不变,每个程序段只改变 X 向的尺寸,如图 3.5(b)所示。

注意:为了防止刀具与工件相撞,加工前刀具定位时,刀具要保持和圆锥的端面有 1~2 mm 的距离。此时的 R 值利用相似三角形计算。

本项目中锥面的加工程序如下:

计算锥小端直径,由

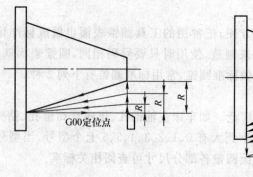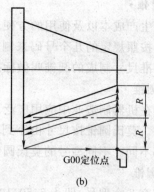

(a)   (b)

图 3.5　圆锥的切削方法

(a)改变 R 的尺寸;(b)改变 X 的尺寸

$$C=\frac{D-d}{L}=\frac{1}{5}$$

$$10=5(33-d)$$

$$d=31 \text{ mm}$$

得

改变 X 的尺寸:

G00 X45. Z−36. ;

G90 X33.5 Z−46.0 R−1. F0.2 ;

　　X33. ;

改变 R 的尺寸:

G00 X45.0 Z−36.0;

G90 X33.0 Z−46.0 R−0.5 F0.2;

　　　　　　　　R−1. ;

(3)带锥度的端面切削循环

切削带有锥度的端面时,指令格式为:G94 X(U)＿ Z(W)＿ R ＿ F ＿;

其轨迹如图 3.6 所示,刀具从循环起点开始,其中 X(U)、Z(W)给出终点的位置,R 值的正负由 B 点和 C 点的 Z 向坐标之间的关系确定,图 3.7 中 B 点的 Z 向坐标比 C 点的 Z 向坐标小,所以 R 应取负值。

图 3.7 所示为带锥度的端面切削循环,刀具在 A 点,编程如下:

G94 X15.0 Z33.48 R−3.48 F0.2;　　$A\rightarrow B\rightarrow C\rightarrow D\rightarrow A$

　　　Z31.48;　　　　　　　　　　$A\rightarrow E\rightarrow F\rightarrow D\rightarrow A$

　　　Z28.78;　　　　　　　　　　$A\rightarrow G\rightarrow H\rightarrow D\rightarrow A$

(4)复合型车削固定循环

1)外圆粗车循环指令 G71 适用于切除棒料毛坯的大部分加工余量,其格式为:

G00 X(α) Z(β);

G71 U(Δd)R(e);

G71 P(n_s) Q(n_f) U(ΔU)W(ΔW) F ＿ S ＿ T ＿;

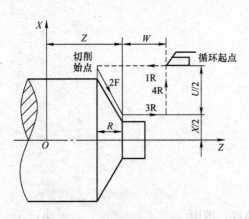

图 3.6 带锥度的端面切削循环

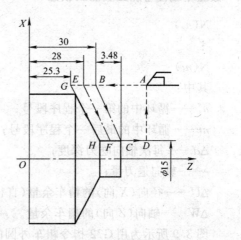

图 3.7 G94 指令加工示例

N(n_s)

:

N(n_f)

其中：

n_s——循环中的第一个程序段号；

n_f——循环中的最后一个程序段号；

Δd——每次径向吃刀深度（半径值）；

e——径向退刀量（半径值）；

ΔU——径向（X 向）的精车余量（直径值）；

ΔW——轴向（Z 向）的精车余量。

图 3.8 所示为用 G71 粗车外圆的走刀路线。图中点 C 为起刀点，点 A 是毛坯外径与端面轮廓的交点。虚线表示快速进给，实线表示切削进给。

用 G71 指令编程时注意以下几点。

①在使用 G71 进行粗加工循环时，只有含在 G71 程序段中的 F、S、T 功能才有效，而包含在 $n_s \rightarrow n_f$ 精加工形状程序段中的 F、S、T 功能，对粗车循环无效。

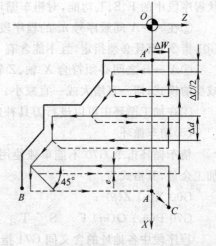

图 3.8 外圆粗车循环指令 G71 走刀路线图

②在 $A \rightarrow A'$ 间顺序号 n_s 的程序段中，只能含有 G00 或 G01 指令，必须指定出，不能省略，且不能含有 Z 轴指令。

③$A' \rightarrow B$ 必须符合 X、Z 轴方向的单调增大或减小的模式，即一直增大或一直减小。

④在加工循环中可以进行刀具补偿。

2）端面粗车循环指令 G72 适用于圆柱棒料毛坯端面方向粗车，从外径方向往轴心方向车削，其格式为：

G00 X(α) Z(β)；

G72 W(Δd) R(e)；

G72 P(n_s) Q(n_f) U(ΔU) W(ΔW) F ＿ S ＿ T ＿；

$N(n_s)$

$\vdots$

$N(n_f)$

其中：

n_s——循环中的第一个程序段号；

n_f——循环中的最后一个程序段号；

Δd——每次轴向吃刀深度；

e——轴向退刀量；

ΔU——径向（X 向）的精车余量（直径值）；

ΔW——轴向（Z 向）的精车余量。

图 3.9 所示为用 G72 指令粗车外圆的走刀路线。图中点 C 为起刀点，点 A 是毛坯外径与端面轮廓的交点。虚线表示快速进给，实线表示切削进给。

用 G72 指令编程时注意以下几点。

①在使用 G72 指令进行粗加工循环时，只有含在 G72 程序段中的 F、S、T 功能才有效，而包含在 $n_s \rightarrow n_f$ 精加工形状程序段中的 F、S、T 功能，对粗车循环无效。

②在 $A \rightarrow A'$ 间顺序号 n_s 的程序段中，只能含有 G00 或 G01 指令，而且必须指定，且不能含有 X 轴指令。

③$A' \rightarrow B$ 之间必须符合 X 轴、Z 轴方向的单调增大或减少的模式，即一直增大或一直减小。

④在加工循环中可以进行刀具补偿。

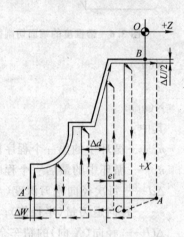

图 3.9 端面粗车循环指令 G72 走刀路线图

（5）精车循环

精车循环指令 G70 不能单独使用，G70 指令用于切除 G71 或 G72 指令粗加工后留下的加工余量，其格式为：

G00 X(α) Z(β)；

G70 P(n_s) Q(n_f) F＿ S＿ T＿；

程序段中各地址的含义同 G71 指令。

4. 工件的检测

（1）角度和锥度的测量

1）用游标万能角度尺测量。这种方法测量精度不高，只适用于单件、小批量生产。万能角度尺的结构如图 3.10 所示。测量时，转动游标万能角度尺背面的捏手 8，使基尺 5 改变角度，当转到所需角度时，用制动螺钉 4 锁紧。

游标万能角度尺可以测量 0°～320° 范围内的任何角度，其读数方法与游标卡尺相似。测量时，根据零件角度的大小，选用不同的测量装置，如图 3.11 所示。测量 0°～50° 的零件，选用图 3.11(a)所示的装置；测量 50°～140° 的零件，选用图 3.11(b)所示的装置；测量 140°～230° 的零件，选用图 3.11(c)、(d)所示的装置；如果将角尺和直尺都卸下，还可测量 230°～320° 的零件。

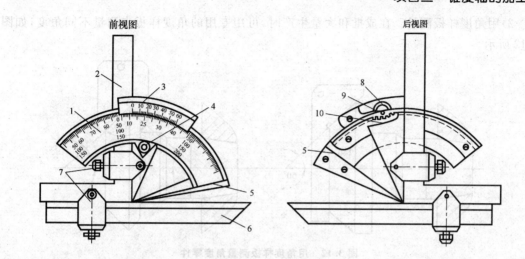

图 3.10　游标万能角度尺结构

1—主尺；2—角尺；3—游标；4—制动螺钉；5—基尺；6—直尺；7—卡块；8—捏手；9—小齿轮；10—扇形齿轮

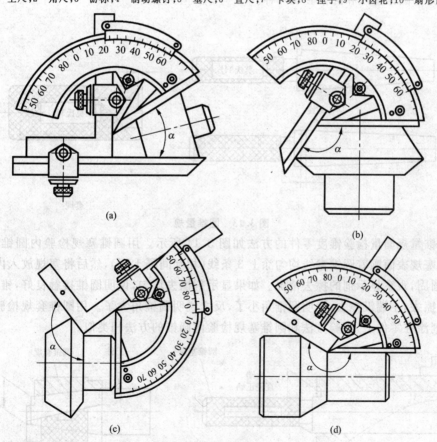

(a)

(b)

(c)

(d)

图 3.11　用游标万能角度尺测量不同角度的零件

(a)测量 0～50°的角度；(b)测量 50°～140°的角度；

(c)，(d)测量 140°～230°的角度

69

2）用角度样板测量。在成批和大量生产时,可用专用的角度样板来测量不同角度,如图 3.12 所示。

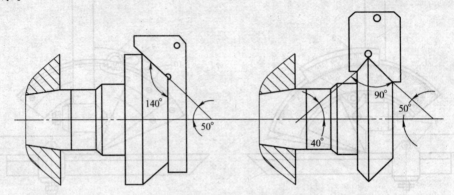

图 3.12　用角度样板测量角度零件

3）用圆锥量规测量锥度。当零件是标准圆锥时,可用圆锥量规(见图 3.13)来测量检验,圆锥量规分为圆锥塞规和圆锥套规两种。

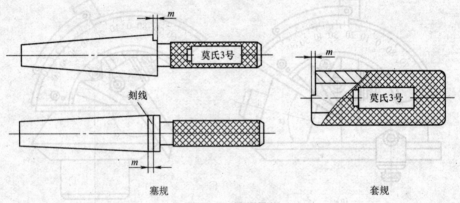

图 3.13　圆锥量规

用圆锥量规测量检验锥度零件的方法如图 3.14 所示。用圆锥塞规检验内圆锥时,先用显示剂在塞规表面顺着圆锥素线均匀涂上 3 条线(相互间隔 120°),然后将塞规放入内圆锥中转动1/4圆周,观察显示剂的擦去情况。如果显示剂擦去均匀,说明圆锥接触良好,锥度正确;如果大端擦去,小端没擦去,说明圆锥角小了,反之说明圆锥角大了。用圆锥套规检验外圆锥时,显示剂涂在零件上,检验方法和圆锥塞规检验内圆锥的方法相类似。

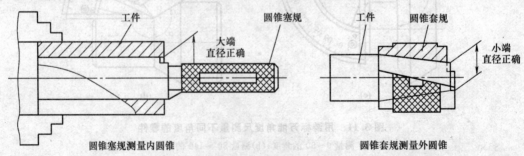

图 3.14　用圆锥量规测量检验锥度零件

（2）尺寸的测量

圆锥的大小端直径尺寸也可用圆锥量规来测量。大小端除了有一个精确的圆锥表面外，在端面上还分别具有一个台阶（刻线）。台阶长度（或刻线之间的距离）就是圆锥大小端直径的公差范围。检验时，零件的端面位于圆锥量规台阶之间才算合格。

5. 零件加工质量分析

车削圆锥的主要质量问题有工件的锥度不对或圆锥母线不直及表面质量不符合要求等，从而导致工件废品。对废品产生的问题必须根据具体情况进行认真分析，查找原因，采取预防措施并加以解决。

1）车锥面时，刀尖一定要与工件轴线等高，否则车出的工件素线不直，成双曲线形。

2）根据工件的尺寸与刀具的特点选择合适的进给量；检查机床间隙，使其控制在合理范围内；为了使圆锥、圆柱面连接处无毛刺，应在最后精加工时连续加工圆锥与圆柱，否则表面质量不符合要求。

3）没有加入刀尖圆弧半径补偿，可能导致锥度准确而尺寸不准确。

三、工艺准备

（一）图样分析

图 3.1 所示零件为锥度轴类零件，该零件外圆的表面结构参数要求最高为 $R_a1.6\ \mu m$，其余为 $R_a3.2\ \mu m$；无形位公差精度要求；毛坯材料为 45 钢；要进行锐角倒钝。

（二）夹具选择

锥度轴零件的加工选用常用夹具——三爪自定心卡盘进行装夹。

（三）刀具准备、填写刀具卡

加工该零件选择焊接式 93°粗、精外圆车刀各一把，并填写刀具卡片（见附表二）。

（四）量具准备

0～150 mm 游标卡尺一把，用于测量外圆和长度；25～50 mm 外径千分尺一把，用于测量外圆；圆锥量规一套。

（五）编排加工工艺

1）夹持 $\phi40$ mm 毛坯，伸出长度约 73 mm 夹紧。

2）平端面，以工件右端面中心建立编程坐标系。

3）粗车外圆 $\phi36$ mm、$\phi33$ mm、$\phi30$ mm 及锥度 1∶5，并分别留精车余量。

4）精车上述各外圆至要求的尺寸，并倒角，保证各部分的加工精度。

5）综合检查后卸下零件。

（六）坐标计算

1. 编程原点

为了方便计算与编程，编程坐标系原点定在工件右端面中心。

2. 加工路线起刀点

该点通常离工件较近且应与毛坯留有一定量，因此坐标为（X42，Z2．）。

3. 粗车及精车各点坐标

粗车及精车各点坐标见程序。

（七）编制加工程序，填写加工程序单

1. 编制加工程序

图 3.1 所示零件外圆可用以下两种不同的指令来加工。

（1）运用 G90 指令粗加工外圆

O0001；	程序号
G21 G40 G97 G99；	程序初始化
T0101 M03 S800；	1 号刀执行 1 号刀补，主轴正转，转速 800 r/min
G00 X100. Z100.；	刀具安全点定位
X42. Z2.；	刀具快速定位到工件附近
G90 X38.5 Z−61.9 F0.3；	G90 粗车外圆
X36.5；	
X35. Z−51.9；	
X33.5；	
X31.5 Z−35.9；	
X30.5；	
G00 X40. Z−36.；	定位至锥度圆起点
G90 X33.5 Z−46. R−1.；	G90 粗车圆锥
G00 X100. Z100.；	退刀至换刀点，准备测量
M05；	主轴停
M00；	暂停测量，调刀补保证尺寸加工精度
T0101 M03 S1200；	1 号刀执行调整后的刀补，主轴正转，转速 1 200 r/min
G00 X28. Z2.；	刀具快速进刀至 ϕ30 mm 倒角起点
G01 Z0. F0.15；	靠至端面准备精车
X30. Z−1.；	开始精车倒角 C1
Z−36.；	精车外圆 ϕ30 mm
X31.；	退刀至锥度起点
X33. Z−46.；	精车圆锥
Z−52.；	精车外圆 ϕ33 mm
X35.；	退刀至锐角倒钝起点
X36. W−0.5；	锐角倒钝 C0.5
Z−62.；	精车外圆 ϕ36 mm
X38.；	退刀至倒角起点
X40. W−1.；	倒角 C1
G00 X100. Z100.；	快速退刀至换刀点
M30；	程序结束并复位

(2)运用 G71 指令粗加工外圆

O0002;	程序号
G21 G40 G97 G99;	程序初始化
T0101 M03 S800;	1 号刀执行 1 号刀补,主轴正转,转速 800 r/min
G00 X100. Z100.;	刀具安全点定位
X42. Z2.;	刀具快速定位到工件附近
G71 U1. R1.;	G71 粗车外圆,吃刀深度 1 mm,退刀量 1 mm
G71 P10 Q20 U1. W0.05 F0.3;	指定精车起始与结束段号并留精车余量
N10 G00 X28.;	精车路线
G01 Z0. F0.15;	
X30. Z-1.;	
Z-36.;	
X31.;	
X33. W-10.;	
Z-52.;	
X35.;	
X36. W-0.5;	
Z-62.;	
N20 X40. W-1.;	
G00 X100. Z100.;	退刀至安全点,准备测量
M05;	主轴停
M00;	暂停测量,调刀补保证尺寸加工精度
T0101 M03 S1200;	1 号刀执行调整后的刀补,主轴正转,转速 1 200 r/min
G00 X42. Z2.;	
G70 P10 Q20;	G70 精车外圆
G00 X100. Z100.;	快速回换刀点
M30;	程序结束并复位

2. 填写加工程序单

数控加工程序单见附表一。

四、任务实施

(一)仿真加工练习

1)进入宇龙仿真数控系统,选择 FANUC 系统数控车床,机械回零。

2)定义 φ40 mm×100 mm 实心毛坯,选择 93°外圆车刀,置于刀架的 1 号刀位。

3)对刀、建立工件坐标系。

4)输入程序。

5)自动方式运行加工程序,完成外圆加工和端面的粗、精车工序。

（二）实习车间加工

1）将工件置于三爪卡盘中，控制工件的伸出长度约 73 mm，夹持工件外圆找正并夹紧。

2）将外圆车刀置于刀架的 1 号刀位，调整好刀具高度、伸出长度和主偏角与副偏角后，夹紧刀具。

3）对刀、建立工件坐标系。

4）将程序输入到数控装置中，在自动运行方式下，开启"空运行"和"机床锁住"功能，检查走刀轨迹。

5）自动方式运行加工程序，完成外圆的粗、精车。

6）卸下工件，清理机床。

五、考核评价

1）学生完成零件自检，填写考核评分表（见工作页），同刀具卡、工序卡和加工程序单一起上交。

2）教师对零件进行检测，对刀具卡、工序卡和程序单进行批改，并填写考核评分表对学生进行成绩评定。

六、项目评估

1）学生自评。每组选出代表，对本组产品进行论证说明，重点从方案设计、材料选择、加工工艺安排、加工方法、切削用量、产品的加工质量、成本（约数）等方面进行阐述。

2）小组互评。根据各组完成情况，各组间对彼此加工方案提出意见和建议。在探讨过程中，可以加深对知识的理解和运用。

3）教师评价。对整个项目实施过程进行综合评价，肯定大家的成绩，增强大家学习的热情和兴趣，同时对项目实施过程中的问题进行评析。

七、思考与练习

运用数控车床加工图 3.15 所示圆锥轴零件，毛坯为 $\phi32$ mm 棒料，材料为 45 钢。

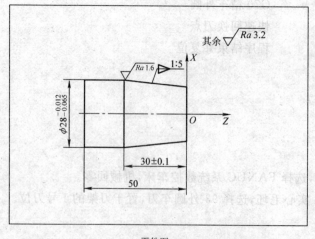

零件图

实体图

图 3.15　圆锥轴

项目四 外沟槽零件的加工

项目导读

在机械加工过程中,经常可以看到不同形状的沟槽,如储油槽、退刀槽等,其应用范围比较广泛。在数控车上对工件沟槽的加工和切断工件是数控车的基本操作技能之一,也是切削加工其他零件的基础。本项目主要包括外沟槽的加工和工件的切断,通过任务的学习和实施,使学生熟练地掌握矩形外沟槽的加工、检测和切断工件的方法,能分析加工时常见的问题并掌握其解决方法。

最终目标

能对工件外圆进行矩形槽的加工和切断。

促成目标

1)掌握矩形槽的加工和检测。

2)快速合理地在数控车上切断工件。

3)合理选择切槽、切断时的切削用量。

4)掌握切槽刀切槽时产生的振动和切断刀折断的原因及预防方法。

任务 外沟槽零件的加工

一、工作任务

加工图 4.1 所示外沟槽零件。材料为 45 钢,以项目三中加工完的零件为毛坯。

二、相关知识

1. 车槽刀

(1) 车槽刀简介

车槽刀以横向进给为主,由一个主切削刃、两个刀尖、两个副切削刃组成,如图 4.2 所示。车槽刀刀头窄而长,强度差;主切削刃太宽会引起振动,切断时浪费材料,太窄又削弱刀头的强度。

主切削刃宽度可以用如下经验公式计算:

$$b=(0.5\sim0.6)\sqrt{d}$$

刀头的长度可以用如下经验公式计算:

$$L=h+(2\sim3)$$

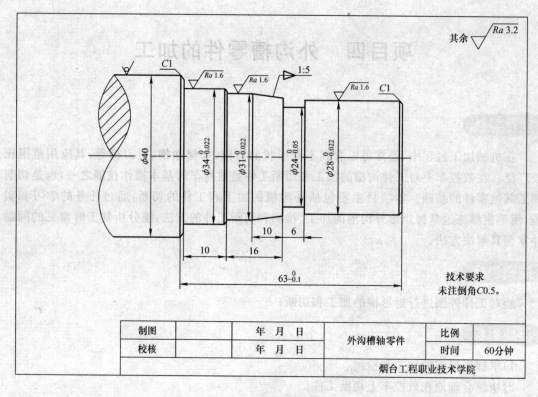

其余 $\sqrt{}$ Ra 3.2

技术要求
未注倒角C0.5。

制图		年 月 日	外沟槽轴零件	比例	
校核		年 月 日		时间	60分钟
			烟台工程职业技术学院		

图 4.1 外沟槽零件图

式中 b——切削刃宽度,mm;

       d——待加工零件表面直径,mm;

       L——刀头长度,mm;

       h——切入深度,mm。

（2）槽的类型

根据槽所处的位置不同,数控车削加工的槽主要包括内、外沟槽及端面槽,本项目中仅讨论外沟槽,如图 4.3 所示。

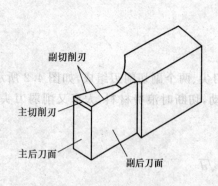

副切削刃

主切削刃

主后刀面

副后刀面

图 4.2 车槽（切断）刀

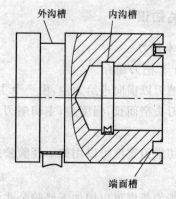

外沟槽

内沟槽

端面槽

图 4.3 槽的类型

（3）车刀的装夹

车刀的装夹要注意以下几点。

1）刀尖对准工件中心。

2）刀头伸出长度不能过长，否则车刀刚性变差，易折断。

3）车刀的轴线必须垂直于工件轴线，否则车出的槽壁可能不平直，影响工件质量。

（4）刀位点

刀位点是指在编制程序和加工时，用于表示刀具的基准点，也是对刀时的

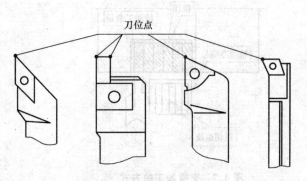

图4.4 数控车刀的刀位点

注视点，一般是刀具上的一点。常用数控车刀的刀尖点作为刀位点，如图4.4所示。

2. 车槽的切削用量

切削用量包括背吃刀量、进给量和切削速度三要素。在切槽加工中，背吃刀量受到刀具宽度的影响，其大小的调节范围较小；切削速度一般取外圆切削速度的$60\%\sim80\%$；进给量一般取$0.05\sim0.3$ mm/r。

3. 车外沟槽的方法

1）对于宽度、深度不大，切削精度要求不高的浅槽加工，采用与槽等宽的刀具直接切入一次成型的方法加工，如图4.5所示。刀具切入到槽底后可利用延时指令使刀具短暂停留，以修整槽底，退出过程采用工进速度。

2）对于宽度值不大、深度值较大的深槽加工，为了避免切槽进程中排屑不畅导致打刀现象，应采用多次进刀的方式，如图4.6所示。

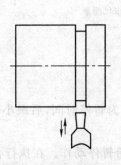

图4.5 浅槽加工的方式

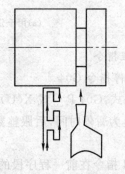

图4.6 深槽加工的方式

3）宽槽的切削。在切削宽槽时，常先采用多次横向走刀粗切，然后用精切槽刀沿槽的一侧切至槽底，精加工槽底至槽的另一侧，再沿侧面退出，切削方式如图4.7所示。也可采用纵、横向综合走刀方式粗切，如图4.8所示。横向走刀深度通常取刀片宽度的$60\%\sim70\%$，纵向双向走刀加工，有利于刀口两侧均匀磨损，延长刀具使用寿命。

4. 外沟槽的检查和测量

1）对精度要求高的沟槽，通常用千分尺（图4.9(a)）和样板测量（图4.9(b)）。

2）对精度要求低的沟槽，可用游标卡尺测量（图4.9(c)）。

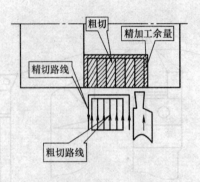

图 4.7　宽槽加工的方式

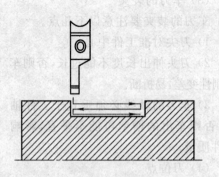

图 4.8　纵、横向综合走刀的方式

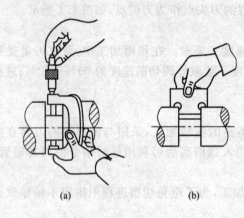

(a)　　　　　　　　(b)　　　　　　　　(c)

图 4.9　外沟槽的测量方法
(a)用千分尺测量;(b)用样板测量;(c)用游标卡尺测量

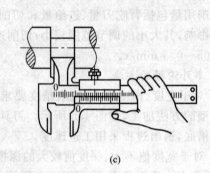

5. 编程指令

(1) 暂停指令 G04

指令格式:G04 P__或 X(U)__;

其中 P 为暂停时间,后跟整数值(ms),如 P2000;X(U)为暂停时间,后跟小数值(s),如 X2.0。

1) G04 指令在前一程序段的进给速度降到零之后才开始暂停动作。在执行含 G04 指令的程序段时,先执行暂停功能。

2) G04 为非模态指令,仅在其被规定的程序段中有效。

3) G04 指令可使刀具作短暂停留,以获得圆整而光滑的表面。该指令除用于切槽、钻镗孔外,还可用于拐角轨迹控制。

(2) 径向切槽复合循环指令 G75

径向切槽复合循环指令 G75 可以实现深槽的断屑加工。其刀具轨迹如图 4.10 所示,刀具从循环起点 A 点开始,沿径向进刀 Δi,并到达 C 点,然后退刀 e(断屑)到 D 点,再按循环递进切削至径向终点的 X 向坐标处,然后快速退刀到径向起刀点,完成一次切削循环;接着沿轴

向偏移 Δk 至 F 点,进行第二次切削循环;依次循环直至刀具切削至循环终点坐标处(B 点),径向退刀至起刀点(G 点),再轴向退刀至起刀点(A 点),完成整个刀槽循环动作。

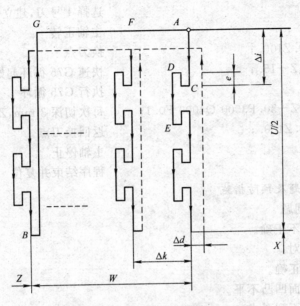

图 4.10 径向切槽复合循环

指令格式:G75 R(e);
              G75 X(U)＿Z(W)＿P(Δi)Q(Δk)R(Δd)F ＿;

其中 e——退刀量;

        X、Z——绝对坐标编程,切削终点的坐标值;

        U、W——增量坐标编程,切削终点相对循环起点的坐标值;

        Δi——X 向的每次切深量,用不带符号的半径量表示,μm;

        Δk——刀具完成一次径向切削后,在 Z 向的偏移量(无符号),μm;

        Δd——刀具在槽底的 Z 向退刀量,无要求时可省略。

【例 4.1】 加工图 4.11 所示的 20 mm 宽槽,刀具宽度为 5 mm,工件材料为 45 钢。

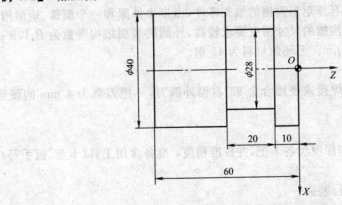

图 4.11 径向切槽复合循环指令编程实例

79

参考程序

O4001；	程序名
N10 T0101；	选择1号刀,建立1号刀补
N20 M03 S700 ；	主轴正转
N30 G00 X100.Z100.；	换刀点
N40 G00 X42.Z−15.；	快速G75循环起始点
N50 G75 R1.；	执行G75循环
N60 G75 X28.Z−30.P3000 Q4000 F0.1；	每次切深3 mm,Z向移动量为4 mm
N70 G00 X100.Z100.；	返回换刀点
N80 M05；	主轴停止
N90 M30；	程序结束并复位

6. 车槽常见问题及预防措施

（1）车槽常见问题

1）沟槽的宽度不正确。

2）沟槽位置不对。

3）沟槽深度不正确。

4）槽的两侧表面凹凸不平。

5）表面质量达不到要求。

（2）预防措施

1）根据沟槽宽度刃磨刀体宽度,正确仔细测量。

2）正确对刀补,准确定位。

3）X向刀补要准确,避免有误差,主刀刃安装要平直。

4）增加切槽刀的强度,刃磨时必须使主刀刃平直;保证两侧副偏角对称。

5）正确选择两副偏角的数值;选择适当的切削速度,并浇注冷却润滑液;采取防振措施;控制切屑的形状和排出方向。

三、工艺准备

（一）图样分析

图4.1所示零件为一带有外矩形沟槽的轴类零件,由多个外圆和一个圆锥、矩形槽组成。该零件外圆的尺寸精度和外沟槽的尺寸精度要求较高,外圆的表面结构参数为 R_a1.6 μm,沟槽的表面结构参数为 R_a3.2 μm。毛坯的材料为45钢。

（二）刀具选择

加工该零件时选择一把焊接式硬质合金93°右偏外圆刀,一把刀宽为4 mm的硬质合金切槽刀。

（三）准备量具、工具

选用游标卡尺、千分尺和深度尺各1把,并校准精度,准备常用工具(卡盘、扳手等)。

（四）选择装夹方法

采用三爪卡盘对工件进行装夹。

（五）编写加工工艺

加工工艺见表4.1。

表 4.1　数控加工工序卡

数控加工工序卡			产品名称	零件名称	材料	零件图
工序	程序编号	夹具名称	夹具编号	使用设备		车间
工步号	工步内容	刀具号	主轴转速 /(r/min)	进给速度 /(mm/r)	背吃刀量 /mm	备注
装夹：夹住棒料一头，伸出长度大约 73 mm，车端面(手动操作)，对刀补调出程序						
1	粗、精车外圆	T0101	600	0.2	0.7	粗车
			1 000	0.1	0.3	精车
2	切槽	T0202	300	0.05		

(六)进给路线的确定(略)

(七)刀具及切削参数的确定

刀具及切削参数的确定见表 4.2。

表 4.2　数控加工刀具卡

数控加工 刀具卡	工序号	程序编号	产品名称	零件名称	材料	零件图号
					45 钢	
序号	刀具号	刀具名称及规格		刀尖半径/mm	加工表面	备注
1	T0101	93°右偏外圆刀		0.4	外圆、端面	硬质合金
2	T0202	切槽刀(b=4 mm)			切槽	硬质合金

(八)编程加工程序

1. 编制加工程序,填写加工程序单

图 4.1 所示零件的外沟槽可用不同指令来加工(外圆加工程序略)。

(1)运用 G01 指令切槽

O0001;	程序号
T0202;	换 2 号切槽刀
M03 S300;	主轴正转,降低转速
G99 G00 X100.0 Z100.0;	快速至安全点
G00 X35. Z−36.;	快速至切槽点
G01 X24. F0.05;	切槽至 φ24 mm
G04 X1.;	槽底暂停 1 s
G01 X38. F0.3;	退出槽底
Z−34.;	Z 向移动
G01 X24. F0.05;	切槽至 φ24 mm
G04 X1.;	槽底暂停 1 s
G01 X38. F0.3;	退出槽底
G00 X100. Z100.;	返回换刀点
M30;	程序结束并返回开头

(2)运用 G75 指令切槽

O0002;	程序号
T0202;	换 2 号切槽刀
M03 S300;	主轴正转,降低转速
G99 G00 X100.0 Z100.0;	快速至安全点
G00 X35. Z−34.;	快速至切槽点
G75 R1.;	执行 G75 循环
G75 X24. Z−36. P3000 Q3500 F0.1;	每次切深 3 mm,Z 向移动量为 3.5 mm
G00 X100. Z100.;	返回换刀点
M30;	程序结束并复位

2. 填写加工程序单。

数控加工程序单见附表一。

四、任务实施

(一)仿真加工练习

1)进入宇龙仿真数控系统,选择 FANUC 系统数控车床,机械回零。

2)定义 $\phi40$ mm×100 mm 实心毛坯,选择 93°外圆车刀和 4 mm 切断刀,分别置于刀架的 1 号、2 号刀位。

3)对刀、建立工件坐标系。

4)输入程序。

5)自动方式运行加工程序并完成外圆和沟槽的粗、精车。

(二) 实习车间加工

1)工件安装。用三爪卡盘安装工件,伸出 73 mm 夹紧。

2)刀具安装。分别将 93°偏刀、切槽刀安装在方刀架上,调整好刀具高度和伸出长度,夹紧刀具。

3)输入程序。在编辑方式下,输入程序,要求快速、准确。

4)对刀、输刀补。在手轮方式下,1 号刀、2 号刀进行对刀,把相应的 X、Z 值输入到刀补号中。(系统不同,输刀补号的位置也略有不同,要加以区分)

5)程序校验及试车削。在自动运行方式下,开启"空运行"和"机床锁住"功能,检查走刀轨迹是否正确。

6)自动运行粗加工零件。查看机床的快速倍率和进给倍率是否处在较低挡位,检查主轴倍率等是否在正常位置,运行加工程序,注意查看安全点和起刀点;加工过程中,操作者将手置于暂停(或急停、复位)按钮处。

7)测量工件,修改磨耗(刀补)。

8)执行精加工。

9)卸下工件,清理机床。

五、考核评价

1)学生完成零件自检,填写考核评分表(见工作页),同刀具卡、工序卡和程序单一起上交。

2)教师对零件进行检测,对刀具卡、工序卡和程序单进行批改,并填写考核评分表对学生进行成绩评定。

六、项目评估

1)学生自评。每组选出代表,对本组产品进行论证说明。重点从方案设计、材料选择、加工工艺安排、加工方法、切削用量、产品的加工质量、成本(约数)等方面进行阐述。

2)小组互评。根据各组完成情况,各组间对彼此加工方案提出意见和建议。在探讨的过程中,可以加深对知识的理解和运用。

3)教师评价。对整个项目实施过程进行综合评价。首先肯定大家的成绩,增强大家学习的热情和兴趣,同时对项目实施过程中的问题进行评析。评选出优秀的小组进行表扬。

七、思考与练习

1)车槽常见的问题有哪些,车槽刀的装夹要求有哪些?

2)加工图 4.12 所示工件,毛坯为 $\phi32$ mm 棒料,材料为 45 钢。

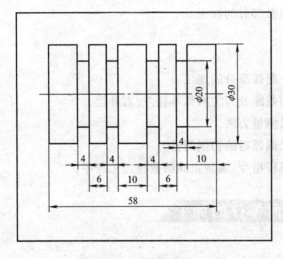

图 4.12 槽类零件

项目五　简单成型面零件的加工

项目导读

数控车床与普通车床相比具有适应性强，加工精度高，生产效率高，能完成复杂型面的加工等特点。随着新产品的开发，零件形状越来越复杂，精度要求也越来越高，无疑要充分发挥数控车床的优点，圆弧加工就充分体现了这一点。在本项目中，首先要掌握圆弧加工的手工编程；其次选择合理的切削用量，加工出精度较高的带有圆弧结构的零件，同时掌握圆弧的检测方法。

最终目标

熟练掌握零件上圆弧部分的加工。

促成目标

1) 熟练掌握零件上圆弧部分的加工。

2) 掌握圆弧顺逆的判断及刀尖圆弧半径左/右补偿。

3) 掌握基本的圆弧测量方法。

4) 合理地选择加工圆弧时的切削用量。

5) 熟练运用圆弧编程指令，编制正确的数控加工程序。

任务　简单成型面零件的加工

一、工作任务

加工图 5.1 所示的成型面零件，材料为 45 钢，以项目四中加工完的零件为毛坯。

二、相关知识

1. 加工圆弧常用车刀的材料和几何形状

（1）刀具材料

车刀切削部分的材料通常为高速钢和硬质合金两种，它们分别具有不同的特点。

1) 高速钢车刀刃磨方便，切削刃锋利、韧性好，刀尖不易崩裂，加工零件的表面结构参数值小。但是热稳定性差，不适宜高速切削。

2) 硬质合金车刀的硬度高、耐磨性好、耐高温、热稳定性好，适宜高速切削。但抗冲击能力差，易出现崩刀现象。

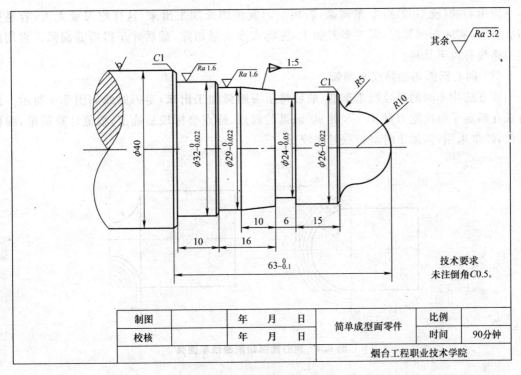

图 5.1　简单成型面零件图

（2）车刀的几何形状

图 5.2 所示是加工圆弧常用的几种不同形状的成型车刀,刀具材料多为高速钢。

在数控机床上加工圆弧类零件普遍采用的刀具是机夹刀,刀片材料为硬质合金,最常用的刀具为外圆左偏刀,如图 5.3 所示。

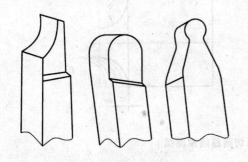

图 5.2　常用的几种圆弧车刀

图 5.3　外圆左偏刀

2. 圆弧加工路线的确定

在数控加工中,刀具刀位点相对于工件的运动轨迹和方向称为加工路线。即刀具从对刀点开始运动起,直至结束加工程序所经过的路径,包括切削加工的路径及刀具引入、返回等非切削空行程。影响走刀路线的因素很多,有工艺方法、工件材料及其状态、加工精度及表面质量要求、刀具及工件刚度、加工余量、耐用度及状态、机床类型与性能等,加工路线首先必须保证被加工零件的尺寸精度和表面质量,其次考虑走刀路线尽量短、加工效率高等。

应用 G02(或 G03)指令车圆弧,若用一刀就把圆弧加工出来,这样吃刀量太大,容易打刀。所以,实际车圆弧时,需要多刀加工,先将大多余量切除,最后才车得所需圆弧。常用的走刀路线有以下几种。

(1) 同心圆弧切削路线车圆弧

该方法用不同的半径圆来车削,最后将所需圆弧加工出来,走刀路线如图 5.4 所示。此方法在确定了每次吃刀量 a_p 后,对 90°圆弧的起点、终点坐标较易确定,数值计算简单,编程方便,经常采用,但加工时空行程时间较长。

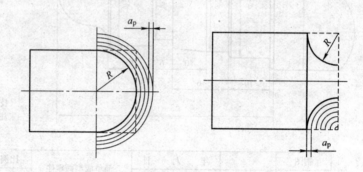

图 5.4 同心圆弧切削路线车圆弧

(2) 等圆弧切削路线车圆弧

该方法用相同半径的圆来车削,相当于将走刀路线进行了偏移,最后将所需圆弧加工出来,走刀路线如图 5.5 所示。此方法在确定了每次吃刀量 a_p 后,对 90°圆弧的起点、终点坐标较易确定,数值计算简单,编程方便,但加工时空行程时间较长。

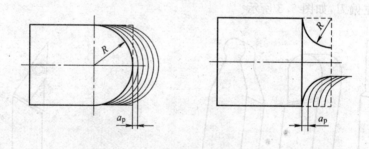

图 5.5 等圆弧切削路线车圆弧

(3) 阶梯切削路线车圆弧

该方法先粗车阶梯,最后一刀精车出圆弧,走刀路线如图 5.6 所示。此方法在确定了每次吃刀量 a_p 后,须精确计算出粗车的 Z 向数值,即求圆弧与直线的交点。此方法刀具切削运动距离较短,但数值计算较烦琐。

(4) 车锥法切削路线车圆弧

该方法是先把过多的切削余量用车锥的方法切除掉,最后一刀走圆弧的路线切削圆弧成型,走刀路线如图 5.7 所示。但要注意,车锥时起点和终点若确定不好,则可能损坏圆弧表

项目一 数控车床的基本操作 工作页

姓名_____ 班级_____ 专业_____

数控仿真加工考核评分表

零件名称		典型轴类零件	零件图号		操作人员		完成工时	
序号		鉴定项目及标准	配分	评分标准(扣完为止)	自检	检验结果	得分	备注
1	任务实施(32分)	操作熟练程度	6	根据操作熟练程度扣分	/			
2		零件加工过程	2	根据加工熟练程度得分	/			
3		安全文明生产	6	撞刀一次扣3分	/			
4		更换工件	10	更换一次工件扣5分	/			
5		程序录入	6	程序输入错误每处扣1分	/			
6		对刀操作	2	对刀不正确扣2分	/			
7	工件质量(58分)	M20×1 螺纹	10	超差不得分				
8		倒角 C1	3	超差不得分				
9		$R4$ mm、$R5$ mm 圆弧	5	超差不得分				
10		$\phi 26^{-0.023}_{-0.045}$ mm	5	超差不得分				
		$\phi 38^{0}_{-0.04}$ mm	5	超差不得分				
11		$75^{0}_{-0.04}$ mm	10	超差不得分				
12		$10^{0}_{-0.023}$ mm	10	超差不得分				
13		$30^{+0.04}_{0}$ mm	10	超差不得分				
14	误差分析(10分)	零件自检	4	自检有误每处扣1分,未自检扣4分				
15		填写工件误差分析	6	误差分析不到位扣1~4分,未进行误差分析扣6分				
合 计			100					

误差分析(学生填)

考核结果(教师填)

检验员		记分员		时间	年 月 日	

项目二 阶梯轴的加工 工作页

姓名_____ 班级_____ 专业_____

阶梯轴的加工考核评分表

零件名称		阶梯轴零件	零件图号		操作人员		完成工时	
序号		鉴定项目及标准	配分	评分标准(扣完为止)	自检	检验结果	得分	备注
1	任务实施(30分)	工件安装	2	装夹方法不正确扣2分				
2		刀具安装	2	刀具装夹不正确扣2分				
3		程序录入	2	程序录入不正确每处扣0.5分				
4		对刀操作	3	对刀不正确每处扣1分				
5		零件加工过程	3	加工不连续,每中止一次扣1分				
6		安全文明	8	撞刀和未清理机床扣4分				
7		填写加工程序单	10	程序编制不正确每处扣1分				
8	工件质量(60分)	外圆 $\phi 38_{-0.031}^{0}$ mm	8	超差不得分				
		外圆 $\phi 35_{-0.031}^{0}$ mm	8	超差不得分				
		外圆 $\phi 32_{-0.031}^{0}$ mm	8	超差不得分				
9		长度 $63_{-0.1}^{0}$ mm	9	超差不得分				
		长度 16mm	5	超差0.05mm以内不扣分,0.05mm以上不得分				
		长度 10mm	5	超差不得分				
10		表面结构要求	13	降一级扣0.5分				
11		倒角4处	4	超差1处扣1分				
12	误差分析(10分)	零件自检	4	自检有误每处扣1分,未自检扣4分				
13		填写误差分析	6	误差分析不到位扣1~4分,未进行误差分析分数全扣				
合 计			100					

误差分析(学生填)

考核结果(教师填)

检验员		记分员		时间		年 月 日

项目三 锥度轴的加工 工作页

姓名_____ 班级_____ 专业_____

锥度轴的加工考核评分表

零件名称	锥度轴零件	零件图号		操作人员		完成工时			
序号	鉴定项目及标准		配分	评分标准(扣完为止)	自检	检验结果	得分	备注	
1		工件安装	2	装夹方法不正确扣2分					
2		刀具安装	2	刀具装夹不正确扣2分					
3	任务实施(30分)	程序录入	2	程序录入不正确每处扣0.5分					
4		对刀操作	3	对刀不正确每处扣1分					
5		零件加工过程	3	加工不连续,每中止一次扣1分					
6		安全文明	8	撞刀和未清理机床扣4分					
7		填写加工程序单	10	程序编制不正确每处扣1分					
8	工件质量(60分)	外圆 $\phi36-^{0}_{0.022}$ mm	6	超差不得分					
		外圆 $\phi33-^{0}_{0.022}$ mm	6	超差不得分					
		外圆 $\phi32-^{0}_{0.022}$ mm	6	超差不得分					
9		长度 $63-^{0}_{0.1}$ mm	6	超差不得分					
		长度 16 mm	5	超差不得分					
		长度 10 mm	5	超差不得分					
10		锥度1:5	9	超差不得分					
11		表面结构要求	13	降一级扣0.5分					
12		倒角4处	4	超差1处扣1分					
13	误差分析(10分)	零件自检	4	自检有误每处扣1分,未自检扣4分					
14		填写误差分析	6	误差分析不到位扣1~4分,未进行误差分析扣6分					
	合计		100						

误差分析(学生填)

考核结果(教师填)

检验员		记分员		时间		年 月 日

项目四　外沟槽零件的加工　工作页

姓名_____　　班级_____　　专业_____

外沟槽零件的加工考核评分表

零件名称	外沟槽零件	零件图号		操作人员		完成工时			
序号	鉴定项目及标准		配分	评分标准(扣完为止)	自检	检验结果	得分	备注	
1	任务实施(30分)	工件安装	2	装夹方法不正确扣2分					
2		刀具安装	2	刀具装夹不正确扣2分					
3		程序录入	2	程序录入不正确每处扣0.5分					
4		对刀操作	3	对刀不正确每处扣1分					
5		零件加工过程	3	加工不连续,每中止一次扣1分					
6		安全文明	8	撞刀和未清理机床各扣4分					
7		填写加工程序单	10	程序编制不正确每处扣1分					
8	工件质量(60分)	外圆	$\phi34^0_{-0.022}$ mm	6	超差不得分				
			$\phi31^0_{-0.022}$ mm	6	超差不得分				
			$\phi28^0_{-0.022}$ mm	6	超差不得分				
9		长度	$63^0_{-0.1}$ mm	6	超差不得分				
			16 mm	5	超差不得分				
			10 mm	5	超差不得分				
10		锥度1∶5	7	超差不得分					
11		槽6 mm×$\phi24$ mm	2	超差不得分					
12		表面结构要求	13	降一级扣0.5分					
13		倒角4处	4	超差1处扣1分					
14	误差分析(10分)	零件自检	4	自检有误每处扣1分未自检扣4分					
15		填写误差分析	6	误差分析不到位扣1~4分,未进行误差分析全扣					
	合计		100						

误差分析(学生填)

考核结果(教师填)

检验员		记分员			时间		年　月　日

项目五 简单成型面零件的加工 工作页

姓名_____ 班级_____ 专业_____

简单成型面零件的加工考核评分表

零件名称	简单成型面零件	零件图号		操作人员		完成工时		
序号	鉴定项目及标准		配分	评分标准(扣完为止)	自检	检验结果	得分	备注
1	任务实施(30分)	工件安装	2	装夹方法不正确扣2分				
2		刀具安装	2	刀具装夹不正确扣2分				
3		程序录入	2	程序录入不正确每处扣0.5分				
4		对刀操作	3	对刀不正确每处扣1分				
5		零件加工过程	3	加工不连续,每中止一次扣1分				
6		安全文明生产	8	撞刀和未清理机床扣4分				
7		填写加工程序单	10	程序编制不正确每处扣1分				
8	工件质量(60分)	外圆 $\phi32-\substack{0\\0.022}$ mm	5	超差不得分				
		$\phi29-\substack{0\\0.022}$ mm	5	超差不得分				
		$\phi26-\substack{0\\0.022}$ mm	5	超差不得分				
9		圆弧 $R10$ mm	2	超差不得分				
		$R5$ mm	2	超差不得分				
10		长度 $63^{0}_{-0.1}$ mm	5	超差不得分				
		16 mm	5	超差不得分				
		10 mm	5	超差不得分				
11		锥度 1:5	7	超差不得分				
12		槽 6 mm×$\phi24$ mm	2	超差不得分				
13		表面结构要求	13	降一级扣1分				
14		倒角4处	4	超差1处扣1分				
15	误差分析(10分)	零件自检	4	自检有误每处扣1分,未自检扣4分				
16		填写误差分析	6	误差分析不到位扣1~4分,未进行误差分析扣6分				
	合计		100					

误差分析(学生填)

考核结果(教师填)

检验员		记分员		时间		年 月 日

项目六　三角外螺纹的加工　工作页

姓名_____　　班级_____　　专业_____

三角外螺纹的加工考核评分表

零件名称	外螺纹零件	零件图号		操作人员		完成工时			
序号	鉴定项目及标准		配分	评分标准(扣完为止)	自检	检验结果	得分	备注	
1	任务实施(30分)	工件安装	2	装夹方法不正确扣2分					
2		刀具安装	2	刀具装夹不正确扣2分					
3		程序录入	2	程序录入不正确每处扣0.5分					
4		对刀操作	3	对刀不正确每处扣1分					
5		零件加工过程	3	加工不连续,每中止一次扣1分					
6		安全文明	8	撞刀和未清理机床扣4分					
7		填写加工程序单	10	程序编制不正确每处扣1分					
8	工件质量(60分)	外圆 $\phi30-_{0.022}^{0}$ mm	5	超差不得分					
		外圆 $\phi27-_{0.022}^{0}$ mm	5	超差不得分					
9		圆弧 $R10$ mm	2	超差不得分					
		圆弧 $R5$ mm	2	超差不得分					
10		长度 $63-_{0.1}^{0}$ mm	5	超差不得分					
		长度 16 mm	4	超差不得分					
		长度 10 mm	4	超差不得分					
11		锥度 1:5	5	超差不得分					
12		槽 6 mm×ϕ24 mm	2	超差不得分					
13		螺纹 M24 mm×1.5 mm	9	超差不得分					
14		表面结构要求	13	降一级扣1分					
15		倒角4处	4	超差1处扣1分					
16	误差分析(10分)	零件自检	4	自检有误每处扣1分,未自检扣4分					
17		填写误差分析	6	误差分析不到位扣1~4分					
合计			100						

误差分析(学生填)
_____

考核结果(教师填)
_____

检验员		记分员		时间	年　月　日

项目七　复杂成型面零件的加工　工作页

姓名_____　班级_____　专业_____

复杂成型面零件的加工考核评分表

零件名称	复杂成型面零件	零件图号		操作人员		完成工时		
序号	鉴定项目及标准		配分	评分标准(扣完为止)	自检	检验结果	得分	备注
1	任务实施 (30分)	工件装夹	2	装夹方法不正确扣2分				
2		刀具装夹	2	刀具装夹不正确扣2分				
3		程序录入	2	程序录入不正确每处扣0.5分				
4		对刀操作	3	对刀不正确每处扣1分				
5		零件加工过程	3	加工不连续,每中止一次扣1分				
6		安全文明生产	8	撞刀和未清理机床各扣4分				
7		填写加工程序单	10	程序编制不正确每处扣1分				
8	工件质量 (60分)	外圆	$\phi40-^{0}_{0.039}$ mm	6	超差不得分			
			$\phi30-^{0}_{0.039}$ mm	6	超差不得分			
			$\phi35$ mm	4	超差不得分			
			$\phi18$ mm	4	超差不得分			
9		长度	150 mm	4	超差不得分			
			27.5 mm	3	超差不得分			
			58 mm	4	超差不得分			
			40 mm	3	超差不得分			
			10 mm	3	超差不得分			
			15 mm	3	超差不得分			
10		圆弧	R29 mm	2	超差不得分			
			R44.97 mm	2	超差不得分			
			R3 mm	2	超差不得分			
11		锥度1:2	6	超差不得分				
12		表面结构要求	6	降一级扣0.5分				
13		锐角倒钝	2	超差不得分				
14	误差分析 (10分)	零件自检	4	自检有误每处扣1分, 未自检扣4分				
15		填写工件误差分析	6	误差分析不到位扣1~4分				
	合计		100					

误差分析(学生填)

考核结果(教师填)

检验员		记分员		时间	

项目八 小孔零件的加工 工作页

姓名_____ 班级_____ 专业_____

小孔零件的加工考核评分表

零件名称		小孔零件	零件图号		操作人员		完成工时		
序号	鉴定项目及标准		配分	评分标准（扣完为止）	自检	检验结果	得分	备注
1		工件装夹	2	装夹方法不正确扣2分	/			
2		中心钻、麻花钻、铰刀的装夹	6	装夹不正确每处扣2分	/			
3		中心钻、麻花钻、铰刀的使用方法	6	使用不正确每处扣2分	/			
4	任务实施（40分）	钻孔、铰孔的切削用量选择	6	选择不正确每处扣2分	/			
5		程序录入	2	程序录入不正确每处扣0.5分	/			
6		对刀操作	2	对刀不正确扣2分	/			
7		零件加工过程	2	根据加工熟练程度得分	/			
8		安全文明生产	4	撞刀或未清理机床各扣2分	/			
9		填写加工程序单	10	程序编制不正确每处扣1分	/			
10	工件质量（50分）	$\phi40^{+0.021}_{0}$ mm	15	超差不得分				
11		$\phi12^{+0.018}_{0}$ mm	15	超差不得分				
11		$45^{0}_{-0.1}$ mm	10	超差不得分				
12		表面结构要求	8	降一级扣1分				
13		倒角	2	每处1分				
14	误差分析（10分）	零件自检	4	自检有误每处扣2分，未自检扣5分				
15		填写工件误差分析	6	误差分析不到位扣1～5分，未进行误差分析扣6分				
合计			100					

误差分析（学生填）

考核结果（教师填）

检验员		记分员		时间	年　月　日

项目九　套类零件的加工　工作页

姓名_____　　班级_____　　专业_____

套类零件的加工考核评分表

零件名称		套类零件	零件图号			操作人员		完成工时	
序号		鉴定项目及标准		配分	评分标准(扣完为止)	自检	检验结果	得分	备注
1	任务实施 (40分)	工件装夹		2	装夹方法不正确扣2分	/			
2		刀具装夹		2	刀具装夹不正确扣2分	/			
3		程序录入		2	程序录入不正确每处扣0.5分	/			
4		对刀操作		3	对刀不正确每处扣1分	/			
5		零件加工过程		3	加工不连续,每中止一次扣1分	/			
6		完成工时		4	每超时5分钟扣1分	/			
7		安全文明生产		4	撞刀和未清理机床扣4分	/			
8		填写加工程序单		20	程序编制不正确每处扣1分	/			
9	工件质量 (50分)	外圆	$\phi20^{+0.05}_{0}$ mm	6	超差不得分				
			$\phi28^{+0.033}_{0}$ mm	6	超差不得分				
10		长度	8 mm	3	超差0.05 mm以内不扣分, 以上不得分				
			19 mm	2	超差0.05 mm以内不扣分, 以上不得分				
			27 mm	4	超差0.05 mm以内不扣分, 以上不得分				
			3 mm	2	超差0.05 mm以内不扣分, 以上不得分				
11		M25×1.5 螺纹		8	超差不得分				
12		槽		5	超差不得分				
13		形位公差		6	超差0.01 mm扣2分,扣完为止				
14		表面结构要求		6	降一级扣1分				
15		倒角		2	超差不得分				
16	误差分析 (10分)	零件自检		4	自检有误每处扣1分, 未自检扣4分				
17		填写工件误差分析		6	误差分析不到位扣1~4分, 未进行误差分析扣6分				
	合计			100					

误差分析(学生填)

考核结果(教师填)

检验员		记分员		时间		年 月 日

项目十　盘类零件的加工　工作页

姓名_____　　班级_____　　专业_____

盘类零件的加工考核评分表

零件名称	盘类零件	零件图号		操作人员		完成工时	
序号	鉴定项目及标准		配分	评分标准(扣完为止)	自检	检验结果	得分	备注
1	任务实施(40分)	工件装夹	2	装夹方法不正确扣2分	/			
2		刀具装夹	2	刀具装夹不正确扣2分	/			
3		程序录入	2	程序录入不正确每处扣0.5分	/			
4		对刀操作	3	对刀不正确每处扣1分	/			
5		零件加工过程	3	加工不连续,每中止一次扣1分	/			
6		完成工时	4	每超时5分钟扣1分	/			
7		安全文明生产	4	撞刀和未清理机床扣4分	/			
8		填写加工程序单	20	程序编制不正确每处扣1分	/			
9	工件质量(50分)	尺寸精度符合要求	20	不合格每处扣2分				
10		表面结构符合要求	15	不合格每处扣2分				
11		形位公差符合要求	15	不合格分数全扣				
12	误差分析(10分)	零件自检	4	自检有误每处扣1分,未自检扣4分				
13		填写工件误差分析	6	误差分析不到位扣1~5分,未进行误差分析扣6分				
	合计		100					

误差分析(学生填)
_____

考核结果(教师填)
_____

检验员		记分员		时间		年　月　日

项目十一 梯形螺纹及变导程螺纹的加工 工作页

姓名_____ 班级_____ 专业_____

梯形螺纹的加工考核评分表

零件名称	梯形螺纹轴		零件图号		操作人员			完成工时		
序号	鉴定项目及标准			配分	评分标准(扣完为止)	自检	检验结果	得分	备注	
1	任务实施 (40分)	工件装夹		2	装夹方法不正确扣2分					
2		刀具装夹		2	刀具装夹不正确扣2分					
3		程序录入		2	程序输入不正确每处扣0.5分					
4		对刀操作		3	对刀不正确每处扣1分					
5		零件加工过程		3	加工不连续,每中止一次扣1分					
6		完成工时		4	每超时5分钟扣1分					
7		安全文明生产		4	撞刀和未清理机床扣4分					
8		填写加工程序单		20	程序编制不正确每处扣1分					
9	工件质量 (50分)	外圆	$\phi40^{+0.03}_{0}$ mm	8	超差不得分					
			$\phi28^{+0.03}_{0}$ mm	8	超差不得分					
			$\phi36^{0}_{-0.375}$ mm	4	超差不得分					
10		长度	78 ± 0.1 mm	4	超差不得分					
			36 ± 0.05 mm	4	超差不得分					
			10 mm	4	超差不得分					
11		Tr36×6 螺纹		10	超差不得分					
15		表面结构要求		6	降一级扣0.5分					
		倒角		2	超差不得分					
16	误差分析 (10分)	零件自检		4	自检有误每处扣1分, 未自检扣4分					
17		填写工件误差分析		6	误差分析不到位扣1~4分, 未进行误差分析扣6分					
	合计			100						

误差分析(学生填)

考核结果(教师填)

检验员		记分员		时间		年 月 日

项目十一　梯形螺纹及变导程螺纹的加工　工作页

姓名_____　班级_____　专业_____

变导程螺纹的加工考核评分表

零件名称	变导程螺纹		零件图号			操作人员			完成工时	
序号	鉴定项目及标准			配分	评分标准（扣完为止）	自检	检验结果	得分	备注
1	任务实施（40分）	工件装夹		2	装夹方法不正确扣2分				
2		刀具装夹		2	刀具装夹不正确扣2分				
3		程序录入		2	程序录入不正确每处扣0.5分				
4		对刀操作		3	对刀不正确每处扣1分				
5		零件加工过程		3	加工不连续，每中止一次扣1分				
6		完成工时		4	每超时5分钟扣1分				
7		安全文明		4	撞刀和未清理机床扣4分				
8		填写加工程序单		20	程序编制不正确每处扣1分				
9	工件质量（50分）	外圆	φ40 mm	4	超差不得分				
			φ50 mm	4	超差不得分				
10		长度	60 mm	4	超差不得分				
			10 mm	4	超差不得分				
			11 mm	5	超差不得分				
			9 mm	5	超差不得分				
			7 mm	5	超差不得分				
15			5 mm	5	超差不得分				
			5 mm	5	超差不得分				
		表面结构要求		7	降一级扣0.5分				
		倒角		2	超差不得分				
16	误差分析（10分）	零件自检		4	自检有误每处扣1分，未自检扣4分				
17		填写工件误差分析		6	误差分析不到位扣1～4分，未进行误差分析扣6分				
	合计			100					

误差分析（学生填）

考核结果（教师填）

检验员		记分员		时间		年　月　日

项目十二　子程序、宏程序的应用　工作页

姓名_____　班级_____　专业_____

多槽零件的加工考核评分表

零件名称	多槽零件		零件图号			操作人员		完成工时		
序号	鉴定项目及标准			配分	评分标准(扣完为止)	自检	检验结果	得分	备注
1	任务实施 (40分)	工件装夹		2	装夹方法不正确扣2分	/			
2		刀具装夹		2	刀具装夹不正确扣2分	/			
3		程序录入		2	程序录入不正确每处扣0.5分	/			
4		对刀操作		3	对刀不正确每处扣1分	/			
5		零件加工过程		3	加工不连续,每中止一次扣1分	/			
6		完成工时		4	每超时5分钟扣1分	/			
7		安全文明生产		4	撞刀和未清理机床扣4分	/			
8		填写加工程序单		20	程序编制不正确每处扣1分	/			
9	工件质量 (50分)	外圆	$\phi42_{-0.025}^{0}$ mm	6	超差不得分				
			$R_a3.2$ mm	2	降一级扣2分				
10		长度	72 mm	3	超差不得分				
			5(3处) mm	6	超差不得分				
			6 mm	2	超差不得分				
			7 mm	2	超差不得分				
			8 mm	2	超差不得分				
11		切槽		18	6处,每处3分				
12		倒角 $C1$		2	超差不得分				
15		$R_a3.2$(7处)		7	降一级扣1分				
16	误差分析 (10分)	零件自检		4	自检有误每处扣1分, 未自检扣4分				
17		填写工件误差分析		6	误差分析不到位扣1~5分, 未进行误差分析扣6分				
	合计			100					

误差分析(学生填)

考核结果(教师填)

检验员		记分员		时间		年　月　日

项目十二　子程序、宏程序的应用　工作页

姓名_____　班级_____　专业_____

椭圆轴的加工考核评分表

零件名称	椭圆轴零件		零件图号			操作人员		完成工时		
序号	鉴定项目及标准			配分	评分标准（扣完为止）		自检	检验结果	得分	备注
1	任务实施（40分）	工件装夹		2	装夹方法不正确扣2分		/			
2		刀具装夹		2	刀具装夹不正确扣2分		/			
3		程序录入		2	程序录入不正确每处扣0.5分		/			
4		对刀操作		3	对刀不正确每处扣1分		/			
5		零件加工过程		3	加工不连续，每中止一次扣1分		/			
6		完成工时		4	每超时5分钟扣1分		/			
7		安全文明生产		4	撞刀和未清理机床扣4分		/			
8		填写加工程序单		20	程序编制不正确每处扣1分		/			
9	工件质量（50分）	椭圆	尺寸	30	超差扣15分，未成型扣30分					
			表面结构要求	6	降一级扣2分					
10		长度	102 mm	6	超差不得分					
			25 mm	3	超差不得分					
11		小圆锥面		5	超差不得分					
12	误差分析（10分）	零件自检		4	自检有误每处扣1分，未自检扣4分					
13		填写工件误差分析		6	误差分析不到位扣1~4分，未进行误差分析扣6分					
合计				100						

误差分析（学生填）

考核结果（教师填）

检验员		记分员		时间		年　月　日

14

项目十三　配合零件的加工(综合练习)　工作页

姓名_____　班级_____　专业_____

配合零件的加工考核评分表

工件编号		技术要求	配分	总得分		
项目与比重	序号			评分标准	检测记录	得分
程序与工艺 (20%)	1	程序正确、完整	10	每错一处扣2分		
	2	工艺过程规范、合理	10	不合理每处扣2分		
机床操作 (10%)	3	刀具选择、安装正确; 对刀及坐标系设定正确	5	误操作每次扣2分		
	4	机床操作规范处置得当	5	误操作每次扣2分		
工件质量 (50%)	5	尺寸精度符合要求	20	不合格每处扣2分		
	6	表面结构符合要求	10	不合格每处扣2分		
	7	形位公差符合要求	10	不合格全扣		
		配合尺寸符合要求	10	不合格每处扣2分		
文明生产 (10%)	8	安全操作	5	违反安全操作规范全扣		
	9	机床整理	5	不合格全扣		
相关知识及 职业能力 (10%)	10	自学能力	10	教师根据学生的学习情况、表达沟通能力、合作能力和创新能力酌情给0~10分		
		表达沟通能力				
		合作能力				
		创新能力				

ISBN 978-7-5618-4178-5

9 787561 841785 >

定价: 32.00元

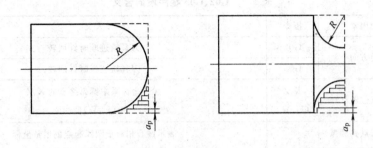

图 5.6 阶梯切削路线车圆弧

面,也可能将余量留得过大。

　　如图 5.7 所示,当加工凸圆弧时,连接 OA 交圆弧于 B,过点 B 作圆弧的切线 CD。由几何关系可知 $AB=OA-OB\approx0.414\,8R$,此为车锥时的最大切削余量,即车锥时加工路线不能超过 CD 线。由图示关系,可得 $AC=AD\approx0.586\,8R$,确定出车锥时的起点和终点,当 R 不太大时,可取 $AC=AD=0.5R$。此方法数值计算较烦琐,但刀具切削路线短。加工凹圆弧相对简单,方法是先确定锥度结束点坐标,然后以此分层切削即可,最后一刀将圆弧加工完成。

　　由于锥度的加工前边已经讲述,所以在此不再叙述。

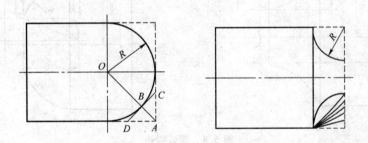

图 5.7 车锥法切削路线车圆弧

　　在数控加工中,往往机床操作者也是零件切削程序的编制者,这就要求操作者选用合理的走刀路线,编制的程序工艺简单、调整方便、加工精度高等。在操作现场没有 CAD 制图软件、计算机等辅助计算工具时,编程切削圆弧尽可能减少计算量,工艺得体,延长刀具的使用寿命,保证零件加工精度。

　　3. 圆弧插补指令(G02/G03)和顺逆的判断

　　(1)圆弧插补指令

　　该指令使刀具沿着圆弧运动,以 F 指令所指定的进给速度从起始点向终点切出圆弧轮廓。G02 为顺时针圆弧插补指令,G03 为逆时针圆弧插补指令,格式为:

　　G02/G03 X(U) Z(W) R＿ F＿;

　　G02/G03 X(U) Z(W) I＿ K＿ F＿;

　　G02/G03 指令程序段的含义见表 5.1。

表 5.1　G02、G03 程序段的含义

序号	考虑因素	指令	含　义
1	回转方向	G02	刀具轨迹顺时针回转
		G03	刀具轨迹逆时针回转
2	终点位置	X、Z (U、W)	加工坐标系中圆弧终点的 X、Z (U、W)值
3	从圆弧起点到圆弧中心的距离	I、K	表示圆心相对于圆弧起点的增量坐标 (经常用半径 R 指定)
	圆弧半径	R	指圆弧的半径,取小于 180°的圆弧部分

使用圆弧半径编程时,R 为圆弧半径值。当圆弧所对的圆心角 $\alpha \leqslant 180°$ 时,R 取正值,当 $\alpha > 180°$ 时,R 取负值。使用 I、K 编程时,I、K 为圆弧起始点到圆弧中心所作矢量分别在 X、Z 轴上的分矢量(方向指向圆心)。当分矢量的方向与坐标轴的方向一致时取正,反之取负,如图 5.8 所示。当 I、K 为零时可以省略,用半径 R 指定圆心位置时,不能描述整圆。

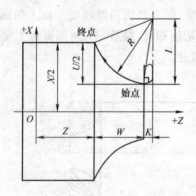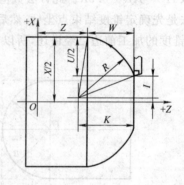

图 5.8　圆弧插补

执行圆弧插补指令时,需要注意的事项有以下几项。

1)I、K(圆弧中心)的指定也可以用半径指定。

2)当 I、K 值均为零时,该代码可以省略。

3)在圆弧插补程序段内不能有刀具功能指令。

4)进给功能 F 指令指定切削进给速度,并且进给速度 F 控制沿圆弧方向的线速度。

5)当 I、K 和 R 同时被指定时,R 指令优先,I、K 值无效。

6)本指令使用绝对坐标或者增量坐标编程均可,采用增量坐标编程时,只需考虑 X、Z 坐标的增量方式,其他"地址字"不受影响。

(2)圆弧顺逆的判断

1)常规判别方法。

在根据右手定则确定的坐标系中,由确定圆弧所在平面的两根坐标轴之外的第三根坐标轴的正向向负向看,顺时针为 G02,逆时针为 G03,如图 5.9 所示。

数控车床是两坐标机床,只有 X 轴和 Z 轴,判断圆弧的顺逆应按右手定则的方法,要将 Y

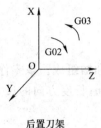

图 5.9 圆弧插补的顺逆判断

轴也加上去考虑。观察者让 Y 轴的正方向指向自己(即沿 Y 轴的负方向看去),站在这样的位置上就能正确判断 Z—X 平面上圆弧的顺逆时针了。

这种常规方法通用于数控车、铣编程,是基于右手笛卡儿坐标系,利用右手定则结合看垂直坐标平面的第三轴方向来进行。该方法的优点是思路严密,逻辑性强;缺点是步骤多,不易操作,对于只有两坐标轴的数控车床来讲,第三坐标的引入及圆弧顺逆判断相对费时间又容易出错。另外,对于初学者来讲,很难理解同一段圆弧刀架前置和刀架后置指令不同,同一个工件轴线上面和轴线下面顺逆方向不同所用指令却相同。

2)简便判别方法。

实践证明,在实际生产过程中,可以不考虑右手笛卡儿坐标系,直接看零件图就知道圆弧加工该用什么指令。圆弧插补的顺逆判断的简便方法是:在圆弧编程时,只分析零件图轴线上半部分圆弧形状,当沿该段圆弧形状从起点画向终点为顺时针方向时用 G02,反之用 G03,如图 5.10 所示。

举例说明:加工零件如图 5.11 所示,根据简便方法看轴线上面 R10 mm 的圆弧,从加工起点 1 沿圆弧曲线画向加工终点 2 是逆时针方向,用 G03 指令;再看 R5 mm 的圆弧,从加工起点 2 沿圆弧曲线画向加工终点 3 是顺时针方向,用 G02 指令。这个方法既无须考虑刀架前置还是后置,更不需要考虑坐标系及其正负方向的问题,非常简便、易学、易记,更重要的是不易出错。

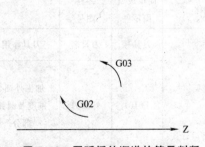

图 5.10 圆弧插补顺逆的简易判断

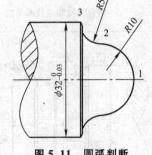

图 5.11 圆弧判断

内圆弧顺逆的判断与外圆弧判断的方法相同,在此不再赘述。

4.圆弧的检测

对于圆弧的检测,低精度测量一般会选用 R 规,高精度测量可以使用的仪器有投影仪、轮廓仪、万能工具显微镜等。

三、工艺准备

(一)图样分析

图 5.1 所示零件为轴类零件,由外圆、圆锥、圆弧和槽组成。该零件外圆的尺寸精度要求较高,为 IT7 级～IT8 级,表面结构参数多为 $R_a 1.6\ \mu m$;长度方向的尺寸精度要求不高,无形位公差精度要求;毛坯材料为 45 钢;要进行锐角倒钝。

(二)夹具选择

该零件选用常用夹具——三爪自定心卡盘进行装夹。

(三)刀具准备、填写刀具卡

该零件的加工选择机夹外圆车刀(刀尖角 35°)、切槽刀,并填写刀具卡片。

(四)量具准备

0～150 mm 游标卡尺一把,用于测量长度;25～50 mm 外径千分尺一把,用于测量外圆;$R5$ mm、$R10$ mm 量规,用于测量圆弧。

(五)编排加工工艺

1)先粗加工 $R10$ mm 及 $R5$ mm 圆弧、$\phi26$ mm 外圆、$\phi29$ mm 外圆、$\phi32$ mm 外圆,同时粗加工各个长度,留精加工余量。

2)精加工上述内容,保证各部分的加工精度。

3)用切槽刀切槽。

(六)坐标计算

1)为了方便计算与编程,编程坐标系原点定于工件右端面中心。

2)加工路线起刀点通常离工件较近,但与毛坯留有一定的距离,因此该点的坐标定位(X42.,Z2.)。

3)粗车各点坐标及精车各点坐标(见程序)。

(七)编制加工程序,填写加工程序单

加工程序单见表 5.2。

表 5.2 加工程序单

单位名称	烟台工程职业技术学院		零件名称	简单成型面零件	零件图号	
				刀具号	刀具名	刀具作用
				T0101	外圆刀	加工外圆、锥度及圆弧部分
				T0303	切槽刀	加工槽

单位 名称	烟台工程职业技术学院		零件名称	简单成型 面零件	零件 图号	
段号	程序名		O0004		注释	
⋮	⋮				其余内容前边已经讲过,在此不 再赘述,仅写出圆弧部分的 精加工程序	
N100	G00 X0 ;					
N110	G01 Z0 ;					
N120	G03 X20.0 Z−10.0 R10.0 F0.15 ;				加工 R10 mm 圆弧	
N130	G02 X30.0 Z−15.0 R5.0 ;				加工 R5 mm 圆弧	
⋮	⋮					
	加工圆弧的两行程序也可以如下					
N120	G03 U20.0 W−10.0 R10.0 F0.15 ;					
N130	G02 X30.0 Z−15.0 R5.0 ;					
编制		审核			批准	

四、任务实施

(一) 仿真加工练习

1)进入宇龙仿真数控系统,选择 FANUC 系统数控车床,机械回零。

2)定义 $\phi40$ mm×100 mm 实心毛坯,选择 93°外圆车刀和刀宽为 6 mm 的切槽刀,分别置于刀架的 01 号和 03 号刀位。

3)对刀、建立工件坐标系。

4)输入程序 O0004。

5)自动方式运行加工程序 O0004,完成外圆柱面和圆弧的粗、精车以及槽的加工。

6)完成仿真加工。

(二) 实习车间加工

1)将工件置于三爪卡盘中,控制工件的伸出长度,经找正后夹紧工件。

2)将外圆车刀、切槽刀分别置于刀架的 1 号、2 号刀位,调整好刀具高度、伸出长度并调整好几何角度后,夹紧刀具。

3)对刀、建立工件坐标系。

4)将程序输入到数控装置中,在自动运行方式下,开启"空运行"和"机床锁住"功能,检查走刀轨迹。

5)查看机床的快速倍率和进给倍率是否处在较低挡位,检查主轴倍率等是否在正常位置,运行加工程序,注意查看安全点和起刀点;加工过程中,操作者将手置于暂停(或急停、复位)按键处。逐步对工件右端各个外轮廓进行粗加工。

6)测量工件,修改磨耗(刀补)。

7)执行精加工。

8)加工工件右端的槽,分粗、精加工。

9)卸下工件,清理机床。

五、考核评价:

1)学生对工件进行自检,填写考核评分表(见工作页),同工件一起交给老师。(因本项目所使用的毛坯为项目四中加工后的工件,所以外圆、长度等其他内容不做重点检测,仅仅列出,主要检测圆弧)

2)教师对零件进行检测,对刀具卡、工序卡和程序单进行批改,并填写考核评分表对学生进行成绩评定。

六、项目评估

1)学生自评。每组选出代表,对本组产品进行论证说明。重点从方案设计、材料选择、加工工艺安排、加工方法、切削用量、产品的加工质量、成本(约数)等方面进行阐述。

2)小组互评。根据各组完成情况,各组间对彼此加工方案提出意见和建议。在探讨的过程中,可以加深对知识的理解和运用。

3)教师评价。对整个项目实施过程进行综合评价。首先肯定大家的成绩,增强大家学习的热情和兴趣,同时对项目实施过程中的问题进行评析。评选出优秀的小组进行表扬。

七、思考与练习

1)判断圆弧顺逆时,前置刀架和后置刀架的判断结果是否一样,为什么?

2)编制图 5.12 中零件的加工程序,材料为 45 钢,毛坯尺寸为 $\phi30$ mm×60 mm。

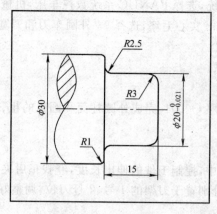

图 5.12　圆弧类零件

3)将本项目在仿真机床上完成。

项目六　三角外螺纹的加工

项目导读

在机械制造业中,三角形螺纹应用广泛,常用于连接、紧固零件,在工具和仪器中还往往起到调节作用。螺纹的应用可追溯到公元前 220 年希腊学者阿基米德创造的螺旋提水工具。20 世纪初,汽车工业的发展进一步促进了螺纹的标准化和各种精密、高效螺纹加工方法的发展。本项目通过公制三角螺纹加工指令(G32,G92,G76)的学习和实施,使学生熟练掌握刀具几何角度的作用、加工方案的制订、夹具和装夹方式的选择、切削用量的确定、基本指令和循环指令的运用、数控加工程序的编制、加工精度的控制、工艺卡片的填写、零件的测量和实际操作等方面的知识,并最终完成公制三角螺纹的加工。

最终目标

熟练掌握公制三角螺纹的指令加工,并在数控车床上加工三角螺纹。

促成目标

1)合理组织工作位置,注意操作姿势,养成良好的操作习惯。

2)掌握车螺纹的程序编制,熟练运用 G32、G92、G76 指令。

3)提高 60°螺纹车刀的刀具刃磨技能与使用量具的技能。

4)掌握在数控车床上加工螺纹控制尺寸的方法及切削用量的选择。

5)了解三角形螺纹的用途和技术要求。

6)能根据螺纹样板正确装夹车刀。

7)能判断螺纹牙型、底径、牙宽的正确与否并进行修正,熟练掌握中途对刀的方法。

8)正确测量,掌握用螺纹环规检查三角形螺纹的方法。

任务　三角外螺纹的加工

93

一、工作任务

加工图 6.1 所示外螺纹零件,材料为 45 钢,以项目五中加工完的零件为毛坯。

二、相关知识

1. 螺纹基本知识

普通三角螺纹的基本牙型如图 6.2 所示,由图中可以看出各基本尺寸的名称。

螺纹中径 $D_2(d_2)$ 是指螺纹理论高度 H 的一个假想圆柱体的直径。在中径处的螺纹牙厚

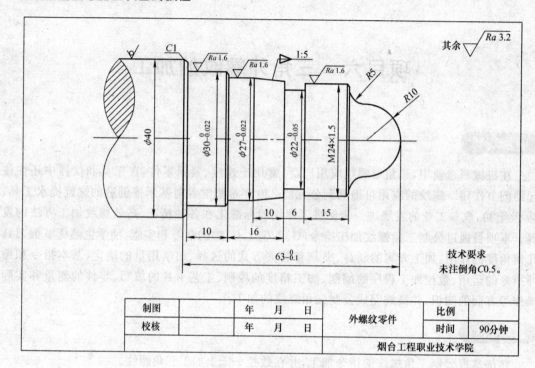

图 6.1　外螺纹零件图

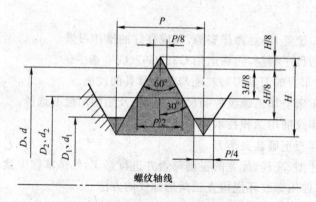

图 6.2　普通三角螺纹牙型

D—内螺纹大径(公称直径)；d—外螺纹大径(公称直径)；

D_2—内螺纹中径；d_2—外螺纹中径；

D_1—内螺纹小径；d_1—外螺纹小径；

P—螺距；H—原始三角形高度

和槽宽相等,只有内外螺纹中径都一致时,两者才能配合。

2. 大径、小径及相关尺寸的计算

数控车床加工螺纹,一般顶径的计算为:

$$顶径 = M - 0.13 \times P$$

对于本项目 M24×1.5 的螺纹,即顶径 $= 24 - 0.13 \times 1.5 = 23.805$ mm。

一般底径的计算为:

$$底径 = M - 1.3 \times P$$

对于本项目,即底径 $= 24 - 1.3 \times 1.5 = 22.05$ mm。

$$切深 = 顶径 - 底径$$

即切深 $= 23.805 - 22.05 = 1.755$ mm。

3. 螺纹的加工方法

在车床上车削螺纹一般采用螺纹成型刀。由于刀具结构简单,是单件和小批生产螺纹的常用刀具。而使用螺纹刀或在专门化的螺纹车床上加工螺纹,生产率和精度均可显著提高。

4. 普通三角外螺纹车刀的基本形状

螺纹刀的刀尖角应等于螺纹牙型角 α,即 $60°$,其前角 $\gamma_o = 0°$ 才能保证工件螺纹的牙型,否则牙型将产生误差。只有粗加工或螺纹精度要求不高时,其前角可取 $\gamma_o = 5° \sim 20°$。安装螺纹车刀时刀尖对准工件中心,并用样板对刀,以保证刀尖角的角平分线与工件的轴线相垂直,车出的牙型角才不会偏斜,如图 6.3 所示。

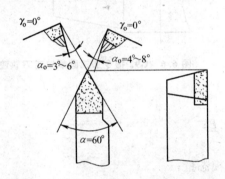
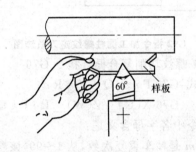

图 6.3 普通三角形螺纹车刀角度及装刀样板

5. 常见螺纹切削的进给次数与背吃刀量

运用高速钢材质的车刀切削螺纹时,切削速度不宜太快,切削厚度应小于 0.06 mm,并加注充分的切削液;硬质合金材质的车刀切削螺纹时,应综合刀具、工件材料、加工螺距等各方面因素来确定每一刀的加工深度,最后一刀的切削厚度应大于 0.1 mm,切屑要垂直于轴心线方向排出,以保证牙型的角度以及牙侧的表面质量。

6. 螺纹车削指令(G32、G92、G76 各指令)

(1)等螺距螺纹切削指令 G32

格式:G32 X __ Z __ R __ F __;

　　　G32 X __ Z __ F __;

　　　G32 U __ W __ F __;

其中:X、Z 为螺纹终点绝对坐标值,U、W 为螺纹终点相对螺纹起点坐标增量,F 为螺纹导程(螺距)。

G32 指令走刀轨迹图如图 6.4 所示。

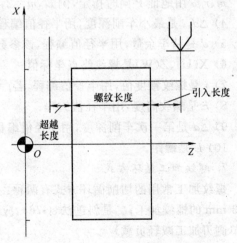

图 6.4 G32 指令走刀轨迹图

（2）单一固定循环螺纹切削指令 G92

G92 指令的循环路线与前述的 G90 指令基本相同，只要 F 后面的进给量改为螺纹导程即可。

格式：G92 X(U)__ Z(W)__ R__ F__；

其中：X、Z 为螺纹终点坐标值，U、W 为螺纹起点坐标到终点坐标的增量值，R 为锥螺纹起始端和终止端的半径差。

G92 指令加工圆柱螺纹和圆螺纹的走刀轨迹图如图 6.5 和图 6.6 所示。

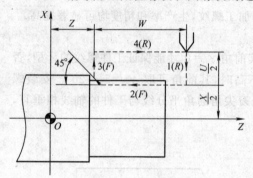
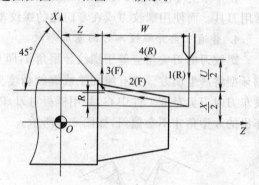

图 6.5　G92 指令加工圆柱螺纹走刀轨迹图　　　图 6.6　G92 指令加工圆螺纹走刀轨迹图

（3）螺纹切削复合循环指令 G76

格式：G76 P $mr\alpha$ Q $\underline{\Delta d_{\min}}$ R $\underline{d}$；

　　　　G76 X(U)__ Z(W)__ R $\underline{i}$ P $\underline{k}$ Q $\underline{\Delta d}$ F $\underline{L}$；

指令中各字母含义是：

1）m 是精车重复次数，从 1～99，该参数为模态量；

2）r 是螺纹尾端倒角值，该值的大小可设置为 $0.0L～9.9L$，系数应为 0.1 的整数倍，用 $00～99$ 之间的两位整数来表示，其中 L 为螺距，该参数为模态量；

3）α 是刀具角度，可从 $80°、60°、55°、30°、29°、0°$ 六个角度中选择，用两位整数来表示，该参数为模态量；

$m、r、\alpha$ 用地址 P 同时指定，例如，$m=2，r=1.2L，\alpha=60°$，表示为 P021260；

4）$\Delta d_{\min}$ 是最小车削深度，用半径值编程；

5）d 是精车余量，用半径值编程，该参数为模态量；

6）X(U)、Z(W) 是螺纹终点坐标值；

7）i 是螺纹锥度值，用半径值编程，若 $i=0$，则为直螺纹，可省略；

8）k 是螺纹高度，用半径值编程；

9）Δd 是第一次车削深度，用半径值编程；

10）L 是螺距。

7. 螺纹加工循环方式

螺纹加工常用的切削循环方式有两种：一是直进法（G32 指令、G92 指令），应用于导程小于 3 mm 的螺纹加工；二是斜进法（G76），应用于导程大于 3 mm 的螺纹加工。（斜进法使刀具单侧刃加工减轻负载）

8. 零件的检测

1）大径的测量。螺纹大径的公差较大，一般可用游标卡尺或千分尺测量。

2) 螺距的测量。螺距一般可用钢直尺测量，如果螺距较小可先量 10 个螺距然后除以 10 得出一个螺距的大小。如果螺距较大可以只量 2～4 个，然后再求一个螺距。也可以用螺距规检测螺纹螺距，如图6.7 所示。

3) 中径的测量。精度较高的三角形螺纹，可用螺纹千分尺测量，所测得的千分尺读数就是该螺纹的中径实际尺寸。

4) 综合测量。用螺纹环规综合检查

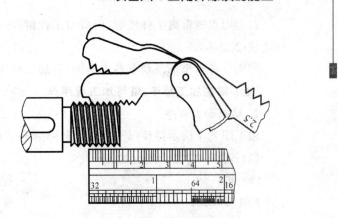

图 6.7　螺距规检测螺纹螺距

三角形外螺纹，首先对螺纹的直径、螺距、牙型和表面质量进行检查，然后再用螺纹环规测量外螺纹的尺寸精度，如果环规通端正好拧进去，且止端拧不进，说明螺纹精度符合要求。

三、工艺准备

（一）图样分析

图 6.1 所示零件为典型的螺纹轴类零件，由外圆、槽和螺纹组成。毛坯材料为 45 钢，加工过程中要进行锐角倒钝。

（二）夹具选择

加工该零件选用常用夹具——三爪自定心卡盘进行装夹。

（三）刀具准备、填写刀具卡

该零件的加工选择焊接式 93°外圆车刀、切槽刀（刀宽 4 mm）、60°外螺纹刀，填写刀具卡片（见附表二）。

（四）量具准备

0～150 mm 游标卡尺一把，用于测量外圆和长度；25～50 mm 外径千分尺一把，用于测量外圆；M30×2 螺纹环规一套，用于检测螺纹。

（五）编排加工工艺

1) 夹持 ϕ40 mm 毛坯，伸出长度约 73mm 夹紧。

2) 平端面，以工件右端面建立编程坐标系。

3) 粗车外圆 ϕ30 mm、ϕ27 mm、M24 mm、锥度 1：5 外圆以及圆弧 R5 mm、R10 mm，并分别留精车余量。

4) 精车上述各外圆至要求的尺寸，并倒角，保证各部分的加工精度。

5) 切槽 6 mm×ϕ22 mm。

6) 切螺纹 M24 mm×1.5 mm。

7) 综合检查后卸下工件。

（六）坐标计算

1) 为了方便计算与编程，编程坐标系原点定于工件右端面中心。

97

2)起刀点通常离工件较近,但应与工件留有一定的距离,以保证加工安全,因此该点的坐标定位(X35.,Z3.)。

3)粗车各点坐标及精车各点坐标(见加工程序)。

(七)编制加工程序,填写加工程序单

1. 编制加工程序

加工图 6.1 所示螺纹(外圆加工程序略)有三种方法。

(1)运用 G32 指令进行加工

O0006;	程序号
N01 T0303;	换 3 号刀
N02 G00 X80. Z80. ;	快速定位到程序起点位置
N03 M08 M03 S700;	冷却液开,主轴正转,转速为 700 r/min
N04 G00 X30. Z3. ;	快速定位到 φ30 mm,距端面 3 mm 处
N05 G00 X23. ;	进刀
N06 G32 X23. Z−31. F1. 5. ;	切削螺纹至切削终点,螺距为 1.5 mm
N07 G00 X30. ;	X 轴方向快退到 φ30 mm 处
N08 G00 Z3. ;	Z 轴方向快退到距端面 3 mm 处
N09 G00 X22.4;	进刀
N10 G32 X22.4 Z−31. F1.5;	切削螺纹
N11 G00 X30. ;	退刀
N12 G00 Z3. ;	Z 轴方向快退到距端面 3 mm 处
N13 G00 X22.185;	进刀
N14 G32 X22.185 Z−31. F1.5;	切削螺纹
N15 G00 X30. ;	退刀
N16 G00 Z3. ;	Z 轴方向快退到距端面 3 mm 处
N17 G00 X80. ;	X 方向快速退回程序起始位置
N18 Z80. ;	Z 方向快速退回程序起始位置
N19 M30. ;	主程序结束并复位

(2)运用 G92 指令进行加工

O0007;	程序号
N01 T0303;	换 3 号刀
N02 G00 X80. Z80. ;	快速定位到程序起点位置
N03 M08 M03 S700;	冷却液开,主轴正转,转速为 700 r/min
N04 G00 X30. Z3. ;	快速定位到 φ30 mm,距端面 3 mm 处
N05 G92 X23. Z−31. F1.5;	执行 G92 指令
N06 X22.5;	逐层切削
N07 X22.2;	

N08 X22.185

N09 G00 X80.；　　　　　　　　　　X 方向快速退回程序起始位置

N10 Z80.；　　　　　　　　　　　　Z 方向快速退回程序起始位置

N11 M30；　　　　　　　　　　　　主程序结束并复位

（3）运用 G76 指令进行加工

O0008；　　　　　　　　　　　　　程序号

N01 T0303；　　　　　　　　　　　换 1 号刀

N02 G00 X80. Z80.；　　　　　　　　快速定位到程序起点位置

N03 M08 M03 S700；　　　　　　　　冷却液开，主轴正转，转速为 700 r/min

N04 G00 X30. Z3.；　　　　　　　　快速定位到 ϕ30 mm，距端面 3 mm 处

N05 G76 P021060 Q20 R0.01；　　　　执行 G76 指令

N06 G76 X22.185 Z−31. P3000 Q1000 F1.5；

N07 G00 X80.；　　　　　　　　　　X 方向快速退回程序起始位置

N08 Z80.；　　　　　　　　　　　　Z 方向先快速退回程序起始位置

N09 M30；　　　　　　　　　　　　主程序结束并复位

2. 填写加工程序单

加工程序单见附表（一）。

四、任务实施

（一）仿真加工练习

1）进入宇龙仿真数控系统，选择 FANUC 系统数控车床，机械回零。

2）定义 ϕ40 mm×100 mm 毛坯，选择 93°外圆车刀、4mm 切槽刀和 60°螺纹车刀，分别置于刀架的 1 号、2 号和 3 号刀位。

3）对刀、建立工件坐标系。

4）输入程序 O0006、O0007 和 O0008。

5）自动方式运行加工程序完成零件的仿真加工。

（二）实习车间加工

1）将工件置于三爪卡盘中，控制工件的伸出长度，经找正后夹紧工件。

2）将外圆车刀、切槽刀、螺纹刀分别置于刀架的 1 号、2 号、3 号刀位，调整好刀具高度、几何角度及伸出长度后，夹紧刀具。

3）对刀、建立工件坐标系。

4）将程序输入到数控装置中，在自动运行方式下，开启"空运行"和"机床锁住"功能，检查走刀轨迹。

5）查看机床的快速倍率和进给倍率是否处在较低挡位，检查主轴倍率等是否在正常位置，运行加工程序，注意查看安全点和起刀点；加工过程中，操作者将手置于暂停（或急停、复位）按钮处。

6）根据测量结果，对磨耗（刀补）值或程序进行修正。

　　7)执行精加工。

　　8)卸下工件,清理机床。

五、考核评价

　　1)学生完成零件自检,填写考核评分表(见工作页),同刀具卡和程序单一起上交。

　　2)教师对零件进行检测,对刀具卡、工序卡和程序单进行批改,并填写考核评分表,对学生进行成绩评定。

六、项目评估

　　1)学生自评。每组选出代表,对本组产品进行论证说明。重点从方案设计、材料选择、加工工艺安排、加工方法、切削用量、产品的加工质量、成本(约数)等方面进行阐述。

　　2)小组互评。根据各组完成情况,各组间对彼此加工方案提出意见和建议。在探讨过程中,可以加深对知识的理解和运用。

　　3)教师评价。对整个项目实施过程进行综合评价。首先肯定大家的成绩,增强大家学习的热情和兴趣,同时对项目实施过程中的问题进行评析,评选出优秀的小组进行表扬。

七、思考与练习

　　1)双线及多线螺纹应如何编程加工?

　　2)变螺距螺纹应如何编程加工?

项目七 复杂成型面零件的加工

项目导读

随着国民经济和机械工业不断发展,具有复杂曲面的机械零件应用越来越广泛。在编制零件的数控加工程序时,经常会遇到零件中存在非直线轮廓、非圆弧轮廓和由简单轮廓按一定规律构成的复杂结构的情况,如零件存在椭圆轮廓等,而数控系统本身一般只能作直线插补和圆弧插补,对于以上遇到零件的数控编程,通常采用直线段或圆弧段去逼近零件轮廓,并对其加工轨迹进行数学处理以完成工作任务。

最终目标

能使用 FANUC 0i TC 数控车床进行复杂成型面零件的加工。

促成目标

1)根据加工零件制订数控加工工艺及数控加工工艺文件。

2)掌握工件的装夹及找正方法。

3)掌握数控车床的正确操作步骤及工件的自动加工。

4)正确选择刀具,并学会使用千分尺、游标卡尺。

5)了解加工轴、盘类零件的工艺知识。

6)掌握数控车床各按键的基本使用、编程的基本知识及程序的输入。

任务 复杂成型面零件的加工

一、工作任务

加工图 7.1 所示的复杂成型面零件,材料为 45 钢,毛坯尺寸为 $\phi45$ mm×200 mm。

二、相关知识

(一)机夹车刀的选用

1. 刀片的形状和种类

车外圆刀片的选用主要是根据加工工艺的具体情况决定。一般要选通用性较高和在同一刀片上切削刃数较多的刀片。粗车时选较大尺寸的刀片,精车、半精车时选较小尺寸的刀片。

1)S 形刀片(见图 7.2(a))。四个刃口,刃口较短(指同等内切圆直径),刀尖强度较高,主要用于 75°、45°车刀,在内孔车刀中用于加工通孔。

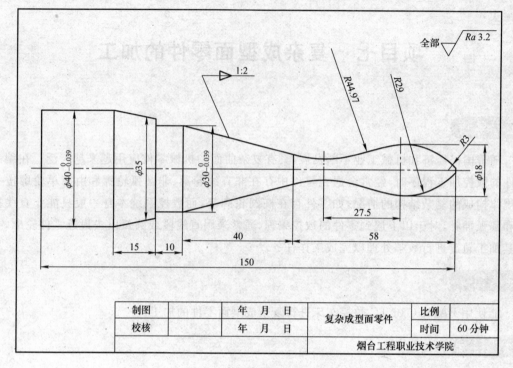

图 7.1　复杂成型面零件图

2)T 形刀片(见图 7.2(b))。三个刃口,刃口较长,刀尖强度低,在普通车床上使用时常采用带副偏角的刀片以提高刀尖强度,主要用于 90°车刀,在内孔车刀中主要用于加工盲孔、台阶孔。

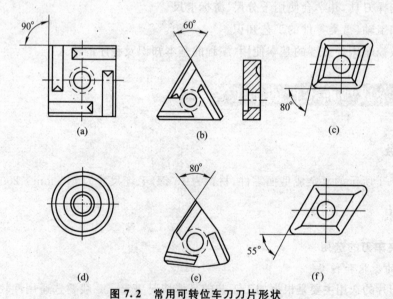

图 7.2　常用可转位车刀刀片形状

(a)S 形;(b)T 形;(c)C 形;(d)R 形;(e)W 形;(f)D 形;

3)C 形刀片(见图 7.2(c))。有两种刀尖角:100°刀尖角的刀片两个刀尖强度高,一般做成 75°车刀,用来粗车外圆、端面;80°刀尖角的刀片两个刃口强度较高,不用换刀即可加工端面或圆柱面,在内孔车刀中一般用于加工台阶孔。

4)R 形刀片(见图 7.2(d))。圆形刃口,用于特殊圆弧面的加工,刀片利用率高,但径向力大。

5)W 形刀片(见图 7.2(e))。三个刃口且刃口较短,刀尖角 80°,刀尖强度较高,主要用在普通车床上加工圆柱面和台阶面。

6)D 形刀片(见图 7.2(f))。两个刃口且刃口较长,刀尖角 55°,刀尖强度较低,主要用于仿形加工,当做成 93°车刀时,切入角(见图 7.3)不得大于 27°;当做成 62.5°车刀时,切入角不得大于 57°,在加工内孔时可用于台阶孔及较浅的清根。

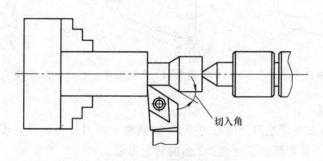

图 7.3　D 形外圆刀

2. 切断、切槽刀片和螺纹刀片

1)切断刀片。在普通车床上常用的切断刀片是 Q 形刀片(见图 7.4),这种刀片可重磨,而且价格一般比可转位车刀刀片要低 2～3 元/片。其缺点是刃口是直的,不能使切屑横向产生收缩变形,容易与已加工表面摩擦,加上它的侧偏角和侧后角都很小,因此切削热量高、易磨损,在使用时要随时观察刃口情况,及时重磨或更换刀片。在数控车床上一般使用直接压制出断屑槽形的切断刀片(见图 7.5),它能使切屑横向产生收缩变形,切削轻快,断屑可靠,另外它的侧偏角和侧后角都很大,产生切削热少,使用寿命长,只是价格高一些。

2)切槽刀片。一般切深槽用切断刀片,切浅槽用成型刀片,常用切槽刀片如图 7.6 至图 7.9 所示。

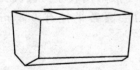

图 7.4　普通 Q 形刀片

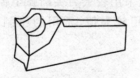

图 7.5　带有断屑槽形的切断刀片

图 7.6　立装切槽刀片

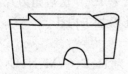

图 7.7　平装切槽刀片

图 7.8　条状切槽刀片

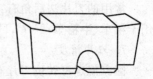

图 7.9　清台阶圆弧根切槽刀片

103

3)螺纹刀片。常用的螺纹刀片是 L 形(见图 7.10),这种刀片可重磨,价格也便宜,但不能切牙顶。切精度较高的螺纹要用磨好牙型的刀片,因内、外螺纹的牙型尺寸不同,所以又分内、外螺纹刀片,它的螺距是固定的,可以切出牙顶。螺纹刀片夹紧方式可分为两种:一种是刀片无孔时(见图 7.11)用上压式夹紧的刀片,这种刀片在加工塑性较高的材料时还要加挡屑板;另一种是压出断屑槽并带夹紧孔的刀片(见图 7.12)用压孔式的梅花螺钉夹紧。

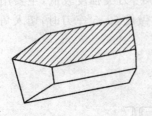

图 7.10　L 形刀片

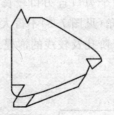

图 7.11　无孔刀片

图 7.12　压孔式刀片

3. 切削刃长度

切削刃长度应根据背吃刀量进行选择,一般通槽形的刀片切削刃长度选≥1.5 倍的背吃刀量,封闭槽形的刀片切削刃长度选≥2 倍的背吃刀量。

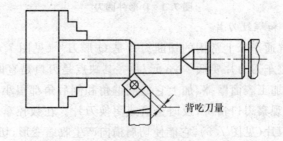

背吃刀量

图 7.13　背吃刀量示意图

4. 刀尖圆弧

粗车时只要刚性允许尽可能采用较大刀尖圆弧半径,精车时一般采用较小刀尖圆弧半径,不过当刚性允许时也应采用较大值,常用的压制成型的刀尖圆弧半径有 0.4 mm、0.8 mm、1.2 mm、2.4 mm 等。

5. 刀片厚度

刀片厚度的选用原则是使刀片有足够的强度来承受切削力,通常是根据背吃刀量与进给量来选用。

6. 刀片法后角

常用的刀片法后角有:0°,代号 N;5°,代号 B;7°,代号 C;11°,代号 P。0°法后角刀片一般用于粗车、半精车;5°、7°、11°法后角刀片一般用于半精车、精车、仿形及加工内孔。

7. 刀片精度

国家规定可转位刀片有 16 种精度,其中 6 种适合于车刀,代号为 H、E、G、M、N、U,其中 H 级最高,U 级最低,普通车床粗加工、半精加工用 U 级,对刀尖位置要求较高或数控车床用 M 级,更高要求用 G 级。

(二) 编程指令

1. 封闭切削循环指令 G73

封闭切削循环(G73 指令)是一种复合固定循环,走刀路线如图 7.14 所示。封闭切削循环适于对铸、锻毛坯切削,对零件轮廓的单调性没有要求。

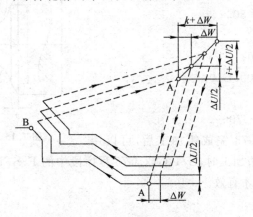

图 7.14　G73 指令走刀路线

(1)编程格式

G73 U(i) W(k) R(d);

G73 P(n_s) Q(n_f) U(ΔU) W(ΔW) F(f) S(s) T(t);

(2)说明

i——X 轴向总退刀量;

k——Z 轴向总退刀量(半径值);

d——重复加工次数;

n_s——精加工轮廓程序段中开始程序段的段号;

n_f——精加工轮廓程序段中结束程序段的段号;

ΔU——X 轴向精加工余量;

ΔW——Z 轴向精加工余量;

f、s、t——粗车的进给量、转速、刀具号。

(3)封闭切削循环指令编程示例

该工件为铸造成型零件,按图 7.15 所示尺寸编写加工程序。

O0001;

N10 T0101;

N20 M03 S1000;

N30 G00 G42 X200. Z200. M08;

N40 X140. Z40. ;

N50 G73 U9. 5 W9. 5 R3;

N60 G73 P70 Q130 U1. W0. 5 F0. 3;

N70 G01 G42 X20. Z0. ;

N80 G01 Z−20. F0. 15；

N90 X40. Z−30. ；

N100 Z−50. ；

N110 G02 X80. Z−70. R20. ；

N120 G01 X100. Z−80. ；

N130 G40 X105. ；

N140 G70 P70 Q130；

N150 G00 X200. Z200. G40；

N160 M30；

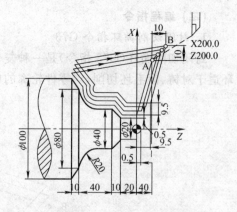

图 7.15 G73 指令程序例图

2. 精加工循环指令 G70

由指令 G71、G72、G73 完成粗加工后，可以用
G70 指令进行精加工。精加工时，G71、G72、G73 程序段中的 F、S、T 指令无效，只有 n_s 至 n_f
程序段中的 F、S、T 指令才有效。

(1)编程格式

G70 P(n_s) Q(n_f)；

(2)说明

n_s——精加工轮廓程序段中开始程序段的段号；

n_f——精加工轮廓程序段中结束程序段的段号。

(3)精加工循环指令编程示例

在 G71、G72、G73 程序应用例中的 n_f 程序段后再加上"G70 Pn_s Qn_f；"程序段，并在 n_s 至
n_f 程序段中加上精加工适用的 F、S、T，就可以完成从粗加工到精加工的全过程。

3. 刀具半径补偿指令 G41、G42、G40

在数控编程过程中，为使编程工作更加方便，通常将数控刀具的刀尖假想成一个点，该点
称为刀位点或刀尖点。在编程时，一般不考虑刀具的长度与刀尖圆弧半径，只需考虑刀位点
与编程轨迹重合即可。但在实际加工过程中，由于刀尖圆弧半径与刀具长度各不相同，在加
工中会产生很大的加工误差。因此，实际加工时必须通过刀具补偿指令，使数控机床根据实
际使用的刀具尺寸，自动调整各坐标轴的移动量，确保实际加工轮廓和编程轨迹完全一致。

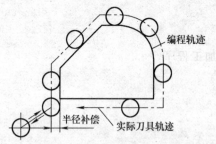

图 7.16 刀具半径补偿

(1)刀具半径补偿的概念

数控机床根据刀具实际尺寸自动改变机床坐标
轴或刀具刀位点位置，从而使实际加工轮廓和编程轨
迹完全一致的功能称为刀具半径补偿，如图 7.16 所
示。

(2)刀具半径补偿的作用

1)在数控编程时可不考虑刀具半径，只需直接按
图样所给的尺寸进行编程，同时在实际加工时输入刀
具半径补偿值即可，数控机床会自动改变刀具刀位点位置，使实际加工轮廓和编程轨迹一致。

2)当刀具磨损引起刀具半径变化时，也可以使用刀具半径补偿值进行修正，使实际加工

轮廓和编程轨迹一致。

(3)刀尖圆弧半径补偿指令格式

G00/G01 G41/G42 X __ Z __ F __ ；

G00/G01 G40 X __ Z __ F __ ；

其中 G41 指令为刀尖圆弧半径左补偿；G42 指令为刀尖圆弧半径右补偿；G40 指令为取消刀尖圆弧半径补偿。

编程时刀尖圆弧半径补偿偏置方向的判别如图 7.17 所示。面向着 Y 轴的负方向，并沿刀具的移动方向观察，当刀具处在加工轮廓左侧时，称为刀尖圆弧半径左补偿，用 G41 指令表示；当刀具处在加工轮廓右侧时，称为刀尖圆弧半径右补偿，用 G42 指令表示。

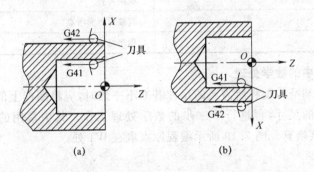

图 7.17 刀尖圆弧半径补偿偏置方向的判别

(a)后置刀架，Y 轴正方向向外；(b)前置刀架，Y 轴正方向向内

(4)刀尖圆弧半径补偿过程

在实际加工过程中，刀尖圆弧半径补偿执行过程一般分为以下三个步骤，如图 7.18 所示。

1)刀补建立。指刀具从起点接近工件时，车刀圆弧刃的圆心从与编程轨迹重合过渡到与编程轨迹偏离一个偏置量的过程。需要注意的是，该过程的实现必须与 G00 或 G01 功能在一起才有效。

2)刀补进行。在 G41 指令或 G42 指令程序段后，程序进入补偿模式，此时车刀圆弧刃的圆心与编程轨迹始终相距一个偏置量，直到刀补取消。

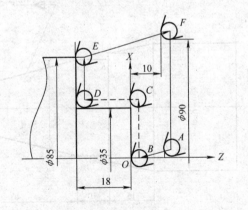

图 7.18 刀尖圆弧半径补偿过程

AB—刀补建立；BCDE—刀补进行；EF—刀补取消

3)刀补取消。刀具离开工件，车刀圆弧刃的圆心轨迹过渡到与编程轨迹重合的过程，其补偿过程通过图 7.18（设外圆车刀的刀沿号为 3 号）和加工程序 O1010 共同说明，见表 7.1。

表 7.1 图 7.18 所示补偿过程的加工程序

O1010；	程序名
N10 T0101；	调用 1 号刀具 1 号刀补
N20 M03 S1000；	主轴按 1 000 r/min 正转
N30 G00 X0.0 Z10.0；	快速点定位
N40 G42 G01 X0.0 Z0.0 F0.3；	刀补建立
N50 X35.0；	刀补进行
N60 Z−18.0；	
N70 X85.0；	
N80 G40 G00 X90.0 Z10.0；'	取消刀补
N90 G28 U0 W0；	直接返回参考点
N100 M30；	程序结束并复位

(三)手工编程中的数学处理

图样上的尺寸基准与编程所需要的尺寸基准不一致时,应将图样上的尺寸基准和尺寸换算为编程坐标系中的尺寸,再进行下一步的数学处理工作。其中常用的两种数学处理方法是:直接换算和间接换算。图 7.19 所示编程原点取在 $W1$ 处。

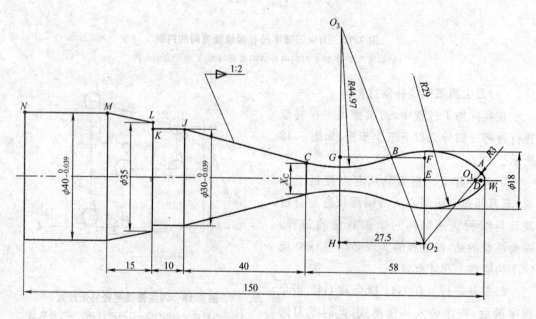

图 7.19 数值处理

1. 直接换算法

直接换算法是指直接通过图样上的标注尺寸,即可获得编程尺寸的一种方法。进行直接换算时,可对图样上给定的基本尺寸或极限尺寸取中值,经过简单的加、减运算即可完成。

如图 7.19 所示,J、K、M、N 点的 X 坐标的计算,均需采用此法。

J、K 点 X 向尺寸为 $\phi 30_{-0.039}^{0}$,则换算后的坐标为 $J(29.961, -98)$,$K(29.961, -108)$。

M、N 点 X 向尺寸为 $\phi 40_{-0.039}^{0}$,则换算后的坐标为 $M(39.961, -123)$,$N(39.961, -150)$。

2. 间接换算法

间接换算法是指需要经过平面几何、三角函数等计算方法进行必要计算后,才能得到其编程尺寸的一种方法。

如图 7.19 所示,点 A、B、C 的 X 坐标的计算,均需采用此法。

为了计算 A、B、C 三点坐标,需作辅助线,则坐标用图示线段表示为:$A(2|AD|, -|W_1D|)$,$B(2|EF|, -|(EW_1+BF)|)$,$C(X_C, -58)$。因此,关键在于 $|AD|$,$|W_1D|$,$|EF_1|$,$|EW_1|$,$|BF|$,X_C 6 个值的计算。其计算方法如下。

在 $\triangle O_1EO_2$ 中,已知

$$O_2E = 29 - 9 = 20 \text{ mm}$$

$$O_1O_2 = 29 - 3 = 26 \text{ mm}$$

$$O_1E = \sqrt{(O_1O_2)^2 - (O_2E)^2} = \sqrt{26^2 - 20^2} = 16.613 \text{ mm}$$

(1)A 点的坐标

因 $\triangle ADO_1 \backsim \triangle O_1EO_2$,则有

$$\frac{AD}{O_2E} = \frac{O_1A}{O_1O_2}$$

$$AD = O_2E \times \frac{O_1A}{O_1O_2} = 20 \times \frac{3}{26} = 2.308 \text{ mm}$$

$$2|AD| = 2 \times 2.308 = 4.616 \text{ mm}$$

$$\frac{O_1D}{O_1E} = \frac{O_1A}{O_1O_2}$$

$$O_1D = O_1E \times \frac{O_1A}{O_1O_2} = 16.613 \times \frac{3}{26} = 1.917 \text{ mm}$$

$$DW_1 = O_1W_1 - O_1D = 3 - 1.917 = 1.083 \text{ mm}$$

$$-|WD_1| = -1.083 \text{ mm}$$

所以 A 点坐标 $(2|AD|, -|W_1D|)$ 为 $A(4.616, -1.083)$。

(2)B 点坐标

因 $\triangle O_2HO_3 \backsim \triangle BGO_3$,则有

$$\frac{BG}{O_2H} = \frac{O_3B}{O_3O_2}$$

$$BG = O_2H \times \frac{O_3B}{O_3O_2} = 27.5 \times \frac{45}{45+29} = 16.723 \text{ mm}$$

$$BF = O_2H - BG = 27.5 - 16.723 = 10.777 \text{ mm}$$

$$|EW_1| + |BF| = W_1O_1 + O_1E + BF = 3 + 16.613 + 10.777 = 30.390 \text{ mm}$$

109

在 $\triangle O_2 FB$ 中

$$O_2 F = \sqrt{(O_2 B)^2 - (BF)^2} = \sqrt{29^2 - 10.777^2} = 26.923 \text{ mm}$$

$$EF = O_2 F - O_2 E = 26.923 - 20 = 6.923 \text{ mm}$$

$$2|EF| = 2 \times 6.923 = 13.846 \text{ mm}$$

$$-|EW_1| - |BF| = -30.390 \text{ mm}$$

所以点 B 坐标为 $(13.846, -30.390)$。

（3）C 点坐标

$$C = \frac{D-d}{L} = \frac{30 - X_C}{40} = \frac{1}{2}$$

$$X_C = 30 - \frac{1}{2} \times 40 = 10 \text{ mm}$$

所以 C 点坐标为 $(10, -58)$。

三、工艺准备

（一）图样分析

图 7.1 所示零件为典型的轴类零件，无形位公差精度要求，毛坯为 $\phi45 \text{ mm} \times 100 \text{ mm}$ 的棒料，材料为 45 钢。

（二）夹具选择

选用数控车床常用夹具——三爪自定心卡盘进行装夹。

（三）刀具准备、填写刀具卡

1. 刀具准备

根据该零件的形状及加工精度，选择刀具如下。

1）粗加工外圆及端面：选择焊接式 93°外圆车刀。

2）精加工外圆：选择焊接式 93°外圆车刀。

3）切断：选择焊接式 4 mm 切断刀一把，刀具材料 YT15。

2. 填写刀具卡

刀具卡见附表二。

（四）量具准备

1）0~200 mm 游标卡尺一把，用于测量长度。

2）0~25 mm 和 25~50 mm 外径千分尺各一把，用于测量外圆。

（五）编排加工工艺

1）粗车。车 $R3$ mm 圆弧→车 $R29$ mm 圆弧→车 $R44.97$ mm 圆弧→车锥度 1:2 圆锥→车 $\phi30$ mm 台阶→车圆锥 $\phi40$ mm→车台阶。

2）精车。车 $R3$ mm 圆弧→车 $R29$ mm 圆弧→车 $R44.97$ mm 圆弧→车锥度 1:2 圆锥→车 $\phi30$ mm 台阶→车圆锥 $\phi40$ mm→车台阶。

3）切断。

4)调头、平端面、定总长,工序卡如表7.2所示。

表7.2 工序卡

工步号	工步内容	刀具	切削用量		
			背吃刀量(mm)	主轴转数(r/min)	进给速度(mm/r)
1	粗车外圆	T01	1.2	800	0.2
2	精车外圆	T02	0.3	1 500	0.08
3	切断,保证总长150 mm	T03		400	0.08

(六)编制加工程序,填写加工程序单

1.编制加工程序

O0001;

N10 T0101;   粗车外圆

N20 M03 S800;

N30 G00 X100. Z100. M08;

N40 X47. Z2. ;

N50 G73 U20. W0. R21;

N60 G73 P70 Q170 U0. 5 W0 F0. 2;

N70 G00 G42 X0. ;

N80 G01 Z0. F0. 08;

N90 G03 X4. 616 Z−1. 803 R3. ;

N100 X13. 846 Z−30. 390 R29;

N110 G02 X10. Z−58. R44. 97;

N120 G01 X29. 961 Z−98. ;

N130 Z−108. ;

N140 X35. ;

N150 X39. 961 Z−123. ;

N160 Z−150. ;

N170 X47. ;

N180 G00 X100. Z100. ;

N190 T0202;   精车外圆

N200 M03 S1500;

N210 G00 X42. Z2. ;

N220 G70 P70 Q170;

N230 G40 G00 X100. Z100. ;

N240 M30;

N250 T0303;   切断

N260 M03 S400;

N270 G00 X42.Z－154.；

N280 G01 X4.F0.08；

N290 G00 X100.Z100.；

N300 M30；

2. 填写加工程序单

加工程序单见附表（一）。

四、任务实施

（一）仿真加工练习

1）进入宇龙仿真数控系统，选择 FANUC 系统数控车床，机械回零。

2）定义 $\phi45$ mm×200 mm 实心毛坯，选择 93°外圆粗车刀、93°外圆精车刀和 4 mm 切断刀，分别置于刀架的 1 号、2 号和 3 号刀位。

3）对刀、建立工件坐标系。

4）输入程序 O0001。

5）以自动方式运行程序 O0001，完成外圆的粗、精车和工件的切断操作。

6）零件调头、平端面、定总长至要求尺寸，倒角，完成仿真加工。

（二）实习车间加工

1）工件的装夹。将工件置于三爪卡盘中，控制工件的伸出长度约为 165 mm，夹持工件外圆找正并夹紧。

2）刀具的装夹。将外圆粗、精车刀和切断刀分别置于刀架的 1 号、2 号和 3 号刀位，调整好刀具高度、伸出长度、主偏角和副偏角后，夹紧刀具。

3）对刀、建立工件坐标系。

4）输入并调试程序。将程序 O0001 输入到数控装置中，在自动运行方式下，开启"空运行"和"机床锁住"功能，检查走刀轨迹。

5）以自动方式运行加工程序 O0001，完成外圆和端面的粗、精车，并完成工件的切断操作。

6）包铜皮调头，经找正后夹紧工件。

7）将总长车至尺寸要求，并倒角。

8）卸下工件，清理机床。

五、考核评价

1）学生完成零件自检，填写考核评分表，同刀具卡、工序卡和程序单一起上交。

2）教师对零件进行检测，对刀具卡、工序卡和程序单进行批改，并填写考核评分表对学生进行成绩评定。

六、项目评估

1）学生自评。每组选出代表，对本组产品进行论证说明。重点从方案设计、材料选择、加工工艺安排、加工方法、切削用量、产品的加工质量、成本（约数）等方面进行阐述。

2）小组互评。根据各组完成情况,各组间对彼此加工方案提出意见和建议。在探讨的过程中,可以加深对知识的理解和运用。

3）教师评价。对整个项目实施过程进行综合评价。首先肯定大家的成绩,增强大家学习的热情和兴趣,同时对项目实施过程中的问题进行评析。评选出优秀的小组进行表扬。

七、思考与练习

加工图 7.20 所示零件图的工件。

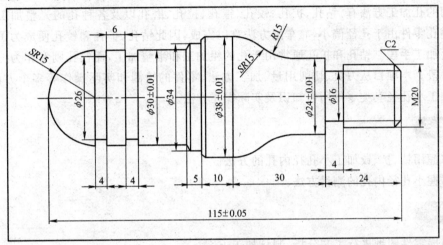

图 7.20　零件图

项目八　小孔零件的加工

项目导读

常用的孔加工方法有:钻孔、扩孔、铰孔、镗孔、拉孔、磨孔以及各种孔的光整加工和特种加工。小孔零件由于孔径偏小,靠车削方法难以完成,因此钻孔、扩孔和铰孔便成为了这类零件的主要加工手段。钻孔和扩孔通常用于孔的粗加工和半精加工,而铰孔则常作为一种孔的精加工手段。本项目从刀具、切削用量、加工方法、零件的检测和实际操作等多个方面,使学生掌握加工小孔径套类零件所需知识及实际操作方法。

最终目标

1)掌握用钻、扩、铰加工小孔径内孔的方法。

2)掌握小孔径内孔的测量方法。

促成目标

1)根据零件图纸进行工艺分析,制订加工方案。

2)掌握中心钻、麻花钻、扩孔钻、铰刀的选择。

3)掌握钻孔、扩孔、铰孔的操作方法及切削用量。

4)会使用塞规、内测千分尺等量具检测内孔径。

5)掌握冷却液的相关知识。

6)培养学生认真严谨的工作态度。

任务　小孔零件的加工

一、工作任务

加工图 8.1 所示的小孔零件,材料为 45 钢,毛坯尺寸为 $\phi45$ mm×70 mm。

二、相关知识

(一)中心钻钻中心孔

1. 中心钻

1)中心孔功能。采用顶尖装夹工件前的预备;孔加工前的预制定位,引导麻花钻进行孔加工,减少误差。

2)中心钻主要应用。加工轴类等零件端面上的中心孔。

3)中心孔的类型。国家标准规定中心孔有 A 型(不带护锥)、B 型(带护锥)、C 型(带螺

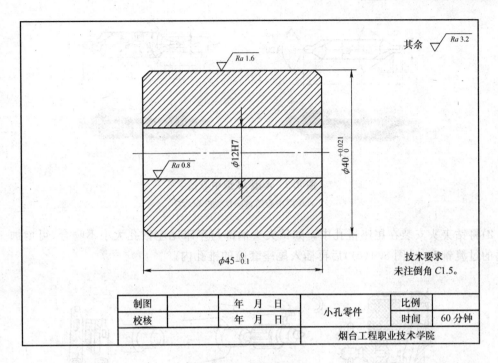

图 8.1　小孔零件图

孔)和 R 型(弧形)四种,如图 8.2 所示。

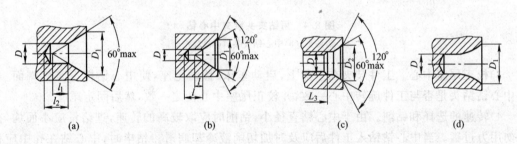

图 8.2　中心孔的类型

(a)A 型;(b)B 型;(c)C 型;(d)R 型

4)中心钻的类型。中心钻按照是否带护锥可分为两种规格:不带护锥的 A 型中心钻,带护锥的 B 型中心钻,如图 8.3 所示。在加工直径 $d=1\sim10$ mm 的中心孔时,通常采用不带护锥的中心钻,即 A 型中心钻;在加工工序要求较长、精度要求较高的工件时,为了避免 60°定心锥被损坏,一般采用带护锥的中心钻,即 B 型中心钻。

2. 钻中心孔的步骤

1)将中心钻装夹在钻夹头上。车床上一般通过钻夹头装夹中心钻(见图 8.4),用钻夹头钥匙逆时针方向旋转钻夹头的外套(见图 8.4(a)),使钻夹头的三个爪张开,然后将中心钻插入三个夹爪中间,再用钻夹头钥匙顺时针方向转动钻夹头外套,通过三个夹爪将中心钻夹紧(见图 8.4(b))。

115

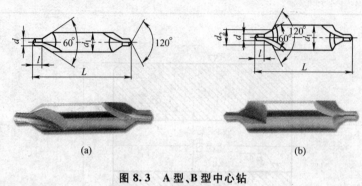

图 8.3　A 型、B 型中心钻

(a)A 型中心钻；(b)B 型中心钻

2)将钻夹头安装在尾座锥孔中。如钻夹头柄部与车床尾座锥孔大小不吻合,可增加一个合适的过渡锥套(见图 8.4(c))后再插入尾座套筒的锥孔内。

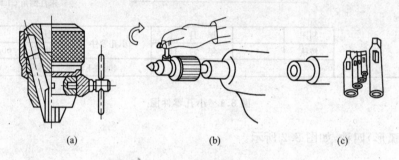

图 8.4　用钻夹头装夹中心钻

(a)钻夹头；(b)中心钻安装；(c)过渡锥套

3)校正尾座中心。工件装夹在卡盘上,启动车床、移动尾座,使中心钻接近工件端面,观察中心钻钻头是否与工件旋转中心一致,并校正尾座中心使之一致,然后固定尾座。

4)转速的选择和钻削。由于中心钻直径小,钻削时应取较高的转速,进给量应小而均匀,切勿用力过猛。当中心钻钻入工件后应及时加切削液冷却润滑。钻毕时,中心钻在孔中应稍作停留,然后退出,以修光中心孔,提高中心孔的形状精度和表面质量。

3.钻中心孔的注意事项

钻中心孔时,由于中心钻切削部分的直径很小,承受不了过大的切削力,若不注意很容易折断。因此应注意以下情况:

1)应使中心钻轴线与工件旋转中心一致,否则中心钻会受到一个附加力而折断;

2)工件端面必须车平,不允许留凸台,以免钻孔时中心钻偏斜而折断;

3)切削用量应选用合适,避免工件转速过低而进给量过快,使中心钻折断;

4)及时注意中心钻的磨损状况,磨损后不能强行钻入工件,避免中心钻折断;

5)充分注入切削液并及时排除切屑。

(二)麻花钻钻孔

钻孔是用钻头在实体材料上加工孔的方法,通常采用麻花钻在钻床或车床上进行钻孔,但由于钻头强度和刚性比较差、排屑较困难、切削液不易注入,因此加工出的孔的精度和表面质量比较低,一般精度为 IT11~IT13 级,表面结构 R_a12.5~50 μm,常用于粗加工。

1. 麻花钻的组成部分及几何形状

(1)麻花钻的组成部分

麻花钻是钻孔的主要工具,它由柄部、颈部和工作部分组成,如图 8.5 所示。麻花钻直径小于 12 mm 时一般为直柄钻头,大于 12 mm 时为锥柄钻头。

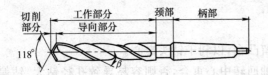

图 8.5 麻花钻的组成部分

柄部是钻头的夹持部分,钻削时起传递转矩作用,装夹时起钻头的夹持定心作用。颈部是柄部和工作部分的连接段,颈部较大的钻头在颈部标注有商标、钻头直径和材料牌号等信息。工作部分是钻头的主要部分,由切削部分和导向部分组成,起切削和导向作用。

(2)麻花钻的几何形状

麻花钻有两条对称的螺旋槽,用来形成切削刃,且作输送切削液和排屑之用。前端的切削部分(见图 8.6)有两条对称的主切削刃,两刃之间的夹角 2φ 称为锋角,两个顶面的交线叫做横刃。导向部分上的两条刃带在切削时起导向作用,同时又能减小钻头与工件孔壁的摩擦。

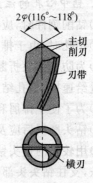

图 8.6 麻花钻的切削部分

2. 麻花钻的选用及装夹

(1)麻花钻的选用

对于精度要求不高的孔,可以直接用麻花钻钻出;对于精度要求较高的孔,钻孔后还要经过车削或扩孔、铰孔才能完成,在选用麻花钻时应留出下道工序的加工余量。

(2)麻花钻的装夹

一般情况下,直柄麻花钻用钻夹头装夹,再将钻夹头的锥柄插入尾座锥孔内;锥柄麻花钻可以直接或用莫氏过渡锥套插入尾座锥孔中,或用专用的工具装夹。

3. 钻孔时切削用量的选择

(1)切削速度 v_c

钻孔时的切削速度是指麻花钻主切削刃外缘处的线速度。用麻花钻钻钢件时,切削速度一般选 15~30 m/min;钻铸件时,切削速度选 75~90 m/min。可由切削速度公式计算出所需要的主轴转速。切削速度公式为:

$$v_c = \pi d n / 1\ 000$$

式中 v_c——切削速度,m/min;

d——钻头直径 ,mm;

n——主轴转速,r/min。

(2)进给量 f

在车床上钻孔时,工件转 1 周,钻头沿轴向移动的距离称为进给量,是用手转动尾座手轮来实现的。手轮转动要均匀缓慢,进给量太大会使麻花钻折断。用直径为 12~25 mm 的麻花钻钻钢件时,进给量一般选 0.15~0.35 mm/r;钻铸件时,进给量略大些,一般选 0.15~0.4 mm/r。

(3)切削深度(背吃刀量)a_p

钻孔时的背吃刀量为麻花钻的半径。

4. 钻孔的步骤

1)钻孔前应车平端面,中心处不许留凸台,以利于钻头定心。

2)找正尾座,使尾座套筒轴线与主轴回转中心重合,否则容易导致孔径钻大、钻偏甚至折断钻头。

3)用中心钻钻出中心孔,利于钻头定心。

4)钻孔前,擦净钻头的钻柄和尾座套筒的锥孔,装入钻头后,调整尾座并锁紧尾座至合适的位置,保证钻头工作部分的长度略长于孔深,同时使套筒伸出距离最短,以防振动。

5)均匀缓慢摇动尾座手轮钻削。

5. 钻中心孔的注意事项

1)钻削钢件时,应充分浇注切削液冷却。

2)钻孔时,由于排屑、散热困难,且钻头强度和刚性差,应选用较小的切削速度。

3)为防止钻头折断,钻削开始时进给要慢,钻头钻入后再加大进给速度;当孔接近钻通时减小进给速度,钻孔结束后,先退出钻头再停车。

4)为了便于排屑和冷却钻头,在钻孔过程中,要经常退出钻头。

5)钻头磨损后应及时刃磨。

6)用较长的钻头钻孔时,为防止钻头跳动把钻头折断或把孔钻大,可在刀架上夹一铜棒或垫铁,支住钻头头部(用力不能太大),然后缓慢进给,当钻头头部进入孔内并已正确定心后,将铜棒退出。

7)在实体材料上钻孔时,小孔径可以一次钻出。若孔径超过 30 mm,则不宜用钻头一次钻出。此时可分两次钻出,即第一次先用一支小钻头钻出底孔,再用大钻头钻出所要求的尺寸,一般情况下第一支钻头直径为第二次钻孔直径的 0.5~0.7。

(三)扩孔

扩孔是用扩孔刀具对已钻出的孔进一步加工,以扩大孔径并提高精度和降低表面结构参数值。常用的扩孔刀具有麻花钻、扩孔钻等。精度要求不高的孔可用麻花钻加工,精度要求较高孔的半精加工通常采用扩孔钻扩孔。用扩孔钻加工可达到的尺寸公差等级为 IT10~IT11 级,表面结构为 $R_a 6.3~12.5~\mu m$,通常作为铰孔前的预加工,也可作为孔的最终加工。

1. 扩孔钻

扩孔钻有硬质合金扩孔钻和高速钢扩孔钻两种(见图 8.7),扩孔钻有以下主要特点。

1)导向性好。扩孔钻刃数比麻花钻多(一般有 3~4 刃),切削平稳。

2)切削条件较好。无横刃参加切削,切削轻快,可采用较大的进给量,生产率较高;又因切屑少,排屑顺利,不易刮伤已加工表面。

3)刚性好。由于扩孔的背吃刀量小、切屑少,所以扩孔钻的容屑槽浅而窄,钻芯直径较

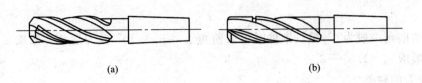

图 8.7　扩孔钻

(a)高速钢扩孔钻;(b)硬质合金扩孔钻

大,增加了扩孔钻工作部分的刚性。

2. 扩孔特点

扩孔方法与钻孔基本相似,扩孔时的背吃刀量比钻孔时小,一般加工余量为 0.85～4.5 mm,切屑体积小,排屑较为方便。因此扩孔与钻孔相比,加工精度高、表面结构参数值较低,且可在一定程度上校正钻孔的轴线误差。

(四)铰孔

铰孔是精加工中小尺寸未淬火孔的主要方法之一,在批量生产中已被广泛采用。因为铰刀是一种尺寸精确的多刃刀具,切下的切屑很薄,并且孔壁经过铰刀的圆柱部分修光,铰出的孔既光洁又精确。同时铰刀的刚性比内孔车刀好,因此更适合加工直径小的深孔。铰孔尺寸精度一般为 IT7～IT10 级,表面结构可达 $R_a1.6～3.2\ \mu m$,甚至更小。

1. 铰刀的组成及种类

(1)铰刀的组成

铰刀由工作部分、颈部和柄部组成,如图 8.8 所示。

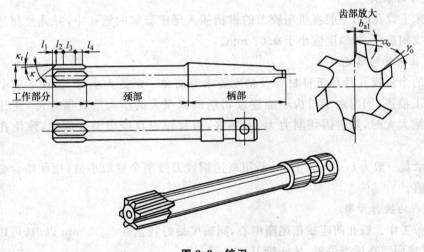

图 8.8　铰刀

柄部是铰刀的夹持部分,切削时起传递转矩的作用。

工作部分由引导部分(l_1)、切削部分(l_2)、修光部分(l_3)和倒锥部分(l_4)组成。引导部分是铰刀开始进入孔内时的导向部分,其导向角一般为 45°;切削部分担负主要切削工作,其切削锥形角较小,因此铰削时定心好、切屑薄;修光部分上有棱边,起定向、碾光孔壁、控制铰刀直径和便于测量等作用;倒锥部分可减小铰刀与孔壁之间的摩擦,还可防止产生喇叭形孔和

119

孔径扩大。

铰刀的前角一般为 0°，粗铰钢件时可取前角 $\gamma_o=5°\sim 10°$，铰刀后角一般取 $\alpha_o=6°\sim 8°$，主偏角一般取 $\kappa_r=1.5°\sim 3°$。

（2）铰刀的种类

铰刀按用途分，有手用铰刀和机用铰刀两种。手用铰刀的柄部做成方榫形，以便套入铰杠铰削工件。手铰尺寸精度可达 IT6 级，表面结构为 $R_a0.2\sim 0.4~\mu m$。机用铰刀的柄有直柄和锥柄两种，铰孔时由车床尾座定向。机铰生产率高，劳动强度小，适宜于大批量生产。

铰刀按切削部分材料分，有高速钢铰刀和硬质合金铰刀两种。

2. 铰刀尺寸的选择

铰孔的精度主要取决于铰刀的尺寸，铰刀的基本尺寸与孔的基本尺寸相同。铰刀的公差是根据孔的公差等级、加工时可能出现的扩大量或收缩量及允许铰刀的磨损量来确定的。

一般可按下面计算方法来确定铰刀的上、下偏差：

$$铰刀上偏差=2/3~被加工孔公差$$
$$铰刀下偏差=1/3~被加工孔公差$$

例：工件孔的尺寸为 $\phi12H7(\phi12^{+0.018}_{0})$，求铰刀尺寸及公差。

解：铰刀直径的基本尺寸为 $\phi12$ mm。

铰刀上偏差$=2/3\times0.018=0.012$ mm

铰刀下偏差$=1/3\times0.018=0.006$ mm

因此，铰刀的尺寸应为 $\phi12^{+0.012}_{+0.006}$ mm。

3. 铰刀的装夹

在车床上铰孔时，一般将机用铰刀的锥柄插入尾座套筒的锥孔中，并调整尾座套筒轴线与主轴轴线相重合，同轴度应小于 0.02 mm。

4. 铰孔余量的确定

铰孔的余量视孔径和工件材料及精度要求等而异。余量太小时，往往不能全部切去前工序的加工痕迹，同时由于刀齿不能连续切削而以很大的压力沿孔壁打滑，使孔壁的质量下降。余量太大时，则会因切削力大、发热多，引起铰刀直径增大及颤动，致使孔径扩大或者崩刀。

铰孔余量一般为 0.08～0.15 mm，用高速钢铰刀铰削余量取小值，用硬质合金铰刀铰削余量取大值。

5. 铰孔的操作步骤

1）准备工作。铰孔前应找正尾座中心，同轴度最好找正在 0.02 mm 以内，可以采用浮动套筒，将尾座固定在适当位置、装好铰刀。

2）铰通孔。摇动尾座手轮，使铰刀的引导部分轻轻进入孔口，深度约 1～2 mm。启动车床，充分加冷却液，双手均匀摇动尾座手轮，进给量为 0.5 mm/r，均匀地进给至铰刀切削部分的 3/4 超出孔末端时，即反向摇动尾座手轮，将铰刀从孔内退出，注意要等待铰刀全部退出孔外之后才能停车，否则会拉毛孔的表面。将内孔擦净后，检查孔的尺寸。

3）铰不通孔。开启机床，加冷却液，摇动尾座手轮进行铰孔，当铰刀端部与孔底接触后会对铰刀产生轴向切削抗力，手动进给当感觉到轴向切削抗力明显增加时，应立即将铰刀退出。

6. 铰削切削用量的选择

铰削应采用低切削速度，以免产生积屑瘤和引起振动，一般切削速度最好小于 5 m/min；进给量则取大些，一般可取 0.2～1 mm/r，因为进给量过小会使切屑太薄，致使刀刃不易切入金属层面而打滑，甚至产生啃刮现象，破坏了表面质量，还会引起铰刀振动，使孔径扩大。

7. 正确选择切削液

铰削时切削液对表面质量有很大影响，因而选用合适的切削液除了能提高铰孔质量和铰刀耐用度外，还能消除积屑瘤、减少振动、降低孔径扩张量。实践证明，浓度较高的乳化油对降低表面结构参数值的效果较好，硫化油对提高加工精度效果较明显。铰削一般钢件时，通常选用乳化油和硫化油。铰削铸铁时，一般不加切削液，如要进一步提高表面质量，也可选用润湿性较好、黏性较小的煤油做切削液。

8. 铰孔的特点

1）铰孔前，孔的表面结构参数要小于 $R_a 3.2\ \mu m$，铰孔的精度和表面结构参数主要不取决于机床的精度，而取决于铰刀的精度、铰刀的装夹方式、加工余量、切削用量和切削液等条件。

2）铰刀为定径的精加工刀具，铰孔比精镗孔容易保证尺寸精度和形状精度，生产率也较高，对于小孔和细长孔更是如此。但由于铰削余量小，铰刀常为浮动连接，故不能校正原孔的轴线偏斜，孔与其他表面的位置精度则需由前工序或后工序来保证。

3）铰孔的适应性较差。一定直径的铰刀只能加工一种直径和尺寸公差等级的孔，如需提高孔径的公差等级，则需对铰刀进行研磨。

4）由于铰孔不能修正孔的直线度误差，所以铰孔前一般都应先车孔，以修正钻孔的直线度。如果铰削直径小于 10 mm 的孔径，由于车孔非常困难，一般先用中心钻定位，然后钻孔、扩孔，最后铰孔。

(五)小径孔零件的检测

1. 塞规

在成批生产中，为了测量方便，常用塞规测量孔径。塞规由通端、止端和手柄组成，如图 8.9(a)所示。通端按孔的最小极限尺寸制成，止端的尺寸等于孔的最大极限尺寸。测量时当通端能塞入孔内，而止端通不过，说明孔径尺寸合格，如图 8.9(b)所示。

用塞规测量孔径时，应保持孔壁清洁，塞规不能倾斜，以防造成孔小的错觉而将孔径车大。在孔径小的时候，不可硬塞强行通过。孔径温度较高时，不能用塞规立即测量，以防工件冷却收缩把塞规"咬住"。

2. 内径千分尺

内测千分尺如图 8.10 所示，是测量小尺寸内径和内侧面槽的宽度的量具，其特点是测量方便。国产内测百分尺的精度为 0.01 mm，测量范围主要有 5～30 mm、25～50 mm、50～75 mm 几种。内测千分尺的读数方法与外径千分尺相同，只是套筒上的刻线尺寸与外径千分尺相反，另外它的测量方向和读数方向也都与外径千分尺相反。由于结构设计方面的原因，其测量精度低于其他类型的千分尺。

(六)切削液

切削液是一种用在金属切、削、磨加工过程中，用来冷却和润滑刀具和加工工件的工业用液体。

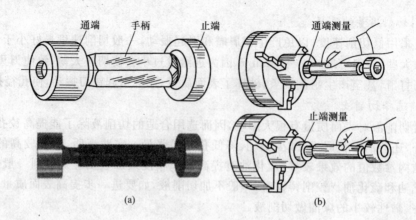

图 8.9　塞规及使用

（a）塞规；（b）测量方法

图 8.10　内测千分尺

1. 切削液的作用

（1）润滑作用

切削液在切削过程中的润滑作用，可以减小前刀面与切屑、后刀面与已加工表面间的摩擦，形成部分润滑膜，从而减小切削力、摩擦和功率消耗，降低刀具与工件坯料摩擦部位的表面温度和刀具磨损，改善工件材料的切削加工性能。

（2）冷却作用

切削液的冷却作用是把刀具、切屑和工件上的切削热带走，从而有效地降低切削温度，减少工件和刀具的热变形，保持刀具硬度，提高加工精度和刀具耐用度。切削液的冷却性能和其导热系数、比热、汽化热以及黏度（或流动性）有关。水的导热系数和比热均高于油，因此水的冷却性能要优于油。

（3）清洗作用

切削过程中产生的细小的切屑容易黏附在工件和刀具上，尤其是钻深孔和铰孔时，切屑容易阻塞，影响工件的表面结构和刀具寿命。如果加注有一定压力、足够流量的切削液，则可将切屑迅速冲走，使切削顺利进行。

（4）防锈作用

切削液能减轻工件、机床、刀具受到周围介质（空气、水分等）的腐蚀作用。在气候潮湿的地区，切削液的防锈作用显得尤为重要。

2. 切削液的分类

车削时常用的切削液有乳化液和切削油两大类。

（1）乳化液

乳化液是把乳化油用 15～20 倍的水稀释而成，主要起冷却作用。

（2）切削油

切削油的主要成分是矿物油，少数采用植物油和动物油，主要起润滑作用。

3. 切削液的选用

（1）根据加工性质选用

1）粗加工时，因在切削过程中产生大量的切削热，所以选择以冷却为主的乳化液。

2）精加工时，为减少摩擦，保证工件的加工精度，选用润滑性能较好的极压切削油或高浓度极压乳化液。

3）半封闭式加工时，如钻孔、铰孔和深孔加工，排屑、散热条件均非常差，需选用黏度较小的极压乳化液和极压切削油，并应增大压力和流量，一方面冷却、润滑，另一方面将切屑冲刷出来。

（2）根据工件材料选用

1）加工一般钢件时，粗加工时选乳化液，精加工时用极压切削油。

2）加工铸铁、铸铝等脆性金属，为避免细小切屑堵塞冷却系统，而使机床导轨磨损，一般不加切削液，但精加工时为了得到较高的表面质量，可采用黏度较小的煤油。

3）车削有色金属或铜合金时，不宜采用含硫的切削液，以免腐蚀工件。加工镁合金时，不能加切削液，以免燃烧起火，必要时可使用压缩空气冷却和排屑。

（3）根据刀具材料选用

1）高速钢刀具。粗加工时选用乳化液；精加工时选用极压切削油或浓度较高的极压乳化液。

2）硬质合金刀具。为避免刀片因骤冷或骤热崩裂，一般不使用冷却液。但考虑到工件加工精度及刀具的磨损情况，需要浇注冷却液时应尽可能使刀具均匀受热，否则会导致崩刃，可选用以冷却为主的切削液（如乳化液）。

三、工艺准备

（一）图样分析

图 8.1 所示零件为典型的小孔类零件，该小孔径套筒孔径偏小为 $\phi12$ mm，孔的精度为 IT8 级，表面结构为 $R_a0.8$ μm；外径尺寸为 $\phi40^{+0.021}_{0}$ mm，表面结构为 $R_a1.6$ μm；零件总长为 45 mm，两端面的表面结构为 $R_a3.2$ μm；无形位公差精度要求。孔 $\phi12$H7 mm 查相关公差带表可知为 $\phi12^{+0.018}_{0}$ mm。毛坯为 $\phi45$ mm×70 mm 的棒料，材料为 45 钢。

（二）夹具选择

选用数控车床常用夹具——三爪自定心卡盘进行装夹。

（三）刀具准备、填写刀具卡

1. 刀具准备

根据该零件的形状及加工精度，选择刀具如下。

1）加工外圆及端面。选择焊接式 93°外圆车刀。

2）加工孔。由于该零件孔径较小，车削非常困难，因此采用钻、扩、铰的加工方法完成，为此选择以下刀具：B2.5 中心钻一支，用于钻中心孔；ϕ11.5 mm 麻花钻一支，用于钻孔；ϕ11.8 mm 麻花钻一支，用于扩孔；ϕ12H7 mm 铰刀一支，用于铰孔。以上刀具材料均为高速钢。

3）切断。选择焊接式 4 mm 切断刀一把，刀具材料 YT15。

2. 填写刀具卡

刀具卡见附表二。

（四）量具准备

1）0～150 mm 游标卡尺一把，用于测量长度。

2）25～50 mm 外径千分尺一把，用于测量外圆。

3）5～30 mm 内测千分尺一把，用于测量内孔。

（五）编排加工工艺

1）先用外圆车刀粗、精车工件右端面、倒角及外圆。粗车主轴转速 600 r/min，进给量 0.2 mm/r；精车主轴转速 950 r/min，进给量 0.1 mm/r。

2）加工内孔。先钻中心孔，然后用 ϕ11.5 mm 麻花钻钻孔，再用 ϕ11.8 mm 麻花钻扩孔，最后用 ϕ12H7 mm 铰刀进行精加工，切削用量选择如表 8.1 所示。

表 8.1　加工内孔切削用量选择

工步	钻中心孔	麻花钻钻孔	麻花钻扩孔	铰削
主轴转速(r/min)	1 000	500	500	80
进给量(mm/r)	0.05	0.2	0.15	0.5

3）用切断刀切断工件，主轴转速 400 r/min，进给量 0.05 mm/r。

4）调头车端面控制总长。

（六）编制加工程序，填写加工程序单

1. 编制加工程序

根据前面的加工工艺分析和指令等的学习，所编的数控加工程序如下。

O0001；	外圆及端面加工程序
N10 G21 G40 G97 G99；	程序初始化
N20 T0101；	选择 01 号外圆刀，调用 01 号刀补
N30 M03 S600；	主轴正转，设定粗车转速为 600 r/min
N40 G00 X100.0 Z100.0；	刀具安全点定位
N50 G00 X47.0 Z2.0；	刀具快速定位到工件附近
N60 G90 X40.5 Z−50.0 F0.2；	粗车外圆至 ϕ40.5 mm，进给量为 0.2 mm/r
N70 G00 X100.0 Z100.0 M05；	退刀，主轴停转测量
N80 T0101 M03 S950；	设定精车转速 950 r/min
N90 G00 X43.0 Z0；	刀具快速定位到工件附近
N100 G01 X−1.0 F0.1；	精车端面
N110 G00 X37.0 Z2.0；	定位
N120 G01 Z0；	靠至端面

N130 G01 X40.0 Z−1.5;	倒角
N140 Z−50.0;	车 $\phi40$ mm 外圆至长度 48 mm
N150 X45.0;	退刀至 $\phi45$ mm
N160 G00 X100.0 Z100.0;	快速退刀远离工件
N170 M05	主轴停止
N180 M30;	程序结束
O0002;	切断程序
N10 G21 G40 G97 G99;	程序初始化
N20 T0303;	选择 03 号切断刀,调用 03 号刀补
N30 M03 S400;	主轴正转,设定切断转速为 400 r/min
N40 G00 X100.0 Z100.0;	刀具安全点定位
N50 G00 X47.0 Z−49.5;	快速定位到工件需切断位置
N60 G01 X10.F0.05;	切断工件,进给量为 0.05 mm/r
N70 G00 X100.0 Z100.0;	快速退刀远离工件
N80 M05;	主轴停止
N90 M30;	程序结束

2. 填写加工程序单

加工程序单见附表一。

四、任务实施

(一)仿真加工练习

1)进入宇龙仿真数控系统,选择 FANUC 系统数控车床,机械回零。

2)定义 $\phi45$ mm×70 mm 实心毛坯,选择 93°外圆车刀和 4 mm 切断刀,分别置于刀架的 1 号和 3 号刀位。

3)对刀、建立工件坐标系。

4)输入程序 O0001 和 O0002。

5)以自动方式运行加工程序 O0001,完成外圆和端面的粗、精车。

6)定义 $\phi11.5$ mm 麻花钻钻孔至深约 50 mm。由于仿真系统中无中心钻、铰刀等刀具,所以省略钻中心孔,并用麻花钻代替铰刀模拟加工。

7)用 $\phi11.8$ mm 麻花钻扩孔至深约 50 mm。

8)用 $\phi12$ mm 麻花钻扩孔至深约 50 mm。

9)以自动方式运行加工程序 O0002,完成工件的切断操作。

(二)实习车间加工

1)工件装夹。将工件置于三爪卡盘中,控制工件的伸出长度约为 55 mm,夹持工件外圆找正并夹紧。

2)刀具的装夹。将外圆车刀和切断刀分别置于刀架的 1 号和 3 号刀位,调整好刀具高度和主、副偏角后,控制好伸出长度,夹紧刀具。

3)对刀、建立工件坐标系。

4)输入并调试程序。将程序 O0001 和 O0002 输入到数控装置中,在自动运行方式下,开启"空运行"和"机床锁住"功能,检查走刀轨迹。

5)以自动方式运行加工程序 O0001,完成外圆和端面的粗、精车。

6)将装有中心钻的钻夹头安置于尾座套筒内,移动尾座,调整好位置后将尾座锁紧。

7)主轴正转,打开冷却液,钻中心孔。

8)主轴停,冷却液关,松开尾座,取下钻夹头,卸下中心钻。

9)用 $\phi11.5$ mm 麻花钻钻孔至深约 50 mm。

10)用 $\phi11.8$ mm 麻花钻扩孔至深约 50 mm。

11)用 $\phi12H7$ mm 铰刀铰孔至深约 50 mm。

12)以自动方式运行加工程序 O0002,完成工件的切断操作。

13)包铜皮调头,经找正后夹紧工件。

14)将总长车至尺寸要求,并倒角。

15)卸下工件,清理机床。

五、考核评价

1)学生完成零件自检,填写考核评分表(见工作页),同刀具卡、工序卡和程序单一起上交。

2)教师对零件进行检测,对刀具卡、工序卡和程序单进行批改,并填写考核评分表对学生进行成绩评定。

六、项目评估

1)学生自评。每组选出代表,对本组产品进行论证说明。重点从方案设计、材料选择、加工工艺安排、加工方法、切削用量、产品的加工质量、成本(约数)等方面进行阐述。

2)小组互评。根据各组完成情况,各组间对彼此加工方案提出意见和建议。在激烈的探讨过程中,可以加深对知识的理解和运用。

3)教师评价。对整个项目实施过程进行综合评价。首先肯定大家的成绩,增强大家学习的热情和兴趣,同时对项目实施过程中的问题进行评析。评选出优秀的小组进行表扬。

七、思考与练习

1)工件孔的尺寸为 $\phi18^{+0.021}_{0}$ mm,求铰刀尺寸及公差。

2)若将项目工件内孔直径改为 $\phi18^{+0.021}_{0}$ mm,有几种加工方法?

项目九　套类零件的加工

项目导读

套类零件是车削加工中最常见的零件，也是各类机械上常见的零件，在机器上占有较大比例，通常起支承、导向、连接及轴向定位等作用，如导向套、固定套、轴承套等。套类零件一般由外圆、内孔、端面、台阶和沟槽等组成，这些表面不仅有形状精度、尺寸精度和表面结构的要求，而且位置精度要求较高，特别是薄壁类零件，加工中容易变形。而套类零件的加工主要靠车削加工，本项目通过学习加工典型套类零件，使学生熟练掌握加工套类零件所使用刀具的相关知识、内孔的车削方法、内槽及内螺纹的加工方法、形位公差的识别、工艺的安排以及最终的检测等方面的知识，最终掌握典型套类零件的加工。

最终目标

熟练掌握套类零件的加工，并在数控仿真实验室和数控机床上加工零件。

促成目标

1) 正确识图并对零件图样进行工艺与技术要求分析。
2) 正确填写数控加工刀具卡、工序卡等工艺卡片。
3) 熟练运用编程指令编制套类零件的数控加工程序。
4) 熟练掌握一般套类零件的数控仿真操作及加工操作方法。
5) 正确识别形位公差。

任务　套类零件的加工

一、工作任务

加工图 9.1 所示套类零件，材料为 45 钢，以项目八中加工完的小孔零件作为毛坯。

二、相关知识

(一)套类零件概述

在机械零件中，因支承和连接配合的需要，存在着各种主要由内、外圆表面和端面构成的零件，如轴承套、齿轮(坯)、法兰盘、带轮等，通常把它们统称为盘套类零件。套类零件通常还要与相应的轴类零件配合，并根据不同的使用要求，对轴类零件起支承、导向或连接作用等，如轴承套和轴等。为了满足与轴类工件的配合要求，套类零件需要达到一定的技术要求，如尺寸精度、形状精度、位置精度和表面结构等，尤其是孔的加工有较高的精度要求时。

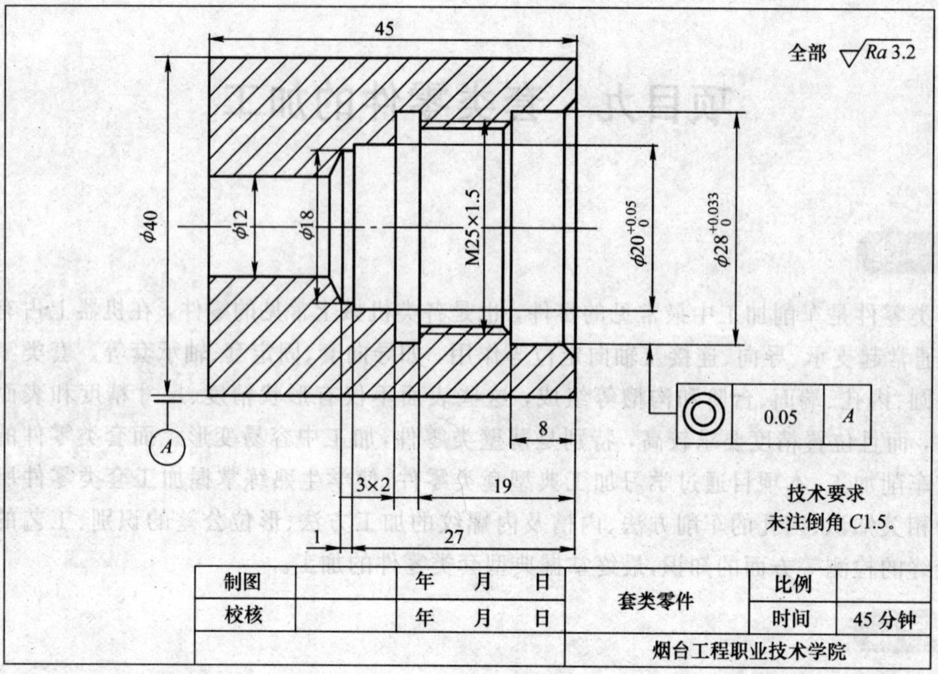

图中标注：45、$\phi40$、$\phi12$、$\phi18$、M25×1.5、$\phi20^{+0.05}_{0}$、$\phi28^{+0.033}_{0}$、全部 $\sqrt{}$ Ra 3.2、8、3×2、19、1、27、A、⊙ 0.05 A、技术要求 未注倒角C1.5。

制图		年 月 日	套类零件	比例	
校核		年 月 日		时间	45 分钟
			烟台工程职业技术学院		

图9.1 套类零件图

(二)相关刀具知识

1. 镗孔车刀

(1)几何角度

镗孔车刀的主偏角取 90°～93°,副偏角取 3°～6°,前角取 6°～12°,如图 9.2 所示。

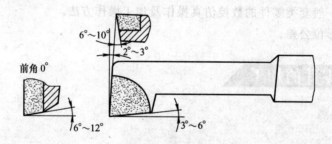

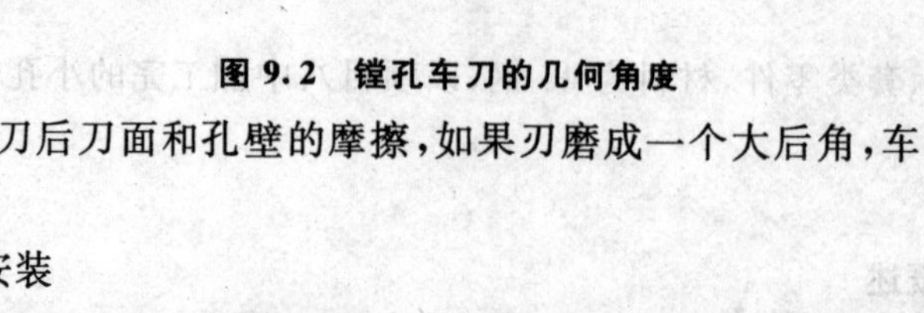

前角 0° 6°～10° 2°～3° 6°～12° 3°～6°

图9.2 镗孔车刀的几何角度

为了防止镗孔车刀后刀面和孔壁的摩擦,如果刃磨成一个大后角,车刀刚度差,可磨成两个后角增加其刚度。

(2)镗孔车刀的安装

1)镗孔车刀安装时,刀尖应对准工件中心或略高一些,这样可以避免镗刀受到切削压力下弯产生扎刀现象,而把孔镗大。

2)镗刀的刀杆应与工件轴心平行,否则镗到一定深度后,刀杆后半部分与工件孔壁相碰。

3)为了增加镗刀刚性、防止振动,刀杆伸出长度尽可能短一些,一般比工件孔深长 5～10 mm。

4)为了确保镗孔安全,通常在镗孔前把镗刀在孔内试走一遍,这样才能保证镗孔顺利进行。

5)加工台阶孔时,主刀刃应和端面成3°~5°的夹角,在镗削内端面时,要求横向有足够的退刀余地。

2.内沟槽刀

如图9.3所示,内沟槽刀与外沟槽刀几何角度相同,注意后角要刃磨成圆弧状,防止加工内沟槽时与内孔表面发生干涉。安装内沟槽刀时应参考镗孔车刀的安装方法。

3.内螺纹刀

图9.4所示为60°内螺纹刀,内螺纹刀与外螺纹刀几何角度相同,同样要注意刃磨刀具时各个角度不能与内孔表面发生摩擦。内螺纹刀装刀时应使用装刀样板,以保证装刀的几何角度,安装刀具时参考镗孔车刀的装刀方法。

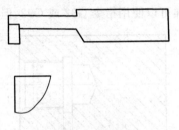

图9.3 内沟槽刀

图9.4 内螺纹刀

(三)孔的加工方法

在车床上对工件的孔进行车削的方法叫镗孔(又叫车孔),镗孔可以作粗加工,也可以作精加工。孔的加工方法基本与外圆相似,只是进刀方向相反。在程序编制时,精车余量为负值,使用循环指令时,循环起点应小于等于工件所钻孔的尺寸。

注意:在加工薄壁类零件时转速和进给量都不宜过高,否则容易产生振纹和变形。

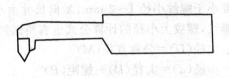

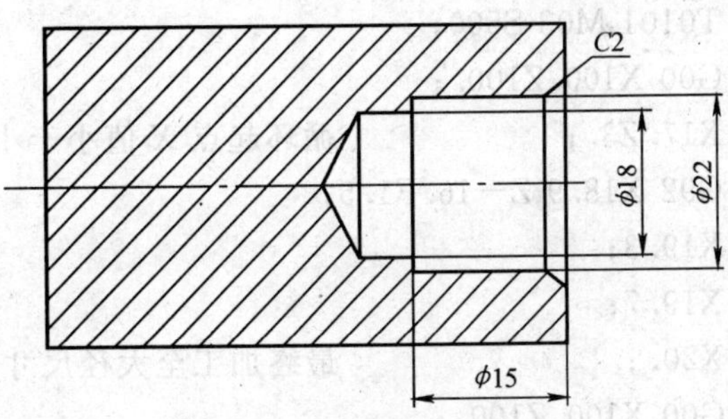

图9.5 例1加工零件图

例1:加工图9.5所示零件。

加工参数如下。

粗加工:主轴转速为500 r/min,进给速度为0.2 mm/r,背吃刀量为0.8 mm。

精加工:主轴转速为600 r/min,进给速度为0.1 mm/r,精加工余量为0.5 mm。

数控加工程序如下。

O0001;

T0101 M03 S500;

G00 X100. Z100. ;

X16. Z2. ;　　　　　　循环起点小于孔径ϕ18 mm

G71 U0.8 R0.5. ;

G71 P10 Q20 U-0.5 W0.F0.2;　　精加工余量U为负值

N10 G00 X26. ;

G01 Z0 ;

X22. Z−2. ;

Z−15. ;

N20 X16. ;

G70 P10 Q20 F0.1 S600；

G00 X100.Z100. ；

M30 ；

(四)内沟槽及内螺纹的加工方法

内沟槽多被用作螺纹退刀槽以及工艺槽，其精度要求一般不高。车削精度不高和宽度较窄的矩形沟槽，可以用刀宽等于槽宽的切槽刀，采用直进法一次车出。

内螺纹多用于连接，其加工方法与外螺纹相似，同样可以使用指令 G32 或 G92，但循环起点要小于螺纹小径 $1 \sim 2$ mm，X 向尺寸由小向大加工螺纹，螺纹大小径的计算公式也有所区别：

大径$(D)=$公称直径(M)

小径$(d)=$大径$(D)-$螺距(P)

例 2：加工图 9.6 所示内螺纹。

$D=M=20$ mm

$d=D-P=20-1.5=18.5$ mm

加工程序如下。

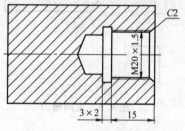

图 9.6　例 2 加工零件图

O0001 ；

T0101 M03 S500 ；

G00 X100.Z100. ；

X17. Z3. ；　　　　循环起点 X 值小于小径 $1\sim2$ mm

G92 X18.9 Z−16. F1.5 ；

X19.3 ；

X19.7 ；

X20. ；　　　　最终加工至大径尺寸

G00 X100.Z100. ；

M30 ；

最终加工完成后要用螺纹塞规检测螺纹是否合格。

(五)形位公差概述

加工后的零件不仅有尺寸误差，构成零件几何特征的点、线、面的实际形状或相互位置与理想几何体规定的形状和相互位置还不可避免地存在差异，这种形状上的差异就是形状公差，而相互位置的差异就是位置公差，统称为形位公差。任何零件都是由点、线、面构成的，这些点、线、面称为要素。机械加工后零件的实际要素相对于理想要素总有误差。这类误差影响机械产品的功能，设计时应规定相应的公差并按规定的标准符号标注在图样上。

形状公差：构成零件的几何特征的点、线、面要素之间的实际形状相对于理想形状的允许变动量。给出形状公差要求的要素称为被测要素。

位置公差:零件上的点、线、面要素的实际位置相对于理想位置的允许变动量。用来确定被测要素位置的要素称为基准要素。

形位公差的项目及符号如表9.1所示。

表 9.1　形位公差的项目及符号

公差		特征项目	符号	有无基准要求
形状	形状	直线度	—	无
		平面度	▱	无
		圆度	○	无
		圆柱度	�	无
形状或位置	轮廓	线轮廓度	⌒	有或无
		面轮廓度	⌓	有或无
位置	定向	平行度	∥	有
		垂直度	⊥	有
		倾斜度	∠	有
	定位	位置度	⊕	有或无
		同轴(同心)度	◎	有
		对称度	⚌	有
	跳动	圆跳动	↗	有
		全跳动	⌰	有

形位误差对零件使用性能的影响:影响零件的功能要求,影响零件的配合性质,影响零件的互换性。

(六)套筒类零件加工中的主要工艺问题

一般套筒类零件在机械加工中的主要工艺问题是如何保证内外圆的相互位置精度(即保证内、外圆表面的同轴度以及轴线与端面的垂直度要求)和防止变形。

1. 保证表面相互位置精度的方法

套筒类零件内、外表面的同轴度以及端面与孔轴线的垂直度要求一般都较高,可用以下方法来满足。

131

1)在一次装夹中完成内、外表面及端面的全部加工,这样可消除工件的安装误差并获得很高的相互位置精度。但由于工序比较集中,对尺寸较大的套筒安装不便,故多用于尺寸较小的轴套车削加工。

2)主要表面的加工分在几次装夹中进行(先加工孔),先加工孔至零件图尺寸,然后以孔为精基准加工外圆。由于使用的夹具(通常为心轴)结构简单,而且制造和安装误差较小,因此可保证较高的相互位置精度,在套筒类零件加工中应用较多。

3)主要表面的加工分在几次装夹中进行(先加工外圆),先加工外圆至零件图尺寸,然后以外圆为精基准完成内孔的全部加工。该方法工件装夹迅速可靠,但一般卡盘安装误差较大,使加工后工件的相互位置精度较低。如果欲使同轴度误差较小,则须采用定心精度较高的夹具,如弹性膜片卡盘、液性塑料夹头、经过修磨的三爪自定心卡盘和软爪等。

2. 防止套类零件变形的工艺措施

套类零件的结构特点是孔的壁厚较薄,薄壁套类零件在加工过程中,常因夹紧力、切削力和热变形的影响而引起变形,为防止变形常采取以下措施。

(1)将粗、精加工分开进行

为减少切削力和切削热的影响,使粗加工产生的变形在精加工中得以纠正,要将粗、精加工分开进行。

(2)减少夹紧力的影响

在工艺上采取以下措施减少夹紧力的影响。

1)采用径向夹紧时,夹紧力不应集中在工件的某一径向截面上,而应使其分布在较大的面积上,以减小工件单位面积上所承受的夹紧力。如可将工件安装在一个适当厚度的开口圆环中,再连同此环一起夹紧,也可采用增大接触面积的特殊卡爪。以孔定位时,宜采用张开式心轴装夹。

2)夹紧力的位置宜选在零件刚性较强的部位,以改善在夹紧力作用下薄壁零件的变形。

3)改变夹紧力的方向,将径向夹紧改为轴向夹紧。

(3)减小切削力对变形的影响

1)增大刀具主偏角和主前角,使加工时刀刃锋利,减少径向切削力。

2)将粗、精加工分开,使粗加工产生的变形能在精加工中得到纠正,并采取较小的切削用量。

3)内、外圆表面同时加工,使切削力抵消。

(4)热处理放在粗加工和精加工之间

这样安排可减少热处理变形的影响。套类零件热处理后一般会产生较大变形,在精加工时可得到纠正,但要注意适当加大精加工的余量。

(七)内孔的检测

检测内孔的方法有很多,使用最普遍的量具是内径百分表和内测千分尺。

1. 内径百分表的安装、校正与使用

(1)安装与校正

在内径测量杆上安装表头时,百分表的测量头和测量杆的接触量一般为 0.5 mm 左右;安装测量杆上的固定测量头时,其伸出长度可以调节,一般比测量孔径大0.2 mm左右(可以用卡尺测量);安装完毕后用百分尺来校正零位。

（2）使用与测量方法

1）内径百分表和百分尺一样是比较精密的量具，因此测量时先用卡尺控制孔径尺寸，留余量 0.3～0.5 mm 时再使用内径百分表，否则余量太大易损坏内径百分表。

2）测量中，要注意百分表的读法，长指针逆时针过"0"为孔小，逆时针不过"0"为孔大。

3）测量中，内径百分表上下摆动取最小值为实际值，如图 9.7 所示。

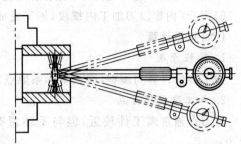

2. 内测千分尺

内测千分尺的使用同项目八中的介绍。

3. 两种尺的特点

1）内径百分表测量范围广，可以测量深孔，

图 9.7　内径百分表

但安装校正较为复杂，多用于批量生产零件的测量。

2）内测千分尺不能测量深孔，但测量方便、快捷且测量精度高，多用于浅孔测量以及日常教学。

三、工艺准备

（一）图样分析

图 9.1 所示零件为典型的套类零件，只需要加工右端内轮廓，由内孔、内螺纹和内槽组成，外轮廓已由毛坯定义好不用加工，内孔需要用 $\phi18$ mm 钻头扩孔，孔深 28 mm，再用内孔镗刀加工内轮廓，保证表面结构为 $R_a3.2$ μm，尺寸精度为 IT8 级，满足形位公差要求，保证同轴度，最后加工内沟槽和内螺纹。

（二）夹具选择

选用数控车床常用夹具——三爪自定心卡盘进行装夹。

（三）刀具准备、填写刀具卡

1. 刀具准备

该零件的加工选择焊接式内孔车刀、内沟槽刀（刀宽 3 mm）、60°内螺纹刀。

2. 填写刀具卡

刀具卡见附表二。

（四）量具准备

1）0～150 mm 游标卡尺一把，用于测量内孔和长度尺寸。

2）18～35 mm 内径百分表一把，用于精确测量内孔。

3）0～25 mm 外径千分尺一把，用于校正内径百分表。

4）25～50 mm 外径千分尺一把，用于校正内径百分表。

5）M25×1.5 螺纹塞规一套，用于检测内螺纹。

（五）编排加工工艺

1）夹持工件左端，用百分表找正，将工件跳动控制在公差范围内。

2）用 $\phi18$ mm 钻头扩孔，孔深 28 mm。

3）用镗孔刀粗加工内轮廓至 $\phi20$ mm 内孔，加工深度 27 mm。

4)精加工内轮廓,保证 $\phi20^{+0.05}_{0}$ mm、$\phi28^{+0.033}_{0}$ mm 内孔的尺寸精度,保证 $\phi28^{+0.033}_{0}$ mm 内孔表面结构为 $R_a3.2~\mu$m。

5)用内沟槽刀加工内槽,一次进给完成车削。

6)用 60°内螺纹刀加工内螺纹,加工完成后用塞规检测。

(六)坐标计算

1. 编程原点

为了方便计算与编程,编程坐标系原点定于工件右端面中心。

2. 加工路线起刀点

起刀点通常离工件较近,但与毛坯留有一定的距离,因此该点的坐标定位为(X16.0,Z2.0)。

3. 粗车各点坐标及精车各点坐标

粗车各点坐标及精车各点坐标(见程序)。

(七)编制加工程序,填写加工程序单

1. 编制加工程序

根据前面的加工工艺分析和指令等的学习,所编的数控加工程序如下。

O0001;

T0101 M03 S500;   1 号刀具加工内轮廓

G00 X100. Z100. ;

X16. Z2. ;   G71 指令起刀点

G99 G71 U0.8 R0.5 F0.2;   设定粗加工相关参数

G71 P10 Q20 U−0.5 W0;   设定精加工程序段和余量

N10 G00 X31. ;

G01 Z0 F0.1;

X28. Z−1.5;

Z−8. ;

X25.5;

X23.5 W−1. ;

Z−22. ;

X20. ;

Z−27. ;

N20 X16. ;

G00 X100. Z100. ;   退刀,便于测量

M05;   主轴停

M00;   暂停测量,保证加工精度

T0101 M03 S600;

G00 X16.0 Z2.0;

G70 P10 Q20 F0.1;   精加工循环

G00 X100. Z100. ;

T0202 M03 S300；　　　　　　换 2 号刀具加工内沟槽

G00 X18. Z2. ；

G01 Z－22. F0. 2；

X27.5 F0. 05；

X18. F0. 2；

G00 Z2. ；

X100. Z100. ；

T0303 M03 S500；　　　　　　换 3 号刀具加工内螺纹

G00 X22. Z2. ；

G92 X23.9 Z－20. F1. 5；

X24.3；

X24.7；

X25. ；

G00 X100. Z100. ；

M30；　　　　　　　　　　　程序结束并复位

2. 填写加工程序单

加工程序单见附表一。

四、任务实施

(一)仿真加工练习

1)进入宇龙仿真数控系统,选择 FANUC 0i 系统数控车床,机械回零。

2)定义 $\phi40$ mm×45 mm 通孔毛坯孔径为 $\phi12$ mm。

3)选择镗孔车刀、内沟槽刀和内螺纹刀。

4)定义 $\phi18$ mm 麻花钻钻孔至深约 28 mm。

5)对刀、建立工件坐标系。

6)输入程序。

7)以自动方式运行加工程序完成内孔的粗、精车,加工内沟槽及内螺纹。

8)零件倒角、去毛刺,完成仿真加工。

(二)实习车间加工

1)工件装夹。将工件置于三爪卡盘中,控制工件的伸出长度,用百分表找正后夹紧工件。

2)刀具夹紧。将镗孔车刀、内沟槽刀、内螺纹刀分别置于刀架的 1 号、2 号、3 号刀位,调整好刀具高度、伸出长度和几何角度后,夹紧刀具。

3)对刀、建立工件坐标系。

4)输入并调试程序。将程序输入到数控装置中,在自动运行方式下,开启"空运行"和"机床锁住"功能,检查走刀轨迹。

5)自动运行粗加工零件。查看机床的快速倍率和进给倍率是否处在较低挡位,检查主轴倍率等是否在正常位置,运行加工程序,注意查看安全点和起刀点;加工过程中,操作者将手置于暂停(或急停、复位)按钮处。

6)测量工件,修改磨耗(刀补)。根据测量结果,对磨耗(刀补)值或程序进行修正。

7)执行精加工。

8)卸下工件,清理机床。

五、考核评价

1)学生完成零件自检,填写考核评分表(见工作页),同刀具卡、工序卡和程序单一起上交。

2)教师对零件进行检测,对刀具卡、工序卡和程序单进行批改,并填写考核评分表对学生进行成绩评定。

六、项目评估

1)学生自评。每组选出代表,对本组产品进行论证说明。重点从方案设计、材料选择、加工工艺安排、加工方法、切削用量、产品的加工质量、成本(约数)等方面进行阐述。

2)小组互评。根据各组完成情况,各组间对彼此加工方案提出意见和建议。在激烈的探讨过程中,可以加深对知识的理解和运用。

3)教师评价。对整个项目实施过程进行综合评价。首先肯定大家的成绩,增强大家学习的热情和兴趣,同时对项目实施过程中的问题进行评析。评选出优秀的小组进行表扬。

七、思考与练习

1)如何控制内孔尺寸? 控制内孔尺寸与控制外圆尺寸有何区别?

2)内孔尺寸的公差带为何多以上偏差为主? 用途何在?

项目十　盘类零件的加工

项目导读

　　盘类零件是机械产品中的重要零件,其主要功能是承受扭矩和弯矩、传递运动和动力。轴类零件加工是数控车削中的一项非常基本的任务,是数控车削加工其他零件的基础。本项目通过典型阶梯轴类零件的加工(阶梯轴、锥度轴、成型面、外沟槽、螺纹)的学习和实施,使学生熟练掌握刀具几何角度的作用、加工方案的制订、夹具和装夹方式的选择、切削用量的确定、基本指令和循环指令的运用、数控加工程序的编制、加工精度的控制、工艺卡片的填写、零件的测量和实际操作等方面的知识,并最终掌握盘类零件的加工。

最终目标

　　熟练掌握盘类零件的加工。

促成目标

　　1)正确识图并对零件图样进行工艺与技术要求分析。
　　2)熟练掌握制订一般盘类零件装夹方案。
　　3)正确填写数控加工刀具卡、工序卡等工艺卡片。
　　4)尺寸公差、形位公差、表面结构要求的保证与测量。
　　5)熟练并正确编制数控加工程序。
　　6)熟练掌握盘类零件的数控加工操作方法。

任务　盘类零件的加工

一、工作任务

　　加工图 10.1 所示盘类零件,材料为 45 钢,毛坯尺寸为 ϕ205 mm×135 mm。

二、相关知识

(一)工件的定位

1. 定位的概念

确定工件在机床上或夹具中占有正确位置的过程,称为工件的定位。

2. 六点定位原理

　　物体所具有的独立运动坐标的数目,称为自由度。在空间直角坐标系中处于自由状态的物体一般有六个自由度,即沿三个相互垂直坐标轴的移动自由度和绕这三个坐标轴的转动自

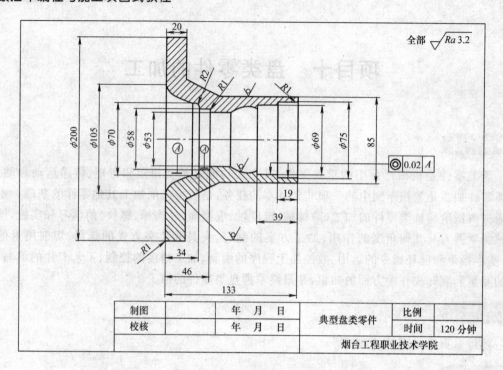

图 10.1 典型盘类零件的加工

由度。工件的定位是通过用适当的方法限制其自由度来实现的,常用的方法为六点定位法,用相当于六个支撑点的定位元件与工件的定位基面接触限制其自由度。

3. 工件定位类型

在生产实践中,不一定要限制全部六个自由度。工件定位时需要限制的自由度数目,应根据加工表面的尺寸及位置要求确定。按照工件在夹具中定位时被限制的自由度数目的多少,分以下几种定位类型。

1)完全定位。工件的六个自由度全部被限制,它在夹具中占有完全确定的位置(处于唯一的位置),称为完全定位。

2)部分定位。根据加工要求,有时并不需要限制六个自由度,只是对于应当限制的自由度加以限制,称为部分定位或不完全定位。

3)欠定位。工件定位时,定位元件实际所限制的自由度数目少于按加工要求所需要限制的自由度数目,使工件不能正确定位,称为欠定位。欠定位不能保证加工要求,往往会产生废品,因此是绝对不允许的。

4)重复定位。工件的同一自由度,同时被几个定位支撑点重复限制的定位,称为重复定位或过定位。

4. 工件定位基准的选取

(1)工件定位基准的概念

在加工过程中用于确定工件在机床或夹具中的正确位置所依据的点、线、面,称为定位基准。实际上定位基准就是一些与夹具定位元件接触的点、线、面。工件的定位基准一经确定,工件上其他表面的位置关系也随之确定。

（2）定位基准的分类

定位基准有粗基准和精基准两种。毛坯在开始加工时，以未加工的表面定位，这种基准面称为粗基准；用已加工的表面作为定位基准面，称为精基准。

（3）粗基准的选择

选择粗基准时，必须考虑以下两点：其一应保证所有加工表面都有足够的加工余量；其二应保证工件加工表面和不加工表面间具有一定的位置精度。

粗基准的选择原则：当加工表面与不加工表面有位置精度要求时，应选择不加工表面为粗基准；对所有表面都需要加工的工件，应该根据加工余量最小的表面校正，这样不会因位置的偏移而造成余量太少的部位加工不出来；应选用工件上强度、刚性好的表面作为粗基准，否则会将工件夹坏或松动；应选择平整光滑的表面，铸件装夹时应让开浇冒口部分；粗基准不能重复使用。

（4）精基准的选择

精基准的选择原则是：尽可能采用设计基准或装配基准作为定位基准，尽可能使定位基准和测量基准重合，尽可能使基准统一。

（二）工件的安装

1. 夹具的选用原则

1）零件的装卸要快速、方便，夹紧要可靠。

2）夹具的定位基准应力求使零件的设计、工艺与编程计算的基准统一。

3）夹具应尽量敞开，夹具上的零件应不妨碍零件的加工。

4）在具体选用夹具时，应考虑零件的批量。当零件批量小时，尽量采用组合夹具、可调式夹具以及其他通用夹具；成批生产时，才考虑专用夹具，并力求结构简单。

2. 工件的安装与找正

（1）三爪自定心卡盘上工件的安装与找正

三爪自定心卡盘能自动定心，因此夹持工件时一般不需要找正，装夹速度较快。但在安装较长的工件时，工件离卡盘夹持部分较远处的旋转中心不一定与车床主轴中心重合，这时必须找正，或当三爪自定心卡盘使用时间较长，已失去应有精度，而加工精度要求又较高时，也需要找正。找正总的要求是使工件的回转中心与车床主轴的回转中心重合。通常可采取以下几种方法。

1）粗加工时可用目测和划针找正工件毛坯表面。

2）半精车、精车时可用百分表找正工件外圆和端面。

3）装夹轴向尺寸较小的工件时，还可以先在刀架上装夹圆头铜棒，再轻轻夹紧工件，然后使卡盘低速带动工件转动，移动床鞍使刀架上的圆头铜棒轻轻接触已粗加工的工件端面，观察工件端面大致与轴线垂直后即停止旋转，并夹紧工件。

（2）盘类工件的找正方法

对于盘类工件，既要找正外圆，又要找正平面，如图10.2所示。找正A点外圆时，用移动卡爪来调整，其调整量为间隙差值的一半，如图10.3所示；找正B点平面时，用铜棒敲击，其调整量等于间隙差值，如图10.4所示。

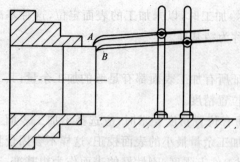

图 10.2　盘类零件找正图

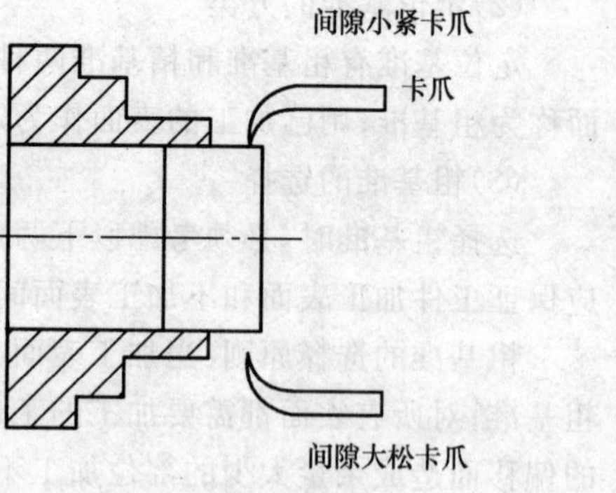

图 10.3　找正外圆

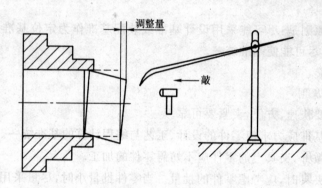

图 10.4　找正平面

(3)四爪单动卡盘上工件的安装与找正

四爪单动卡盘的四个卡爪是各自独立运动的。因此在安装工件时,必须将工件的旋转中心找正到与车床主轴旋转中心重合后才可切削。四爪单动卡盘找正比较费时,不如三爪自定心卡盘方便,但夹紧力较大、装夹精度较高,不受卡爪磨损的影响,所以适用于装夹大型或形状不规则的工件。在四爪单动卡盘上装夹工件应注意以下几点:

1)应根据工件被装夹处的尺寸调整卡爪,使其相对两爪的距离略大于工件直径即可;

2)工件被夹持部分不宜太长,一般以 10～15 mm 为宜;

3)为了防止工件表面被夹伤和找正工件时方便,装夹位置应垫厚为 0.5 mm 以上的铜皮;

4)在装夹大型、不规则工件时,应在工件与导轨面之间垫放防护木板,以防工件掉下损坏机床表面。

三、工艺准备

(一)图样分析

图 10.1 所示零件为典型盘类零件,由外圆和内孔组成。该零件外圆的尺寸精度要求不高为IT11 级～IT12 级,表面结构为 R_a3.2 μm,有两个同轴度要求,毛坯材料为 45 钢,加工过程中要进行锐角倒钝。

(二)夹具选择

选用数控机床常用夹具——三爪自定心卡盘装夹。

(三)刀具准备、填写刀具卡

1. 刀具准备

该零件的加工选择焊接式 93°外圆车刀、内孔刀等。

2. 填写刀具卡

刀具卡见附表二。

(四)量具准备

1)0~150 mm 游标卡尺一把,用于测量外圆和长度。

2)25~50 mm 外径千分尺一把,用于测量外圆。

3)18~35 mm 内径百分表。

(五)编排加工工艺

盘类零件的径向和轴向尺寸较大,一般要求加工外圆、端面及内孔,有时还需调头加工。为保证加工要求和数控车削时工件装夹的可靠性,应注意加工顺序和装夹方式。图 10.5 所示为一个比较典型盘类零件的加工方案,除端面和内孔的车削加工外,两端内孔还有同轴度要求。为保证车削加工后工件的同轴度,先加工左端面和内孔,并在内孔预留精加工余量 0.3 mm,然后将工件调头装夹,在锤完右端内孔后,反向锤左端内孔,以保证两端内孔的同轴度。

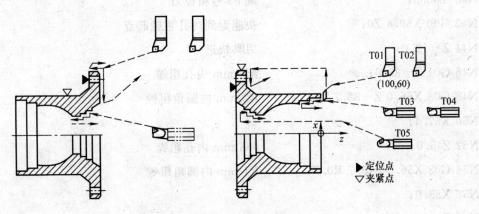

图 10.5　典型盘类零件加工方案

(六)编制加工程序,填写加工程序单

1. 编制加工程序

O0022;	程序编号,O0022
N0 G50 X200.0 Z60.0;	设置工件原点在右端面
N2 G30 U0 W0;	直接回第二参考点
N4 G50 S1500 T0101 M08;	限制最高转速为 1 500 r/min,调 1 号车刀
N6 G96 S200 M03;	指定恒切削速度为 200 m/min

N8 G00 X198.0 Z3.0；　　　　　　快速走到外圆粗车始点(198.0,3.0)

N10 G01 Z0.3 F0.3；　　　　　　　接近端面圆弧切削起点

N12 G03 X200.0 Z−1.0 R1.3　　　车削开始

N14 G01 Z−20.0；　　　　　　　　ϕ200 mm 外圆粗车

N16 G00 X200.0 Z0.3；　　　　　　快速走到右端面粗车起点

N18 G01 X98.0；　　　　　　　　　右端面粗车

N20 G30 U0 W0；

N22 T0202；　　　　　　　　　　　调 02 号精车刀

N24 G00 X198.0 Z1.0；　　　　　　快速走到端面精车起点

N26 G42 G01 Z0.0 F0.15 ；　　　　刀具右偏

N28 G03 X200.0 Z−1.0 R1.0；　　端面 R1 mm 圆角精车

N30 Z−20.0；　　　　　　　　　　ϕ200 mm 外圆精车

N32 G00 X200.0 Z0；　　　　　　　快速走到右端面精车起点

N34 G41 X200.0；　　　　　　　　刀具左偏

N36 X98.0；　　　　　　　　　　　右端面精车起点

N38 G40 G30 U0 W0；

N40 T0303；　　　　　　　　　　　调 03 号粗镗刀

N42 G00 X69.4 Z0；　　　　　　　快速走到内孔粗镗起点

N44 Z−12.0；　　　　　　　　　　刀具快进

N46 G01 Z−32.0；　　　　　　　　ϕ69 mm 内孔粗镗

N48 G03 X66.0 Z−33.7 R1.7；　　R2 mm 内圆角粗镗

N50 X57.4；

N52 Z45.0；　　　　　　　　　　　ϕ58 mm 内孔粗镗

N54 G03 X56.0 Z45.7 R0.7；　　　R1 mm 内圆角粗镗

N56 X53.0；

N58 Z−60.0 ；　　　　　　　　　　ϕ53 mm 内孔粗镗

N60 G00 U−1.0 Z3.0 M09；　　　　快速退刀

N62 G30 U0 W0；

N64 M30；

O0023；　　　　　　　　　　　　　程序编号,O0023

N0 G50 X100.0 Z60.0；　　　　　　设置工件原点在右端面

N3 G30 U0 W0；　　　　　　　　　直接回第二参考点

N6 G50 S1500 T0101 M08；　　　　限制最高主轴转速为 1 500 r/min,调 01 号车刀

N9 G96 S200 M03;	指定恒切削速度为 200 m/min
N12 G00 X87.0 Z0.3	快速走到右端粗车始点(87.0,0.3)
N15 G01 X75.0 F0.3;	右端粗车
N18 G00 X201.0 Z1.0;	快速退刀
N21 Z−112.7;	快速走到左端点(201.0,−112.7)处,以便粗车左端面
N24 G01 X151.0 F0.3;	粗车左端面
N27 G00 X100. Z100.;	
N30 T0202;	调 02 号精车刀
N33 G00 X87.0 Z0.0;	快速走到右端精车始点
N35 G01 X75.0 F0.15;	精车右端面
N38 G00 X201.0 Z1.0;	快速退刀
N41 Z−113.0;	快速走到左端点(201,−113)处,以便精车左端面
N44 G01 X−151.0 F0.15;	精车左端面
N47 G00 X100. Z100.;	
N50 T0303;	调 03 号粗镗刀
N53 G00 X77.0 Z0.3;	
N58 G2 X74.4 Z−1.0 R1.3 F0.3;	粗镗右端圆角 R1 mm
N61 G01 Z−187;	粗镗 φ75 mm 内孔
N64 X68.4;	台阶粗镗
N67 Z−38.7;	粗镗 φ69 mm 内孔
N70 X62.0;	台阶粗镗
N73 G00 Z3.0;	快速退刀
N76 G30 U0 W0;	
N79 T0404;	调 04 号精镗刀
N82 G00 X77.0 Z0.6;	快速走到精镗起点
N85 G41 G01 Z0 F0.15;	刀具左偏
N88 G02 X75.0 Z−1.0 R1.0;	镗 R1 mm 圆弧
N91 G01 Z−19.0;	精镗 φ75 mm 内孔
N94 X69.0;	台阶精镗
N97 Z−39.0;	精镗 φ69 mm 内孔
N100 X62.0;	台阶精镗
N103 G00 Z3.0;	快速退刀
N106 G30 U0 W0;	
N109 T0505;	调 05 号反向精镗刀
N112 G00 X0 Z0;	刀具快进
N115 Z−122.0;	刀具快进到点(0,122)
N118 X70.0;	刀具快进到点(70,122)
N121 G42 G01 Z−121.0;	刀具右偏
N124 Z−101.0;	反向精镗 φ70 mm 内孔

N127 G02 X66.0 Z−99.0 R2.0;　　　反向精镗 $R2$ mm 圆弧

N130 G01 X58.0;　　　　　　　　反向精镗台阶

N133 Z−88.0;　　　　　　　　　反向精镗 $\phi58$ mm 内孔

N136 G02 X56.0 Z−87.0 R1.0;　　反向精镗 $R1$ mm 圆弧

N139 G01 X53.0;　　　　　　　　反向精镗台阶

N142 G40 G00 Z3.0;

N145 G30 U0 W0 M09;

N148 M30;

2. 填写加工程序单

数控加工程序单见附表二。

四、任务实施

(一)仿真加工练习

1)进入宇龙仿真数控系统,选择 FANUC 系统数控车床,机械回零。

2)定义毛坯,选择刀具。

3)对刀、建立工件坐标系。

4)输入程序。

5)自动运行完成仿真加工。

(二)实习车间加工

1)工件装夹。将工件置于三爪卡盘中,控制工件的伸出长度,经找正后夹紧工件。

2)刀具夹紧。将外圆车刀、槽刀、螺纹刀分别置于刀架的 1 号、2 号、3 号刀位,调整好刀具高度、伸出长度和几何角度后,夹紧刀具。

3)对刀、建立工件坐标系。

4)输入并调试程序。将程序输入到数控装置中,在自动运行方式下,开启"空运行"和"机床锁住"功能,检查走刀轨迹。

5)自动运行粗加工零件。查看机床的快速倍率和进给倍率是否处在较低挡位,检查主轴倍率等是否在正常位置,运行加工程序,注意查看安全点和起刀点;加工过程中,操作者将手置于暂停(或急停、复位)按钮处。

6)测量工件,修改磨耗(刀补)。根据测量结果,对磨耗(刀补)值或程序进行修正。

7)执行精加工。

8)卸下工件,清理机床。

五、考核评价

1)学生完成零件自检,填写考核评分表(见工作页),同刀具卡、工序卡和程序单一起上交。

2)教师对零件进行检测,对刀具卡、工序卡和程序单进行批改,并填写考核评分表对学生进行成绩评定。

六、项目评估

1)学生自评。每组选出代表,对本组产品进行论证说明。重点从方案设计、材料选择、加工工艺安排、加工方法、切削用量、产品的加工质量、成本(约数)等方面进行阐述。

2)小组互评。根据各组完成情况,各组间对彼此加工方案提出意见和建议。在探讨过程中,可以加深对知识的理解和运用。

3)教师评价。对整个项目实施过程进行综合评价。首先肯定大家的成绩,增强大家学习的热情和兴趣,同时对项目实施过程中的问题进行评析,评选出优秀的小组进行表扬。

七、思考与练习

对图 10.6 所示零件进行编程并加工。

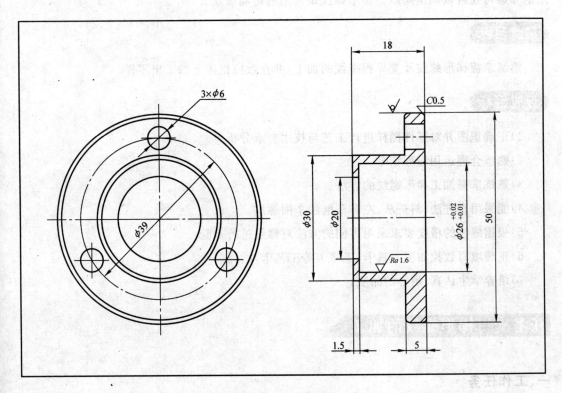

图 10.6　加工零件图

项目十一　梯形螺纹及变导程螺纹的加工

项目导读

螺纹是一种常见的零件结构,它主要应用在连接件和传动件上,在机械设备中用途十分广泛。常见的螺纹都有相应的国家标准,标准螺纹具有互换性和通用性。梯形螺纹牙型为等腰梯形,牙型角 $\alpha = 30°$。内、外螺纹以锥面贴紧不易松动。与普通螺纹相比,牙根强度高,如用剖分螺母还可以调整间隙。梯形螺纹是常用的传动螺纹。

最终目标

熟练掌握梯形螺纹及变导程螺纹的加工,并在数控机床上加工出零件。

促成目标

1)正确识图并对零件图样进行工艺与技术要求分析。

2)熟练合理运用编程指令。

3)熟练掌握加工梯形螺纹的方法。

4)能采用直进法、斜进法、左右车削法车削螺纹。

5)根据螺纹的精度要求采用不同的方法对螺纹进行检验。

6)正确填写数控加工刀具卡、工序卡等工艺卡片。

7)培养学生认真、耐心的品质。

任务一　梯形螺纹的加工

一、工作任务

加工图 11.1 所示梯形螺纹,材料为 45 钢,毛坯尺寸为 $\phi 42 \text{mm} \times 80 \text{ mm}$。

二、相关知识

(一)梯形螺纹的基本牙型

米制标准梯形螺纹(GB/T 5796.1—2005)牙型角为 30°,基本牙型如图 11.2 所示,基本公式和牙型尺寸见表 11.1 和表 11.2。

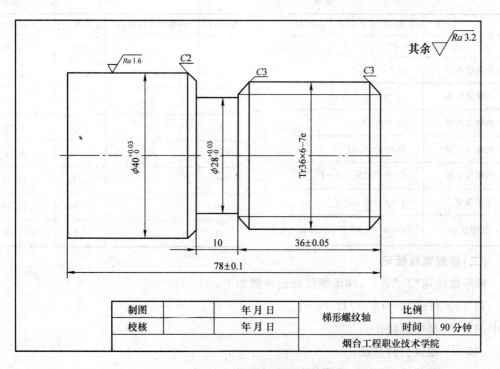

图 11.1 梯形螺纹轴零件图

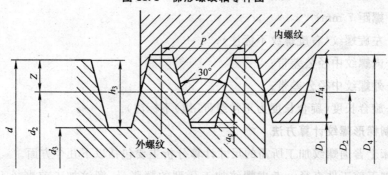

图 11.2 梯形螺纹基本牙型

表 11.1 梯形螺纹基本公式 mm

牙顶间隙	P	1.5～5	6～12	14～44
	a_c	0.25	0.5	1
基本牙型高度	$h_1=0.5P$			
外螺纹牙高	$h_3=h_1+a_c=0.5P+a_c$			
外螺纹大径	d			
外螺纹中径	$d_2=d-0.5P$			

表 11.2 梯形螺纹牙型尺寸 mm

螺距(P)	外螺纹牙高(h_3)	牙顶宽(f)	牙底宽(w)
2	1.25	0.73	0.60
3	1.75	1.01	0.97
4	2.25	1.46	1.33
5	2.75	1.83	1.55
6	3.5	2.20	1.93
8	4.5	2.93	2.66

147

续表

牙顶间隙	P	1.5~5	6~12	14~44
	a_c	0.25	0.5	1
外螺纹小径	$d_3=d-2h_3$			
内螺纹牙高	$h_4=h_3$			
内螺纹大径	$D_4=d+2a_c$			
内螺纹中径	$D_2=d-0.5P$			
内螺纹小径	$D_1=d-2h_1=d-P$			
牙顶宽	$f=f'=0.366\,P$			
牙槽底宽	$w=w'=0.366\,P-0.536\,a_c$			

续表

螺距(P)	外螺纹牙高(h_3)	牙顶宽(f)	牙底宽(w)
10	5.5	3.66	3.39
12	6.5	4.39	4.12
16	9	5.86	5.32
20	11	7.32	6.78
24	13	8.78	8.24
32	17	11.71	11.17
40	21	14.64	14.10
44	23	17.57	17.03

(二)梯形螺纹标记

梯形螺纹用"Tr"表示,梯形螺纹标记示例如下:

Tr 40×14(P7)−LF−7H/7e−L

其中:Tr——梯形螺纹;

   40——螺纹公称直径;

   14——导程 14 mm(双线螺纹);

   P7——螺距 7 mm;

   LF——左旋螺纹(右旋螺纹不标注);

   7H——内螺纹中径公差带;

   7e——外螺纹中径公差带;

   L——旋合长度(旋合长度为正常组(N 组)不标注)。

(三)公制梯形螺纹计算方法

数控车床上普通螺纹加工所需的尺寸计算分析主要包括以下几个方面。

1)螺纹加工前工件直径。考虑螺纹加工牙型的膨胀量,螺纹加工前直径 $D=d-0.1P$,即螺纹大径减 0.1 螺距,一般根据材料变形能力的大小来选取,通常取比螺纹大径小 0.1~0.5 mm。

2)螺纹加工总切深。螺纹单边切削深度为螺纹的实际牙型高度,一般取牙型高 $=0.54P$(P 为螺距),螺纹加工的总切深应为 $2×0.54P=1.08P$。

3)进刀量分配或进刀次数。加工什么材料、用什么刀具,没有严格的公式,一方面凭经验,如表 11.3 所示;另一方面,刀具生产厂家会提供相应刀片推荐的进给量和进给次数。这些数据都是通过实验得出的,有很高的参考价值。

(四)梯形螺纹车刀及工件的装夹

1)在安装螺纹车刀时要尽量减少伸出长度,防止刀杆刚性不够切削时产生振动。

2)刀尖角的平分线必须与工件轴线垂直。焊接刀(手磨刀具)要用对刀样板对刀。可转

表 11.3　常用螺纹切削的进给次数与背吃刀量

公制螺纹							
螺距	1.0	1.5	2.0	2.5	3.0	3.5	4.0
牙深	0.649	0.974	1.299	1.624	1.949	2.273	2.598
每次背吃刀量　1 次	0.8	0.9	0.9	1.0	1.2	1.5	1.6
2 次	0.4	0.6	0.6	0.7	0.8	0.7	0.8
3 次	0.1	0.35	0.6	0.6	0.6	0.6	0.6
4 次		0.1	0.4	0.45	0.4	0.4	0.4
5 次			0.1	0.4	0.4	0.4	0.4
6 次				0.1	0.4	0.4	0.4
7 次					0.1	0.25	0.4
8 次						0.1	0.2
9 次							0.1

位车刀由于制造精度比较高,只要让刀杆紧贴刀架侧面即可。如果安装精度要求高,可用百分表校刀杆侧面。

3)螺纹车刀的中心高要合适。车刀安装得过高,则吃刀到一定深度时,车刀的后刀面顶住工件,增大摩擦力,甚至会把工件顶弯,造成啃刀现象;车刀安装得过低,则切屑不易排出,车刀径向力的方向是工件中心,加上横进丝杠与螺母间隙过大,致使吃刀深度不断自动趋向加深,从而把工件抬起,出现啃刀。此时,应及时调整车刀高度,使其刀尖与工件的轴线等高(可利用尾座顶尖对刀)。在粗车和半精车时,刀尖位置比工件的中心高出 $1\%D$ 左右(D 表示被加工工件的直径)。

4)工件装夹要可靠。工件装夹不牢,工件本身的刚性不能承受车削时的切削力,因而产生过大的挠度,改变车刀与工件的中心高度(工件被抬高了),形成切削深度突增,出现啃刀,此时应把工件装夹牢固,可使用尾座顶尖等,以增加工件刚性。

(五)梯形螺纹加工方法

梯形螺纹在数控车床上的加工方法如图 11.3 所示。

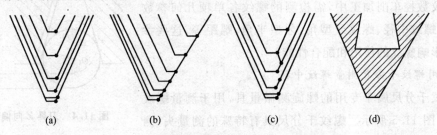

图 11.3　梯形螺纹的几种加工方法

(a)直进法;(b)斜进法;(c)左右切削法;(d)粗切槽法

1)直进法。螺纹车刀沿 X 向间歇进给至牙底处,如图 11.3(a)所示。这种方法在数控车床上可以采用 G92 指令来实现。采用这种方法加工梯形螺纹时,螺纹车刀的三面刃都参加切削,加工排屑困难,导致切削力和切削热增加,刀尖磨损严重。当进刀量过大时,还可能产生

"扎刀"和"打刀"现象。切削螺距较大的螺纹时,切削深度较大,刀刃磨损较快,进而造成螺纹中径产生误差。但是其加工的牙型精度较高,因此一般多用于小螺距螺纹加工。

2)斜进法。螺纹车刀沿牙型角斜向间歇进给至牙底处,如图 11.3(b)所示。这种方法在数控车床上可采用 G76 指令来实现。采用这种方法加工梯形螺纹时螺纹车刀始终只有一个侧刃参加切削,从而使排屑比较顺利,刀尖的受力和受热情况有所改善。由于为单侧刃加工,加工刀刃容易损伤和磨损,使加工的螺纹面不直,刀尖角发生变化,而造成牙型精度较差。但其为单侧刃工作,刀具负载较小,排屑容易,并且切削深度为递减式。因此,此加工方法一般适用于大螺距螺纹加工。斜进法加工螺纹排屑容易,刀刃加工工况好,所以在螺纹精度要求不高的情况下,此加工方法更为方便。

3)左右切削法。螺纹车刀沿牙型角方向左、右交错进给至牙深,如图 11.3(c)所示。这种方法类同于斜进法,也可在数控车床上采用 G92 和 G76 指令实现。从以上对比分析可以看出,只简单利用一个指令进行车削螺纹是不够完善的,采用 G92、G76 指令混用进行编程,即先用 G76 进行螺纹粗加工,再用 G92 进行精加工的方式在螺纹加工中将有两大优点:一方面可以避免因切削量大而产生变形,另一方面能够保证螺纹加工的精度。但要注意粗车和精车刀具起始点要一致,否则会乱扣,造成零件报废。

4)粗切槽法。这种方法是先用切槽刀粗切出螺纹槽,如图 11.3(d)所示,再用梯形螺纹车刀加工螺纹两侧面,这种方法的编程与加工在数控车床上较难实现。

(六)Z 向刀具偏置量计算

在梯形螺纹的实际加工中,若刀尖宽度不等于槽底宽,通过一次 G76 循环切削无法控制螺纹中径等各项尺寸达到规定要求,为此可采用刀具 Z 向偏置后再进行一次 G76 循环加工来达到要求。刀具 Z 向的偏置量必须经过精确计算,Z 向偏置量的计算方法可以从图 11.4 所示的 $\triangle AO_1O_2$ 推得:刀具 Z 向偏置量 $= AO_2 = AO_1 \times \tan 15° = 0.268AO_1$。图中:$M_{理论}$ 为梯形螺纹要求的中径值,$M_{实测}$ 为实际测得的中径值。

(七)螺纹的测量与误差分析

螺纹数控车削加工中,需检测的螺纹各单项几何参数精度有:螺纹中径、螺纹牙型角、牙型半角、螺距等,这些参数直接影响螺纹的使用和配合性能。

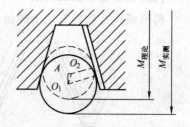

图 11.4 刀具 Z 向偏置量

1. 用螺纹千分尺测量螺纹中径

螺纹千分尺属于专用的螺旋测微量具,用于测量螺纹中径,如图 11.5 所示。螺纹千分尺具有特殊的测量头,测量头的形状做成与螺纹牙型相吻合的形状,即一个是 V 形测量头,与牙型角凸起部分相吻合;另一个为圆锥形测量头,与牙型沟槽相吻合。千分尺有一套可换测量头,每一对测量头只能用来测量一定螺距范围的螺纹。螺纹千分尺适用于低精度要求的螺纹工件测量。

螺纹千分尺测量步骤如下:

1)根据被测螺纹的螺距,选取一对测量头;

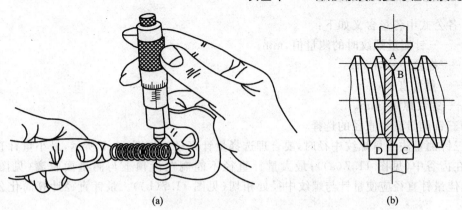

图 11.5　用螺纹千分尺测量螺纹中径

(a)测量方法；(b)测量原理

2)装上测量头并校准千分尺的零位；

3)将被测螺纹放入两测量头之间，找正中径部位；

4)分别在同一截面相互垂直的两个方向上测量中径，取它们的平均值作为螺纹的实际中径。

2. 用三针测量法测量螺纹中径

三针测量法是测量外螺纹中径的一种比较精密的测量方法。测量时，将三根直径相等的量针放在螺纹相对应的螺旋槽中，用千分尺量出两边量针顶点之间的距离 M，如图 11.6 所示。

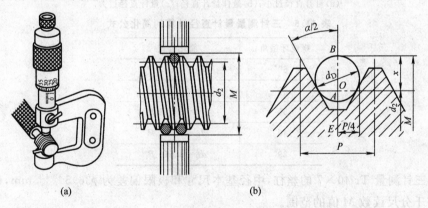

图 11.6　用三针测量法测量螺纹中径

(1)三针测量 M 值计算

三针测量螺纹中径时 M 值计算的简化计算公式见表 11.4。

表 11.4　三针测量 M 值计算的简化公式

螺纹牙型角 α	简化公式
60°	$M = d_2 + 3d_D - 0.866P$
55°	$M = d_2 + 3.166d_D - 0.960P$
30°	$M = d_2 + 4.864d_D - 1.866P$
40°	$M = d_2 + 3.924d_D - 1.374P$
29°	$M = d_2 + 4.994d_D - 1.933P$

表11.4 各公式中各量含义如下：

M——三针测量螺纹时的测量值，mm；

d_2——螺纹中径，mm；

d_D——量针直径，mm；

P——螺纹螺距，mm。

（2）三针测量量针直径的选择

用三针测量法测量螺纹中径时，要合理选择量针直径。如图11.7所示，最小量针直径不能沉没在齿谷中（见图11.7（a））；最大量针直径不能搁在齿顶上与测量面脱离（见图11.7（c））；最佳量针直径应使量针与螺纹中径处相切（见图11.7（b））。量针直径计算简化公式见表11.5。

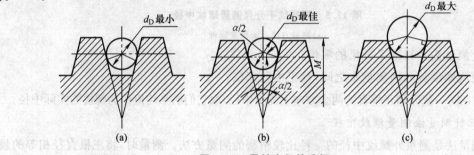

图11.7 量针直径的选择

（a）量针直径过小；（b）最佳量针直径；（c）量针直径过大

表11.5 三针测量量针直径计算的简化公式

螺纹牙型角 α	简化公式
60°	$d_D = 0.577\,P$
55°	$d_D = 0.564\,P$
30°	$d_D = 0.518\,P$
40°	$d_D = 0.533\,P$
29°	$d_D = 0.516\,P$

例： 用三针测量 Tr 40×7 的丝杠，中径基本尺寸和极限偏差为 $\phi36.5^{-0.125}_{-0.480}$ mm，确定量针直径 d_D 和千分尺读数 M 值的范围。

解： $d_D = 0.518\,P = 0.518 \times 7 = 3.626$ mm

$M = d_2 + 4.864 d_D - 1.866\,P = 36.5 + 4.864 \times 3.626 - 1.866 \times 7 = 41.075$ mm

故所测零件中径的 M 值应在 $41.075^{-0.125}_{-0.480}$ mm 范围为合格。

3. 用单针测量法测量螺纹中径

单针测量法是用一根量针放在螺纹的螺旋槽中，另一侧用螺纹大径作为基准测量螺纹中径的方法，如图11.8所示。单针测量法不如三针测量法精确。

（八）螺纹加工注意事项

1）在螺纹切削期间，进给速度倍率无效。

2）在螺纹切削过程中，进给暂停功能无效，如果在螺纹切断期间按了进给暂停按钮，刀具将在执行了非螺纹切削的程序段后停止。

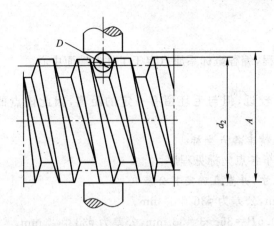

图 11.8　用单针测量法测量螺纹中径

3）在螺纹切削期间，主轴速度倍率功能无效。

4）在螺纹切削期间，不要使用恒切削速度控制，而采用恒转速控制较为合适。因为恒切削速度车削时，随着工件直径的减少，转速会增加，有可能会产生乱牙现象。

5）对于循环开始时刀具所到达的位置，可以是任意位置，但要保证刀具螺纹切削完成后回退到该位置时不发生刀具碰撞。

三、工艺准备

(一)图样分析

图 11.1 所示零件为典型的轴类零件，由外圆、槽和梯形螺纹组成。该零件外圆的尺寸精度要求较高，为 IT7～IT8 级，表面结构为 $R_a1.6\ \mu m$；有三个长度尺寸，要求不高，无形位公差精度要求；毛坯材料为 45 钢；加工过程中要进行锐角倒钝。

(二)夹具选择

选用数控机床常用夹具——三爪自定心卡盘进行装夹。

(三)刀具准备、填写刀具卡

1. 刀具准备

该零件的加工选择焊接式 93°外圆车刀、槽刀（刀宽 4 mm）、30°梯形螺纹刀。

2. 填写刀具卡

刀具卡见附表二。

(四)量具准备

1）0～150 mm 游标卡尺一把，用于测量外圆和长度。

2）25～50 mm 外径千分尺一把，用于测量外圆。

3）25～50 mm 公法线千分尺一把（3 支 3 mm 圆柱钢针），用于检测螺纹。

(五)编排加工工艺

1）先粗、精加工左半部分 $\phi40$ mm 外圆，加工长度大于 32 mm。

2）零件调头夹住 $\phi40$ mm 外圆，平端面保证总长 78 mm。

3）粗、精加工右部分螺纹大径至尺寸要求。

4）用 4 mm 槽刀切槽，加工至尺寸要求。

5）粗、精加工梯形螺纹至尺寸要求。

153

(六)坐标计算

1. 编程原点

为了方便计算与编程,编程坐标系原点定于工件右端面中心。

2. 加工路线起刀点

起刀点通常离工件较近,但与毛坯留有一定的距离,因此该点的坐标定位为(X43.0, Z2.0)。

3. 粗车各点坐标及精车各点坐标

粗车各点坐标及精车各点坐标见程序。

4. 计算梯形螺纹尺寸,并查表确定其公差

螺纹大径 $d=36$ mm,公差为 $\phi36_{-0.375}^{0}$ mm。

螺纹中径 $d_2=d-0.5P=36-3=33$ mm,公差为 $\phi33_{-0.453}^{-0.118}$ mm。

螺纹牙高 $h_3=0.5P+a_c=3.5$ mm。

螺纹小径 $d_3=d-2h_3=36-7=29$ mm,公差为 $\phi29_{-0.375}^{0}$ mm。

螺纹牙顶宽 $f=0.366P=2.196$ mm。

螺纹牙底宽 $w=0.366P-0.536a_c=2.196-0.268=1.928$ mm。

螺纹牙顶槽宽 $e=p-f=6-2.196=3.804$ mm。

(七)编制加工程序,填写加工程序单

1. 编制加工程序

(1)用 G76 指令斜进法编程加工螺纹

```
O0001;                          1号程序加工左半部分
T0101 M03 S800;
G00 X100. Z100. ;
G00 X43. Z2. ;
G00 X40. ;
G99 G01 Z-35.F0.25;
G1 X43. ;
G00 X100. Z100. ;
M30;                            程序结束
工件调头,平端面定总长
O0002;                          2号程序加工右半部分
T0101 M03 S800;
G00 X100. Z100. ;
X43. Z2. ;
G99 G71 U1.5 R1.F0.3;          设定粗加工相关参数
G71 P10 Q20 U1. W0;            设定精加工程序段和余量
N10 G00 X30. ;
G01 Z0 F0.1 S1200;
G01 X35.6 Z-3. ;
G01 Z-46. ;
```

X36. ;

G01 X40. Z-48. ;

N20 X43. ;

G00 X100. Z100. ;

M05 ;　　　　　　　　　　　主轴停

M00 ;　　　　　　　　　　　暂停测量,保证加工精度

T0101 M03 S1200 ;

G00 X43. Z2. ;

G70 P10 Q20 ;　　　　　　　精加工循环

G00 X100. Z100. ;

M05 ;

M30 ;　　　　　　　　　　　程序结束

O0003 ;　　　　　　　　　　3 号程序加工槽部分

T0202 M03 S300 ;　　　　　　2 号切槽(刀宽 4mm)

G00 X100. Z100. ;

X41. Z-46. ;

G01 X28. 1 F0. 05 ;

G01 X37. F0. 3 ;

G00 Z-40. ;

G01 X28. 1 F0. 05 ;

G01 X37. F0. 3 ;

G00 Z-40. ;

G01 X28. 1 F0. 05 ;

G01 X37. F0. 3 ;

G00 Z-37. ;

G01 X30. Z-40. F0. 08 ;

G01 X28. ;

G01 Z-46. ;

G01 X40. ;

G00 X100. Z50. ;

M30 ;

O0004 ;　　　　　　　　　　4 号程序加工螺纹部分

T0303 M03 S100 ;　　　　　　3 号梯形螺纹刀

G00 X100. Z100. ;

G00 X37. Z3. ;

G76 P020530 Q50 R80 ;　　　精加工两次,精加工余量 0.16 mm,倒角量为 0.5
　　　　　　　　　　　　　　倍螺距,牙型角 30°,最小切深 0.05 mm

G76 X28. 75 Z-40. P3500 Q600 F6. ;螺纹牙高 3.5 mm,第一刀切深 0.6 mm

155

G00 X100. Z100.；

M30；   程序结束并复位

(2)用 G76 指令左右切削法编程加工梯形螺纹

在 FANUC0i 数控系统中，G76 螺纹切削循环指令还有另外一种功能，就是固定切深的左右切削法来加工梯形螺纹。

指令格式：

G76 P$(m)(r)(a)$Q(Δd_{min})R(d)；

G76 X(U)＿Z(W)＿K D F A P2；

其中，G76 第一程序段中各项参数的含义同前，G76 第二程序段中各项含义是：

    X(U)＿Z(W)＿螺纹切削终点坐标；

    K——螺纹牙型高度，通常使用单位 μm；

    D——第一次进给的背吃刀量，通常使用单位 μm；

    F——导程；

    A——牙型角角度；

    P2——采用交错螺纹切削。

参考程序如下：

O0001；

    ⋮

T0303；

M03 S100；

G00 X37. Z3.；

G76 P020530 Q50 R80；

G76 X28.75 Z—40. K3500 D600 F6 A30 P2；

G00 X100. Z50.；

M30；

2. 填写加工程序单

数控加工程序单见附表一。

四、任务实施(实习车间加工)

1)工件装夹。将工件置于三爪卡盘中，控制工件的伸出长度，经找正后夹紧工件。

2)刀具夹紧。将外圆车刀、槽刀、螺纹刀分别置于刀架的 1 号、2 号、3 号刀位，调整好刀具高度、伸出长度和几何角度后，夹紧刀具。

3)对刀、建立工件坐标系。

4)输入并调试程序。将程序输入到数控装置中，在自动运行方式下，开启"空运行"和"机床锁住"功能，检查走刀轨迹。

5)自动运行粗加工零件。查看机床的快速倍率和进给倍率是否处在较低挡位，检查主轴倍率等是否在正常位置，运行加工程序，注意查看安全点和起刀点；加工过程中，操作者将手置于暂停(或急停、复位)按钮处。

6)测量工件,修改磨耗(刀补)。根据测量结果,对磨耗(刀补)值或程序进行修正。

7)执行精加工。

8)卸下工件,清理机床。

五、考核评价

1)学生完成零件自检,填写考核评分表(见工作页),同刀具卡、工序卡和程序单一起上交。

2)教师对零件进行检测,对上述项目进行批改,对学生整个任务的实施过程进行分析,并填写考核评分表,对学生进行成绩评定。

六、思考与练习

1)常用数控车削加工螺纹有哪几种方法?

2)说明螺纹标记 Tr24×6-7H 的含义。

3)数控车削梯形螺纹零件时应注意哪些问题?

4)说明数控车削螺纹零件加工精度的检验方法。

5)试写出 G32、G92、G76 螺纹切削指令的格式。

任务二 变导程螺纹的加工

一、工作任务

加工图 11.9 所示变导程螺纹,材料为 45 钢,毛坯尺寸为 $\phi50$ mm×100 mm、$\phi36$ mm×100 mm。(本任务只加工图(a))

二、相关知识

变导程螺纹的应用十分广泛,变导程丝杠就是其中的一个代表。变导程螺纹用途十分广泛,如:饮料灌装机械主传动部分的变导程螺旋杆;航空传输机械、塑料挤压机械、饲料机械、船舶上的变导程螺旋桨;高速离心泵上的变导程诱导轮、变导程螺旋桨动力装置以及汽车前转向悬挂上的变导程弹簧减震器等。用数控车削方法加工变导程螺纹,能够提高生产效率和加工质量。

(一)变导程螺纹参数

变导程螺纹是一个导程按某些规律变化的螺纹,如图 11.10 所示的变导程螺纹,其导程是以增量值 ΔT 递增变化的。

加工变导程螺纹时,螺纹车刀切削刃上任意一点的轨迹是一条螺旋线,沿圆周方向展开为一直线,如图 11.11 所示。图中横坐标为圆周长,纵坐标为导程,由于是变导程螺旋线,相邻圆周直线段的斜率不同,每一直线段的升角增量为 $\Delta\alpha$,其数值为

$$\Delta\alpha=\arctan\{(\Delta T \cdot S)/[S^2+T_m(T_m+\Delta T)]\}$$

式中 T_m——任意一段导程,mm;

S——刀具切削刃上任意一点的回转周长,mm;

ΔT——变导程增量,mm。

157

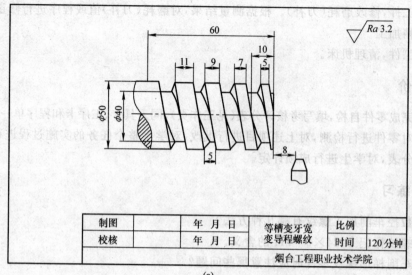

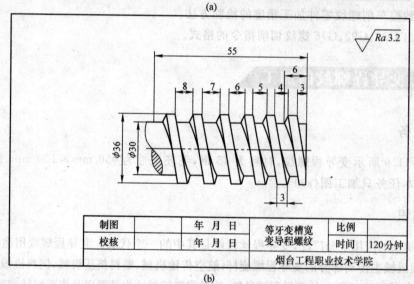

图 11.9　变导程螺纹

(a)等槽变牙宽变导程螺纹；(b)等牙变槽宽变导程螺纹

　　根据此式可以得出 $\Delta\alpha$ 与导程增量、导程变化及螺纹外径变化之间的关系，当 $\Delta\alpha$ 较大时，为了保证两相邻螺旋线间平滑过渡，采取圆弧或直线连接，因此整个变导程螺纹有两组曲线组成。对于升角增量较大的变导程螺纹，还需在过渡处修正，如图 11.11 中 M 放大处所示。

　　(二)变导程螺纹的数控编程与加工

　　变导程螺纹分为两种：一种是等槽变牙宽变导程螺纹，如图 11.9(a)所示；另一种是等牙变槽宽变导程螺纹，如图 11.9(b)所示。

　　数控车床具有车削变导程螺纹的功能。图 11.9(a)所示的槽宽相等、牙宽均匀变化的变导程螺纹，在数控车床上可以用一定宽度的螺纹刀和变导程螺纹的切削指令 G34 进行加工。第二种变导程螺纹如图 11.9(b)所示，这种变导程螺纹要保证牙宽相等，槽宽均匀变化，加工

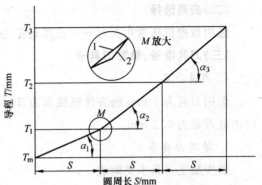

图 11.10　变导程螺纹　　　　　图 11.11　圆周方向展开后的螺旋线

相对要难些。这里只介绍第一种螺纹的编程加工。

变导程螺纹的切削指令为 G34,指令格式为:

G34 X(U)＿ Z(W)＿ F＿ K＿;

式中　X(U)、Z(W)——车削的终点坐标值,U、W 是指切削终点相对起点的增量坐标值;

F——螺纹起点处的导程;

K——螺纹每导程的变化量,其增(减)量的范围在系统参数中设定。

G34 指令与螺纹切削 G32 指令的应用规则相同。在加工时根据具体情况应注意以下几点:合理选择刀具宽度;正确设定 F 起始和起刀点的位置,该位置等于工件上的第一个导程减去导程变化量;由于变导程螺纹的螺纹升角随着导程的增大而变大,所以刀具左侧切削刃的后角应为工作后角加上最大螺纹升角 ψ,即 $\alpha_0 = (3°\sim5°) + \psi$。

三、工艺准备

分析加工等槽变牙宽变导程螺纹(见图 11.9(a))。用 G34 指令编程实现图 11.9(a)所示等槽变牙宽变导程螺纹的加工。螺纹牙型为方牙,螺纹大径已在前工序加工到尺寸。

(一)图样分析

螺纹切削起点位置的确定。工件坐标系原点设定在工件右端面中心,变导程螺纹工件上的第一个导程标注是 10 mm,故刀具起刀点距离端面的距离应该等于 8 mm(计算方法是工件上的第一个导程 10 mm 减去导程变化量 2 mm)。由此,程序中 G34 指令的 F 值应该为 8 mm。所以选择编程的切削起点为距离端面 8 mm 的位置,变导程螺纹切削加工程序段为(前后程序段略):

……

G34 Z－60. F8. K2;

……

螺纹进行多次重复切削过程中,每次只是程序中的起刀点的 X 坐标值不断递进变化,而 G34 程序段一直是不变的。由于要加工螺纹的最大螺距为 11 mm,螺距较大,因此主轴转速要低,否则机床进给会失步。

（二）夹具选择

选用数控机床常用夹具——三爪自定心卡盘进行装夹。

（三）刀具准备、填写刀具卡

1. 刀具准备

选用刀宽为 5 mm 的方牙螺纹车刀 T0101，采用直进法分层切削螺纹。粗切削时每次 X 向的进刀量为 0.3 mm。

2. 填写刀具卡

数控加工刀具卡见附表二。

（四）量具准备

1）0～150 mm 游标卡尺一把，用于测量外圆和长度。

2）0～25 mm 外径千分尺一把，用于测量外圆和长度。

（五）编制加工程序，填写加工程序单

1. 参考加工程序

（1）主程序

O5055；

| T0101； | 调用螺纹车刀 |

M03 S100；

| G00 X49.7 Z8.； | 刀具快速定位到螺纹加工起点 |

| M98 P0066； | 调用螺纹加工子程序 |

G00 X49.4 Z8.；

M98 P0066；

⋮　　　　　　　　　　　　每次 X 向递进 0.3 mm，重复调用螺纹加工子程序进行螺纹粗加工至 X40.1

G00 X40.06 Z8.；

M98 P0066；

G00 X40.02 Z8.；

M98 P0066；

| G00 X40.Z8.； | 螺纹精加工 |

M98 P0066；

| G00 X100.Z100.； | 刀具返回换刀点 |

M30；

（2）子程序

O0066；

| G34 Z－60.F8.K2； | 变导程螺纹加工 |

| G01 X41； | X 向退刀 |

G00 Z8.；　　　　　　Z向返回加工起点

M99；

2. 填写加工程序单

数控加工程序单见附表一。

四、任务实施(实习车间加工)

1)工件装夹。将工件置于三爪卡盘中,控制工件的伸出长度,经找正后夹紧工件。

2)刀具夹紧。将螺纹刀分别置于刀架的1号刀位,调整好刀具高度、伸出长度和几何角度后,夹紧刀具。

3)对刀、建立工件坐标系。

4)输入并调试程序。将程序输入到数控装置中,在自动运行方式下,开启"空运行"和"机床锁住"功能,检查走刀轨迹。

5)自动运行粗加工零件。查看机床的快速倍率和进给倍率是否处在较低挡位,检查主轴倍率等是否在正常位置,运行加工程序,注意查看安全点和起刀点;加工过程中,操作者将手置于暂停(或急停、复位)按钮处。

6)测量工件,修改磨耗(刀补)。根据测量结果,对磨耗(刀补)值或程序进行修正。

7)执行精加工。

8)卸下工件,清理机床。

五、考核评价

1)学生完成零件自检,填写考核评分表(见工作页),同刀具卡、工序卡和程序单一起上交。

2)教师对零件进行检测,对刀具卡、工序卡和程序单进行批改,并填写考核评分表,对学生进行成绩评定。

六、项目评估

1)学生自评。每组选出代表,对本组产品进行论证说明。重点从方案设计、材料选择、加工工艺安排、加工方法、切削用量、产品的加工质量、成本(约数)等方面进行阐述。

2)小组互评。根据各组完成情况,各组间对彼此加工方案提出意见和建议。在激烈的探讨过程中,可以加深对知识的理解和运用。

3)教师评价。对整个项目实施过程进行综合评价。首先肯定大家的成绩,增强大家学习的热情和兴趣,同时对项目实施过程中的问题进行评析。评选出优秀的小组进行表扬。

七、思考与练习

变导程螺纹一般用于哪些场合?

项目十二 子程序、宏程序的应用

项目导读

在数控车床上加工零件时,有时会碰到零件上存在多处形状相同的特征,有时零件形状特殊而数控车床没有现成的功能可直接用于加工等,遇到这些情况,要有针对性的采用不同的对策。本项目通过子程序、宏程序编程的学习和任务的实施,使学生熟悉子程序的编制与调用、宏程序的变量功能与循环跳转功能等方面的知识,并最终掌握子程序、宏程序的应用。

最终目标

能运用子程序、宏程序编程加工零件。

促成目标

1)能正确编写主程序和子程序。

2)能正确运用变量功能和循环跳转功能。

3)掌握椭圆、双曲线、抛物线等二次非圆曲线宏程序的编制和零件的加工。

任务一 多槽零件的加工

一、工作任务

加工图 12.1 所示多槽零件,材料为 45 钢,毛坯尺寸为 ϕ48 mm×104 mm。

二、相关知识

(一)子程序的概念

1. 子程序的定义

机床的加工程序有主程序和子程序两种。所谓主程序,是一个完整的零件加工程序,或是零件加工程序的主体部分。它与被加工零件或加工要求一一对应,不同的零件或不同的加工要求,都有唯一的主程序与之对应。

在编制加工程序中,有时会遇到一组程序段在一个程序中多次出现,或者在几个程序中都要使用它。这个典型的加工程序可以做成固定程序,并单独加以命名,这组程序段就称为子程序。

子程序一般都不可以作为独立的加工程序使用,它只能通过主程序进行调用,实现加工中的局部动作。子程序执行结束后,能自动返回到调用它的主程序中。

2. 子程序的嵌套

为了进一步简化加工程序,可以允许子程序调用另一个子程序,这一功能称为子程序的

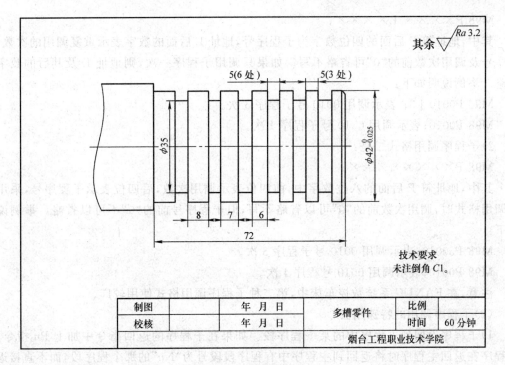

图 12.1　多槽零件的加工

嵌套。

当主程序调用子程序时,该子程序被认为是一级子程序,FANUC 0i 系统中的子程序允许 4 级嵌套。

(二)子程序的调用

1. 子程序的格式

在大多数数控系统中,子程序和主程序并无本质区别。子程序和主程序在程序号及程序内容方面基本相同,仅结束标记不同。主程序用 M02 或 M30 表示其结束,而子程序在FANUC 系统中则用 M99 表示其结束,并实现自动返回主程序功能,如下述子程序。

O0010;

G01 U1.0 W0.5;

⋮

G28 U0 W0;

M99;

对于子程序结束指令 M99,不一定要单独书写一行,如上面子程序中最后两段可写成"G28 U0 W0 M99;"。

2. 子程序在 FANUC 系统中的调用

(1)子程序调用格式

在 FANUC 0i 系列的系统中,子程序的调用可以通过辅助功能指令 M98 指令进行,同时在调用格式中将子程序的程序号地址改为 P,其常用的子程序调用格式有两种。

1)子程序调用格式一是:

M98 P××××L××××；

其中，地址符 P 后面的四位数字为子程序号，地址 L 后面的数字表示重复调用的次数，子程序号及调用次数前的"0"可省略不写。如果只调用子程序一次，则地址 L 及其后的数字可省略。举例说明如下：

M98 P0010 L3；表示调用 0010 号子程序 3 次。

M98 P0010；表示调用 0010 号子程序 1 次。

2)子程序调用格式二是：

M98 P××××××××；

其中，地址符 P 后面的八位数字中，前四位表示调用次数，后四位表示子程序号，采用这种调用格式时，调用次数前的"0"可以省略不写，但子程序号前的"0"不可以省略。举例说明如下：

M98 P30010；表示调用 0010 号子程序 3 次。

M98 P0010；表示调用 0010 号程序 1 次。

注意，在 FANUC 系统数控车床中，第二种子程序调用格式使用较广。

（2）子程序调用的特殊用法

1)子程序返回到主程序中的某一程序段。如果在子程序的返回指令中加上 P*n* 指令，则子程序在返回主程序时将返回到主程序中有程序段段号为"N*n*"的那个程序段，而不直接返回主程序。其程序格式如下：

M99 P*n*；

如 M99 P20；表示返回到 N20 程序段。

2)自动返回到程序开始段。如果在主程序中执行 M99，则程序将返回到主程序的开始程序段并继续执行主程序。也可以在主程序中插入"M99 P*n*"；用于返回到指定的程序段。为了能执行后面的程序，通常在该指令前加"/"，以便在不需要返回执行时，跳过该程序段。（机床厂家的"拷机"程序常采用该指令进行编程）

3)强制改变子程序重复执行的次数。用 M99 L×× 指令可强制改变子程序重复执行的次数，其中 L 后面的两位数字表示子程序调用的次数。例如，如果主程序用 M98 P××L99，而子程序采用 M99 L2 返回，则子程序重复执行的次数为两次。

（3）子程序的执行

子程序的执行过程如下：

主程序

O1；   子程序

N10…；   O10；

N20 M98 P0010；   ⋮

N30…；   M99；

⋮

                                 O20；

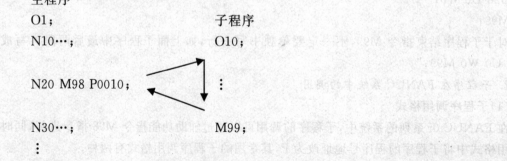

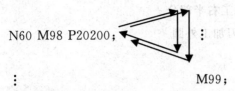

N60 M98 P20200;

M99;

N80 M30;

(4)编写子程序时的注意事项

1)在编写子程序的过程中,最好采用增量坐标方式进行编程,以避免失误。

2)在刀尖圆弧半径补偿模式中的程序不能被用来分隔指令。

三、工艺准备

(一)图样分析

图 12.1 所示零件为多槽轴类零件,零件上共有 6 处槽,槽宽均为 5 mm,前三处槽为等间距槽,后三处为不等间距槽,槽的精度要求不高;外圆尺寸为 $\phi42$ mm,尺寸精度为 IT7 级,表面结构为 $R_a3.2$ μm;毛坯材料为 45 钢,尺寸 $\phi48$ mm×104 mm。

(二)夹具选择

选用数控机床常用夹具——三爪自定心卡盘进行装夹。

(三)刀具准备、填写刀具卡

1. 刀具准备

该零件的加工选择焊接式 93°外圆车刀、槽刀(刀宽 5 mm)。

2. 填写刀具卡

数控加工刀具卡见附表二。

(四)量具准备

1)0~150 mm 游标卡尺一把,用于测量外圆和长度。

2)25~50 mm 外径千分尺一把,用于测量外圆。

(五)编排加工工艺

1)粗车 $\phi42$ mm 外圆,留 1 mm 精车余量。

2)精车 $\phi42$ mm 外圆,至精度要求。

3)加工 5 mm 宽的槽 6 处。先加工前 3 处等间距槽,再加工后 3 处不等间距槽。

(六)坐标计算

本任务中包含等间距槽和不等间距槽两种。先加工右边 3 个等间距槽,由图 12.2 可知,槽的起刀点 A 相对于下一个槽的起刀点 A' 的增量坐标为 W-10.0;后 3 个槽的 Z 向增量坐标分别为 W-11.0、W-12.0、W-13.0。

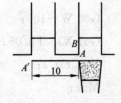

图 12.2　坐标计算图

(七)编制加工程序,填写加工程序单

1. 编制加工程序

根据前面的加工工艺分析和指令等的学习,所编的数控加工程序如下。

O0001；   1 号程序加工右半部分

T0101 M03 S800；   93°外圆车刀加工外圆

G00 X100. Z100. ；

X50. Z2. ；

G90 X45. Z−72. F0. 2；

X43. ；

G00 X40. S1000；

G01 Z0；

X42. Z−1. F0. 1；

Z−72. ；

X50. ；

G00 X100. Z100. ；

T0303 S300；   调用切槽刀，刀宽 5 mm

G00 X44. Z0. ；

M98 P30010；   调用 3 次子程序 O0010，加工 3 个等间距槽

W−11.0；

M98 P0011；   调用子程序 O0011，加工不等间距槽

W−12.0；

M98 P0011；   调用子程序 O0011，加工不等间距槽

W−13.0；

M98 P0011；   调用子程序 O0011，加工不等间距槽

G00 X100. Z100. ；

M05；

M30；   主程序结束

O0010；   加工右边 3 个等间距槽的子程序

G00 W−10. ；

G01 X35. F0. 05；

X44. F0. 3；

M99；

O0011；   加工 3 个不等间距槽的子程序

G01 X35. F0. 05；

X44. F0. 3；

M99；

2. 填写加工程序单

数控加工程序单见附表一。

四、任务实施

(一)仿真加工练习

1)进入宇龙仿真数控系统,选择 FANUC 系统数控车床,机械回零。

2)定义 $\phi48$ mm×104 mm 毛坯,选择 93°外圆车刀和 5 mm 槽刀,分别置于刀架的 1 号和 3 号刀位。

3)对刀、建立工件坐标系。

4)输入程序 O0001、O0010 和 O0011。

5)以自动方式运行完成仿真加工。

(二)实习车间加工

1)工件装夹。将工件置于三爪卡盘中,控制工件的伸出长度,经找正后夹紧工件。

2)刀具夹紧。将外圆车刀和槽刀分别置于刀架的 1 号和 3 号刀位中,调整好刀尖高度、伸出长度和几何角度后,夹紧刀具。

3)对刀、建立工件坐标系。分别完成外圆刀和槽刀的对刀操作,槽刀的刀尖点为左刀尖。

4)打中心孔。将装有 B2.5 中心钻的钻夹头安装在尾座套筒内,打中心孔。

5)用活顶尖顶紧工件。将活顶尖置于尾座套筒内,顶紧工件,并将尾座和套筒紧固。

6)输入并调试程序。将 O0001、O0010 和 O0011 程序输入到数控装置中,在自动运行方式下,开启"空运行"和"机床锁住"功能,检查走刀轨迹。

7)自动运行加工零件。查看机床的快速倍率和进给倍率是否处在较低挡位,检查主轴倍率等是否在正常位置,运行加工程序,注意查看安全点和起刀点;加工过程中,操作者将手置于暂停(或急停、复位)按钮处。

8)卸下工件,清理机床。

五、考核评价

1)学生完成零件自检,填写考核评分表(见工作页),同刀具卡、工序卡和程序单一起上交。

2)教师对零件进行检测,对刀具卡、工序卡和程序单进行批改,并填写考核评分表,对学生进行成绩评定。

六、思考与练习

1)子程序的格式及调用方法是什么?

2)同样是调用子程序加工本任务中的零件,还可以怎样编程?

任务二　椭圆轴的加工

一、工作任务

加工如图 12.3 所示椭圆轴零件,材料为 45 钢,毛坯尺寸为 $\phi48$ mm×104 mm。

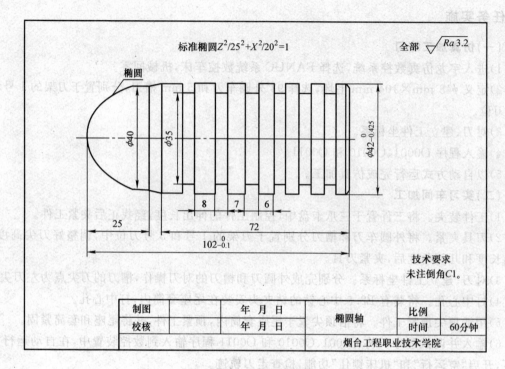

图 12.3 椭圆轴零件图

二、相关知识

随着科技的发展,在数控加工行业中,需要加工零件的种类越来越多,零件形状也越来越复杂,宏程序的出现解决了这一难题。在数控加工程序中,宏程序是指利用变量编制的 NC 程序。一般情况下,当需要编程的工件的轮廓曲线为椭圆、双曲线、抛物线等复杂曲线时,可以利用变量编程法进行程序的编制。子程序对编制相同加工操作的程序非常有用,但用户宏程序由于允许使用变量算术和逻辑运算及条件转移,使得编制相同加工操作的程序更方便、更容易,可将相同加工操作编为通用程序,如型腔加工宏程序和固定循环加工宏程序。使用加工程序可以用一条简单指令调出,用户宏程序和调用子程序完全一样。

(一)概述

1. 宏程序的概念

宏程序一般是指含有变量的程序。宏程序由宏程序体和程序中调用宏程序的指令即宏程序指令构成,主要用于椭圆、抛物线、双曲线等各种数控系统没有插补指令的轮廓曲线编程。用户宏程序有两个特点:在宏程序中存在变量,宏程序能依据变量完成某个具体操作。

这就使编制加工操作的程序更方便、更容易,可以大大地简化程序,还可以扩展数控车床的应用范围。

2. 宏程序的特点

1)宏程序中可以进行变量的算术运算、逻辑运算和函数的混合运算,还可以使用循环语句、分支语句和子程序调用语句。

2)宏程序能依据变量,用事先指定的变量代替直接给出的数值,在调用宏程序或宏程序本身执行时,得到计算好的变量值。

3)宏程序通用性强、灵活方便,一个宏程序可以描述一种曲线,曲线的各种参数值用变量表示。

3. 宏程序与普通程序的对比

用户宏程序与普通程序存在一定的区别,认识和了解这些区别,将有助于宏程序的学习理解和掌握应用,表 12.1 为用户宏程序与普通程序的对比。

表 12.1　用户宏程序与普通程序的对比

普通程序	宏程序
只能使用常量	可以使用变量,并给变量赋值
常量之间不可以运算	变量之间可以运算
程序只能顺序执行,不能跳转	程序运行可以跳转

4. 宏程序编程的基本方法

1)首先将变量赋初值,也就是将变量初始化。

2)编制加工程序,若程序较复杂,用的变量较多,可设计子程序使主程序简化。

3)修改赋值变量,重新计算变量值。

4)语句判断是否加工完毕,若不是,则返回继续执行加工程序;若是,则程序结束。

(二)变量

1. 变量的表示

用一个可赋值的代号"$\#i$"($i=1,2,3,\cdots$)来代替具体的坐标值或数据,这个代号"$\#i$"就称为变量。变量用变量符号"$\#$"(变量的标志)和后续数值(变量的标号)来表示,以便区分各个变量,如 $\#5$、$\#23$ 等,其后续数值不允许带小数点。

变量能够在宏程序中使用,在宏程序中变量可以含有复杂的表达式,并且能够依据变量完成操作,并在宏程序中完成很复杂的计算。在普通加工程序中直接用 G 代码和数值编写,如"G00 X50.0 Z50.0;"而在宏程序中变量只要写在中括号中就可以像数值一样使用,如"G00 X[$\#1+50$] Z[$\#2$]"。

2. 变量的赋值与表达

赋值指令符号"=",左边是被赋值的变量,右边是一个数值表达式。例如,将数值 200 赋值给"$\#2$"变量,可写成"$\#2=200$"。也可以用含有变量的表达式赋值,将表达式内的演算结果赋给某个变量。例如"$\#5=[\#1+\#1]\times SQRT[1-\#2]$"。

3. 变量的引用

在程序中地址符后的数值可以使用一个变量来代替,即引用变量。当表达式指定变量时,表达式必须封闭在括号内。若改变引用的变量值的符号,可以在"#"的前面加"—"。

示例如下:

G01 X[#1+#2—20] Z—#20 F#12;

1)地址 O 和 N 不能引用变量,即不能用"O#100","N#120"编程;

2)变量值可以显示在 CRT 画面上,也可以用 MDI 键给变量设定值。

4. 变量的类型

FANUC 系统的变量分为局部变量、公共变量和系统变量。

(1)局部变量

局部变量在同一程序级中调用时含义相同,若在另一级程序(如子程序)中使用,则意义不同。局部变量的序号为#1~#33,主要用于变量间的相互传递,初始状态下未赋值时为空变量。当电源断电时,局部变量被初始化为空。

(2)公共变量

公共变量是在主程序和主程序调用的各级用户宏程序内公用的变量。也就是说,在一个宏程序指令中"#i"与在另一个宏程序指令中的"#i"是相同的。

公共变量的序号范围为#100~#131 和#500~#531,其中公共变量#100~#131 在电源断电时被初始化为空;#500~#531 即使断电,它们的值也保持不变。

(3)系统变量

系统变量用于读和写 CNC 内部数据,例如刀具偏置和当前位置数据。无论是用户宏程序功能 A 或用户宏程序功能 B,系统变量的用法都是固定的,而且某些系统变量为只读,用户必须严格按照规定使用。

5. 变量的算术、逻辑运算与表达式

表 12.2 中列出的运算可以在变量中执行,表中"="右边的表达式可以包含常量、函数或算数运算符组成的变量,表达式中的变量#j 和#k 可以用常数替换,左边的变量也可以用表达式赋值。

表 12.2 算术和逻辑运算一览表

功能		格式	备注
定义、置换		$\#i=\#j$	
算术运算	加法	$\#i=\#j+\#k$	
	减法	$\#i=\#j-\#k$	
	乘法	$\#i=\#j\times\#k$	
	除法	$\#i=\#j/\#k$	当指定为 0 的除数时,出现 P/S 报警 NO.112

功能		格式	备注	
三角函数	正弦	#i=SIN[#j]		1. 角度单位是"°",如90°30′表示为90.5°; 2. 函数 ASIN 与 ACOS 当 #j 超出 −1～1 的范围时,发出 P/S 报警 NO.111
	反正弦	#i=ASIN[#j]	当(参数 NO.6004 #0)NAT 位设为 0 时,取值范围 270°～90°;设为 1,取值范围 −90°～90°	
	余弦	#i=COS[#j]		
	反余弦	#i=ACOS[#j]	取值范围 180°～0°	
	正切	#i=TAN[#j]		
	反正切	#i=ATAN[#j]	可指定两个边的长度,并用"/"分开,如 #i=ATAN[#j]/[#k]。当(参数 NO.6004 #0)NAT 设为 0,取值范围 0°～360°;设为 1,取值范围 −180°～180°	
函数	平方根	#i=SQRT[#j]		
	绝对值	#i=ABS[#j]		
	舍入	#i=ROUND[#j]	当算术运算或逻辑运算指令 IF 或 WHILE 中包含 ROUND 函数时,则 ROUND 函数在第 1 个小数位置四舍五入;当在 NC 语句地址中使用 ROUND 函数时,ROUND 函数根据地址的最小设定单位将指定值四舍五入	
	上取整	#i=FIX[#j]	CNC 处理数值运算时,若操作后产生的整数绝对值大于原数的绝对值时为上取整;若小于原数的绝对值为下取整。对于负数的处理应小心。	
	下取整	#i=FUP[#j]		
	指数函数	#i=EXP[#j]	当运算结果超过 3.65×10^{47}(j 大约是 110)时出现溢出并发出 P/S 报警 NO.111	
	自然对数	#i=LN[#j]	相对误差可能大于 10^{-8},当反对数(#j)为 0 或小于 0 时,发出 P/S 报警 NO.111	
逻辑运算	与	#iAND#j	逻辑运算一位一位地按二进制进行	
	或	#iOR#j		
	异或	#iXOR#j		
从 BCD 转为 BIN		#i=BIN[#j]	用于与 PC 的信号转换	
从 BIN 转为 BCD		#i=BCD[#j]		

运算符由两个字母组成,用于两个值的比较,以决定它们是相等还是一个值小于或大于另一个值,运算符见表 12.3。注意不能使用不等号。

表 12.3　运算符

运算符	含义	运算符	含义
EQ	等于（＝）	GE	大于或等于（≥）
NE	不等于（≠）	LT	小于（＜）
GT	大于（＞）	LE	小于或等于（≤）

（三）循环语句

1.赋值语句

赋值语句的一般结构形式是:标识符＝表达式。例如:

$$\#i＝\#j＋\#k$$

其中,"#"作为变量的标志,"="作为变量的赋值指令。

2.循环语句

（1）条件判别语句 IF…ELSE…ENDIF

格式一:IF 条件表达式

　　⋮

　　ELSE

　　⋮

　　ENDIF

格式二:IF 条件表达式

　　⋮

　　ENDIF

（2）循环语句 WHILE DO n…END n

格式:WHILE 条件表达式 DO n

　　⋮

　　END n

（3）条件转移语句 IF 条件表达式 GOTO n

如果条件满足,程序就跳转到同一程序中程序段号为 n 的语句上继续执行。程序段号 n 可以由变量或表达式赋值;当条件不满足时,顺序执行下一程序段。

（四）宏指令编程

1.编程原理

利用宏程序加工特殊曲线的基本原理是使用多段等分的细小直线依次连接来拟合曲线,当等分的直线段越多时,对曲线的逼近效果越好。

数控系统的控制软件,一般由初始化模块、输入数据处理模块、插补运算处理模块、速度控制模块、系统管理模块和诊断模块组成。其中插补运算处理模块的作用是依据程序中给定的轮廓的起点、终点等数值对起点和终点之间的坐标点进行数据密化,然后由控制软件依据数据密化得到的坐标点值驱动刀具依次逼近理想轨迹线的方式来移动,从而完成整个零件的加工。

依据数据密化的原理,可以根据曲线方程,利用数控系统具备的宏程序功能,密集地算出曲线上的坐标点值,然后驱动刀具沿着这些坐标点一步步移动就能加工出具有椭圆、抛物线等非圆曲线轮廓的工件。

2. 宏程序的编制步骤

1)首先要有标准方程或参数方程,一般图中会给出。

2)对标准方程进行转化,将数学坐标转化成工件坐标。标准方程中的坐标是数学坐标,要应用到数控车床上,必须要转化到工件坐标系中。

3)求值公式推导。利用转化后的公式推导出坐标计算公式。

4)求值公式选择。根据实际选择计算公式。

5)编程。公式选择好后就可以开始编程了。

3. 加工实例

下面以椭圆的编程加工为例,具体讲解宏程序的编写与应用,如图 12.4 所示。根据宏程序的编程原理,可以确定出椭球面加工思路。在椭圆的坐标系所对应的 X 轴范围内对工件编程坐标系的 Z 轴进行 N 等分(N 根据加工精度要求适当选取),根据所给出的椭圆标准方程计算出所对应工件坐标系中 X 的表达式。随着 Z 轴坐标值的 N 次变化,就有 N 个与之对应的 X 轴坐标值;再由 G01 指令来走出这 N 段路线,就可以拟合出一段椭圆曲线。

1)椭圆标准方程为 $X^2/a^2+Y^2/b^2=1$。

2)转化到工件坐标系中为 $Z^2/a^2+X^2/b^2=1$。

3)根据以上公式可以推导出以下计算公式:

$$X=\pm b\sqrt{1-Z^2/a^2} \qquad ①$$

$$Z=\pm a\sqrt{1-X^2/b^2} \qquad ②$$

4)在这里取公式①,凸椭圆取"+"号,凹椭圆取"−"号。即 X 值根据 Z 值的变化而变化,公式②不能加工过象限椭圆,所以舍弃。

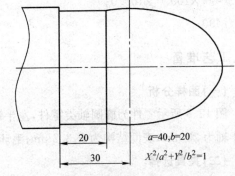

图 12.4　椭圆加工实例图

$a=40, b=20$

$X^2/a^2+Y^2/b^2=1$

5)编程如下。

程序	说明
O0001;	程序号
T0101 M03 S800;	机床准备相关指令
G00 X100.0 Z100.0;	安全点
G00 X54.0 Z2.0;	快速定位到靠近椭圆加工起点的位置
#5=50;	赋值大变量
N3#5=#5−5;	差值计算,由此决定粗加工的背吃刀量
G00 X[#5];	每次加工起点的 X 向坐标
G01 Z0 F0.1;	
#1=40;	用 #1 指定 Z 向椭圆加工长度
N5#2=SQRT[625−0.391*#1*#1];	计算 X 值,就是把公式①里面的各值用变量代替
G01 X[2*#2+#5] Z[#1−40] F0.1;	直线插补,每一个变化的 #1 的值,都有一个与之对应的 #2 的值,刀具沿着这些坐标点一步步移动就能加工出这段椭圆,这里 2*#2 是因为公式里面的 X 值是半径值

173

♯1＝♯1－0.5；	步距 0.5，即 Z 值递减量为 0.5，此值过大影响形状精度，过小加重系统运算负担，应在满足形状精度的前提下尽可能取大值
IF［♯1GE－10］GOTO 5；	当♯1 大于等于－10，回到 N5 行，这里必须有等于－10，因为椭圆的长度是 40，必须加工到这一点
G01 W－20.0；	Z 负向偏移－20
U5.0；	X 正向偏移 5
G00 Z2.0；	快速定位
IF［♯5GT0］GOTO 3；	当♯5 大于 0，回到 N3 行，这里没有等于，因为♯5＝0 是最后一步加工，不需要再循环
G00 X100.0 Z100.0；	退刀
M30；	程序结束

三、工艺准备

(一)图样分析

图 12.3 所示零件为椭圆轴类零件，左半部分半个椭圆与锥相连，椭圆的长半轴为 25 mm，短半轴为 20 mm，表面结构为 $R_a3.2~\mu$m；毛坯材料为 45 钢，尺寸为 $\phi48$ mm×104 mm。

(二)夹具选择

选用数控机床常用夹具——三爪自定心卡盘进行装夹。

(三)刀具准备、填写刀具卡

1. 刀具准备

该零件的加工选择焊接式 93°外圆车刀。

2. 填写刀具卡片

数控加工刀具卡见附表二。

(四)量具准备

1)0～150 mm 游标卡尺一把，用于测量外圆和长度。

2)25～50 mm 外径千分尺一把，用于测量外圆。

(五)编排加工工艺

1)用 G90 指令粗车外圆轮廓至 $\phi41$ mm。

2)用宏程序编程，先粗车椭圆面留 1 mm 均匀的精车余量，再精车至精度要求。

(六)坐标计算

椭圆的方程为 $Z^2/a^2+X^2/b^2=1$，其中 $a=25$，$b=20$。在数学坐标系下，令♯1 表示 Z 轴坐标，♯2 表示 X 轴坐标，则♯1 的变化范围为 25～0；♯2 据椭圆方程跟随♯1 的变化而变化，则♯2＝SQRT［400－0.64＊♯1＊♯1］。

（七）编制加工程序，填写加工程序单

1. 编制加工程序

根据前面的加工工艺分析和指令等的学习，所编的数控加工程序如下。

O0001；	加工椭圆轴
T0101 M03 S800；	93°外圆车刀加工外圆
G00 X100. Z100.；	
X50. Z2.；	
G90 X45. Z−30. F0.2；	
X43.；	
X41. Z−25.；	
#5＝41；	
N10 #5＝#5−5；	
G00 X[#5]；	
#1＝25；	
N20 #2＝SQRT[400−0.64∗#1∗#1]；	
G01 X[2∗#2＋#5] Z[#1−25] F0.2；	粗加工椭圆
#1＝#1−0.5；	
IF [#1GE0] GOTO 20；	
X[42＋#5] Z−30.；	
U2.；	
G00 Z2.；	
IF [#5GE1] GOTO 10；	
G00 X0；	
G01 Z0；	
#1＝25；	
N30 #2＝SQRT[400−0.64∗#1∗#1]；	
G01 X[2∗#2] Z[#1−25] F0.2；	精加工椭圆
#1＝#1−0.1；	
IF [#1GE0] GOTO 30；	
X42. Z−30.；	
U2.；	
G00 X100. Z100.；	
M30；	

2. 填写加工程序单

数控加工程序单见附表一。

175

四、任务实施

(一)仿真加工练习

1)进入宇龙仿真数控系统,选择 FANUC 系统数控车床,机械回零。

2)定义毛坯,选择 93°外圆车刀,置于刀架的 1 号刀位。

3)对刀、建立工件坐标系。

4)输入程序 O0001。

5)以自动方式运行完成零件的加工。

(二)实习车间加工

1)工件装夹。将工件置于三爪卡盘中,控制工件的伸出长度,经找正后夹紧工件。

2)刀具夹紧。将外圆车刀置于刀架的 1 号刀位中,调整好刀尖高度、伸出长度和几何角度后,夹紧刀具。

3)对刀、建立工件坐标系,完成外圆刀的对刀操作。

4)输入并调试程序。将 O0001 程序输入到数控装置中,在自动运行方式下,开启"空运行"和"机床锁住"功能,检查走刀轨迹。

5)自动运行加工零件。查看机床的快速倍率和进给倍率是否处在较低挡位,检查主轴倍率等是否在正常位置,运行加工程序,注意查看安全点和起刀点;加工过程中,操作者将手置于暂停(或急停、复位)按钮处。

6)卸下工件,清理机床。

五、考核评价

1)学生完成零件自检,填写考核评分表(见工作页),同刀具卡、工序卡和程序单一起上交。

2)教师对零件进行检测,对刀具卡、工序卡和程序单进行批改,并填写考核评分表对学生进行成绩评定。

六、项目评估

1)学生自评。每组选出代表,对本组产品进行论证说明。重点从方案设计、材料选择、加工工艺安排、加工方法、切削用量、产品的加工质量、成本(约数)等方面进行阐述。

2)小组互评。根据各组完成情况,各组间对彼此加工方案提出意见和建议。在激烈的探讨过程中,可以加深对知识的理解和运用。

3)教师评价。对整个项目实施过程进行综合评价。首先肯定大家的成绩,增强大家学习的热情和兴趣,同时对项目实施过程中的问题进行评析。评选出优秀的小组进行表扬。

七、思考与练习

1)宏程序与子程序各有什么特点?

2)试编写图 12.5 中椭圆加工的宏程序。(标准椭圆为 $Z^2/25^2 + X^2/15^2 = 1$)

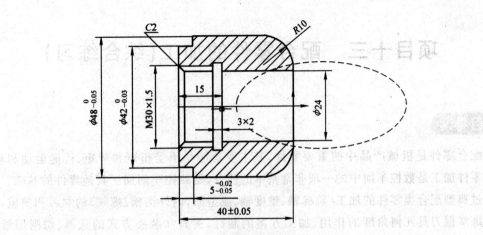

图 12.5　宏程序编程练习

项目十三　配合零件的加工(综合练习)

项目导读

　　配合零件是机械产品中的重要零件,其主要功能是承受扭矩和弯矩、传递运动和动力。配合零件加工是数控车削中的一项非常基本的任务,是数控车削加工其他零件的基础。本项目通过典型配合类零件的加工(阶梯轴、锥度轴、成型面、内外沟槽/螺纹)的学习和实施,使学生熟练掌握刀具几何角度的作用、加工方案的制订、夹具和装夹方式的选择、切削用量的确定、基本指令和循环指令的运用、数控加工程序的编制、加工精度的控制、工艺卡片的填写、零件的测量和实际操作等方面的知识,并最终掌握典型配合零件的加工。

最终目标

　　熟练掌握配合零件的加工工艺,在数控机床上完成图样组合件的加工,并编制相应的加工工艺文件。

促成目标

　　1)掌握组合件的加工工艺分析方法。

　　2)熟练掌握制订一般轴类零件加工方案。

　　3)正确填写数控加工刀具卡、工序卡等工艺卡片。

　　4)熟练运用编程指令。

　　5)熟练并正确编制轴类零件的数控加工程序。

　　6)掌握组合件的加工方法。

任务　配合零件的加工(综合练习)

一、工作任务

　　加工图 13.1 所示配合零件,材料为 45 钢,毛坯尺寸为 $\phi60$ mm×94 mm、$\phi60$ mm×52 mm。

二、相关知识

(一)数控车床对装夹的基本要求

从第一阶段的认识实践中总结车削加工装夹特点有以下几点。

1)都是绕机床主轴的旋转,实现主运动并提供切削力矩。

2)加工面的回转中心应是工件的径向基准。

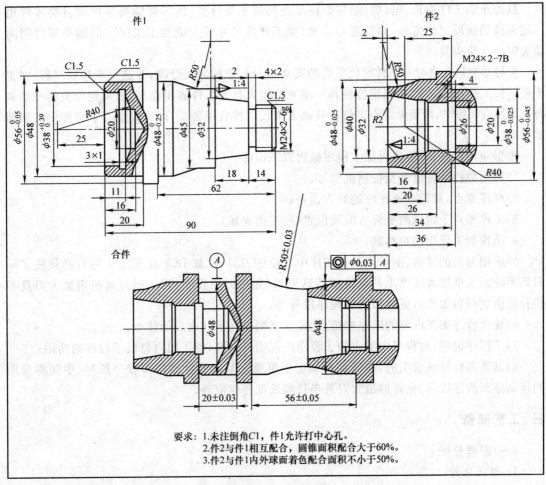

要求：1.未注倒角C1，件1允许打中心孔。
　　　2.件2与件1相互配合，圆锥面积配合大于60%。
　　　3.件2与件1内外球面着色配合面积不小于50%。

图 13.1　配合零件图

3)车床的夹具主要是指安装在车床主轴上的夹具,夹具和机床主轴相连接并带动工件一起随主轴旋转;夹具除了各种卡盘、顶尖等通用夹具或其他机床附件外,还包括根据加工的需要设计出各种心轴或其他专用夹具。

4)车床的夹具应能方便地满足工件轴向定位、找正回转基准中心、加工时保持定位和传递切削力矩的夹紧。

(二)数控车削特点及对车削装夹提出的新要求

1.**数控车削特点**

数控车削具有高效率、高精度、高速切削和自动化的特点。

2.**装夹提出的新要求**

针对高效率的新要求是:结构简单、通用性强,一次装夹加工多个表面,便于在机床上安装夹具及迅速装卸工件。针对高精度的新要求是:夹具应具有较高的定位精度和刚性。针对高速、甚至超高速切削的新要求是:克服离心力保证夹紧。针对自动化的新要求是:工件自动传输、定心、定位和夹紧。

(三)工件特点对车削装夹提出的新要求

数控车削工件的长、短、粗、细与数控车夹具的主要分类:加工短轴类零件和盘类零件用一端夹持的圆周定位夹具,如自定心卡盘;加工长度尺寸较大或加工工序多的轴类零件用两顶尖定心定位夹具。

引导学生用装夹时对工件定位平衡的要求来分析理解装夹分类,并进一步拓展理解:加工不粗不长工件宜用卧车,圆周定位夹具一端夹持粗大且重工件宜用立车,圆周定位夹具一端夹持长工件宜用卧车,两顶尖定心定位夹具加工细长工件宜用卧车,两顶尖定心定位加中心架辅助支撑。

根据应用实践,一般应对加工程序做出以下说明:

1)所用数控设备型号及控制机型号;

2)程序原点,对刀点及允许的对刀误差;

3)工件相对于机床的坐标方向及位置(用简图表述);

4)镜像加工使用的对称轴;

5)所用刀具的规格、图号及其在程序中对应的刀具号(如 D03 或 T0101 等),必须按实际刀具半径或长度加大或缩小补偿值的特殊要求(如用同一程序、同一把刀具利用加大刀具半径补偿值进行粗加工),更换刀具的程序段号等;

6)整个程序加工内容的顺序安排,让操作者明白先干什么后干什么;

7)子程序说明,对程序中编入的子程序应说明其内容,使人明白每段子程序的功用;

8)其他需作特殊说明的,如需要在加工中更换夹紧点的计划停车程序段号、中间测量用的计划停车程序段号、允许的最大刀具半径和长度补偿值等。

三、工艺准备

(一)图样分析

1. 形状分析

图 13.1 所示任务由两个工件配合而成。件 1 的主要加工内容有:两端面、$\phi48$ mm、$\phi56$ mm外圆柱面、$R50$ mm 圆弧面、1∶4 的圆锥面、退刀槽、外螺纹、$\phi38$ mm 内孔、$R40$ mm 球面、内沟槽及 $\phi20$ mm 底孔等。件 2 的主要加工内容有:端面、$\phi48$ mm、$\phi56$ mm、$\phi38$ mm 外圆柱面、$R50$ mm圆弧面、1∶4 的内圆锥面、内退刀槽、内螺纹、$R40$ mm 球面、内沟槽及 $\phi20$ mm 底孔等。

2. 尺寸精度分析

图 13.1 所示零件尺寸标注齐全、有多处表面有公差要求,公差等级为 IT7~IT8 级,配合后槽宽也有公差要求,其他均为未注公差。

3. 形状精度公差

配合后件 2 的 $\phi48$ mm 轴线对件 1 左侧 $\phi48$ mm 轴线有同轴度要求。

4. 表面结构为 $R_a3.2$ μm

上述零件尺寸精度要求较高,在加工中主要通过正确对刀、正确设置刀具补偿、制订合理的加工工艺及正确的工件装夹、找正以及合理的切削用量与刀具几何参数来保证。另外,根据配合后的同轴度、尺寸精度要求,$R50$ mm 圆弧应在配合后加工,以保证精度要求。

(二)工艺确定

1. 确定加工方案

从上述分析可知,该任务按以下方案进行。

1)加工件 2。粗车端面→钻孔→粗车左侧外轮廓→粗车、精车左侧内轮廓→车内沟槽→车内螺纹→调头→粗车右侧外轮廓。

2)加工件 1。粗车端面→钻孔→粗车左侧外轮廓→粗车、精车左侧内轮廓→车内沟槽→调头→粗车、精车右侧外轮廓→车槽→车螺纹。

3)配合后加工。旋上件 2→精车件 2 右侧外轮廓→精车沟槽→精车 R50 mm。

2. 确定装夹方案

1)加工件 1。加工该零件左侧时以毛坯外圆定位,用三爪卡盘装夹,右侧加工以 φ48 mm 外圆定位装夹。

2)加工件 2。加工该零件左侧时以毛坯外圆定位,右侧加工以 φ48 mm 外圆定位装夹。

(三)确定刀具,填写数控刀具卡

根据实习条件,各车刀可用整体式车刀或机夹式车刀,刀片材料均为 YT15。另外,本零件加工还需中心钻、φ20 mm 钻头钻底孔。本任务使用整体式车刀,故刀具型号、刀尖半径均未填。

(四)切削用量

考虑到实习加工的安全性,采用较小的切削用量,详见各加工工序卡。

(五)数值计算

该任务的数学计算主要有 R40 mm 与 R50 mm 圆弧的基点坐标、圆锥的基点坐标计算,此处仍以 CAD 绘图标注尺寸完成,如图 13.2、图 13.3 和图 13.4 所示。

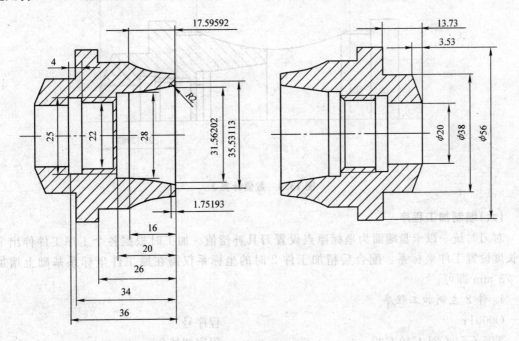

图 13.2　数值计算 1

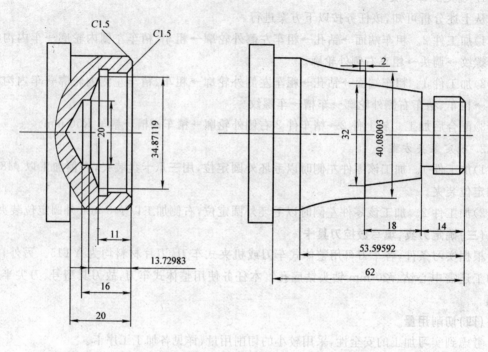

图 13.3 数值计算 2

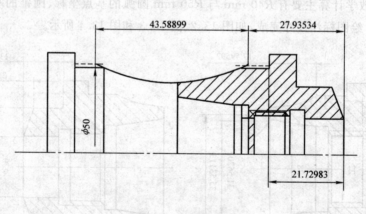

图 13.4 数值计算 3

(六)编制加工程序

对刀时统一以卡盘端面为坐标原点设置刀具补偿值。加工时根据各个工序工件伸出卡盘长度设置工件坐标系。配合后精加工件 2 时的坐标系仅需在原工件坐标系基础上增加 15.73 mm 即可。

1. 件 2 左侧加工程序

O0001；   程序号

N05 G54 G21 G40 G99；   程序初始化

N10 T0101；　　　　　　　　　　　　　　　　选 1 号刀,1 号刀补

N15 G00 X62. Z2. M03 S800；　　　　　　　循环粗车起点

N20 G71 U2. R0. 5；　　　　　　　　　　　主轴正转 800 r/min

N25 G71 P30 Q55 U1. W0 F0. 1；　　　　　G71 循环粗车外轮廓,精车余量 1 mm

N30 G0 X40. S1200；

N35 G2 X48. Z−17. 596 R50. F0. 05；　　　N30～N55 精车走刀路线

N40 G1 Z−26. ；

N45 X56. ；

N50 Z−34. ；

N55 X61. ；

N60 G0 X100. Z80. ；　　　　　　　　　　退刀到换刀点,精车在配合后完成

N65 T0505；　　　　　　　　　　　　　　　换 5 号镗孔刀

N70 G00 X18. Z1. ；　　　　　　　　　　　刀镗孔起点

N75 G71 U1. R0. 5；　　　　　　　　　　　G75 循环粗镗

N80 G71 P85 Q130 U−0. 5 W0. 1 F0. 1；

N85 G0 X41. S1200；　　　　　　　　　　　N85～N130 精车走刀路线

N90 G1 Z0. F0. 02；

N95 X35. 531；

N100 G2 X31. 562 Z−1. 752 R2. ；

N105 G1 X28. Z−16. ；

N110 Z−20. ；

N115 X25. ；

N120 X22. W−1. 5；

N125 Z−36. ；

N130 X19. ；

X135 G70 P85 Q130；　　　　　　　　　　精车内轮廓

N140 G0 X100. Z80. ；　　　　　　　　　　退刀到换刀点

N145 T0606；　　　　　　　　　　　　　　　换 6 号内沟槽刀

N150 G0 X18. Z1. S600；

N155 Z−36. ；

N160 G75 R0. 3；　　　　　　　　　　　　　到内沟槽加工起点

N165 G75 X25. Z−35. P2000 Q1000 F0. 1；　车内沟槽

N168 G0 Z2. ；　　　　　　　　　　　　　　退刀

N170 G0 X100. Z80. ；　　　　　　　　　　到换刀点

N175 T0707；　　　　　　　　　　　　　　　换 7 号内螺纹刀

N180 G0 X20. Z3. S400；　　　　　　　　　到内螺纹加工起点

N183 Z−17. ；

N185 G76 P010060 Q100 R0.1；

N190 G76 X24.Z−34.R0 P1082 Q400 F2.；　　车内螺纹

N195 G0 Z3.；

N200 X100.Z80.；　　　　　　　　　　　　退刀

N205 M30；　　　　　　　　　　　　　　　程序结束

2. 件 2 右侧加工程序

O0002；　　　　　　　　　　　　　　　　　程序号

N05 G54 G21 G40 G99；　　　　　　　　　程序初始化

N10 T0101；　　　　　　　　　　　　　　选 1 号刀，1 号刀补

N15 G00 X62.Z2.M03 S800；　　　　　　　循环加工起点

N20 G71 U1 R0.5；　　　　　　　　　　　循环粗车外轮廓留 1 mm 余量

N25 G71 P30 Q60 U1.W0.1 F0.1；

N30 G0 X19.S1200；　　　　　　　　　　N30～N60 粗车走刀路线

N35 G1 Z0 F0.01；

N40 X20.；

N50 G3 X38.Z−3.53 R40.；

N55 G1 Z−13.73；

N60 X61.；

N65 G0 X100.Z80.；

N70 M30；　　　　　　　　　　　　　　　程序结束

3. 件 1 左侧加工程序

O0003；　　　　　　　　　　　　　　　　　程序号

N05 G54 G21 G40 G99；　　　　　　　　　程序初始化

N10 T0101；　　　　　　　　　　　　　　选 1 号刀，1 号刀补

N15 G00 X62.Z1.M03 S800；　　　　　　　循环粗车起点主轴正转 800 r/min

N20 G71 U2.R0.5；　　　　　　　　　　　G71 循环粗车，精车余量 1 mm

N25 G71 P30 Q65 U0.5 W0.1 F0.1；

N30 G0 X43.S1200；　　　　　　　　　　N30～N65 为精车走刀路线

N40 G1 X48.Z−1.5；

N50 Z−20.；

N55 X56.；

N60 Z−30.；

N65 X61.；

N70 G70 P30 Q65；

N71 G0 X100.Z80.；

N72 T0505；　　　　　　　　　　　　　　换 5 号镗孔刀

N73 G0 X18.Z1.；　　　　　　　　　　　到镗孔起点

N75 G71 U1. R0. 5；　　　　　　　　　　G71 循环粗镗

N80 G71 P85 Q130 U−0. 5 W0. 1 F0. 05；

N85 G0 X43. S1200；

N90 G1 X38. Z−1. 5；

N95 Z−11. ；

N98 X34. 871；

N100 G3 X20. Z−13. 73 R40. ；

N130 G1 X19. ；

N135 G70 P85 Q130；　　　　　　　　　精车

N140 G0 X100. Z80. ；　　　　　　　　　退刀到换刀点

N145 T0606；　　　　　　　　　　　　　换 6 号内沟槽刀

N150 G0 X36. Z2. S600；　　　　　　　　到内沟槽加工起点

N155 Z−11. ；

N160 G1 X40. F0. 02；　　　　　　　　　车内沟槽

N165 G0 X36. ；　　　　　　　　　　　　退刀

N170 Z2. ；

N180 X100. Z80. ；　　　　　　　　　　到换刀点

N205 M30；　　　　　　　　　　　　　　程序结束

4. 件 1 右侧加工程序

O0004；　　　　　　　　　　　　　　　程序开始

N05 G54 G21 G40 G99；　　　　　　　　程序初始化

N10 T0101；　　　　　　　　　　　　　选 1 号外圆刀，1 号刀补

N15 G00 X62. Z2. M03 S800；　　　　　到循环加工起点，主轴正转 800 r/min

N20 G71 U2. R0. 2；

N25 G71 P30 Q80 U0. 5 W0. 1 F0. 1；

N30 G0 X0. S1200；　　　　　　　　　　N30～N80 为精车路径

N35 G1 Z0. F0. 01；

N38 X21. ；

N39 X23. 8 Z−1. 5；

N40 Z−14. ；

N45 X27. 5；

N50 X32 W−18. ；

N55 X40. 08；

N65 G2 X48. Z−53. 596 R50. ；

N75 G1 Z−62. ；

N80 X61. ；

N85 G70 P30 Q55；　　　　　　　　　　精车

N90 G0 X100. Z60. ;　　　　　　　　　　　　退刀到换刀点

N95 T0202 ;　　　　　　　　　　　　　　　换 2 号割刀

N100 G0 X25. Z−14. S600 ;　　　　　　　快速到切槽起点、主轴变速 600 r/min

N105 G75 R0. 3 ;　　　　　　　　　　　　车槽

N110 G75 X20. Z−13. P2000 Q1000 F0. 1 ;

N120 G0 X100. Z80. ;　　　　　　　　　　退刀到换刀点

N125 T0303 ;　　　　　　　　　　　　　　换 3 号螺纹刀

N130 G0 X26. Z3. S400 ;　　　　　　　　到螺纹加工起点

N135 G76 P010060 Q100 R0. 1 ;　　　　　车螺纹

N140 G76 X21. 835 Z−12. R0 P1082 Q400 F2. ;

N145 G0 X100. Z80. ;　　　　　　　　　　回换刀点

N150 M30 ;　　　　　　　　　　　　　　　程序结束

5. 合件加工程序

O0005 ;　　　　　　　　　　　　　　　　程序号

N05 G54 G21 G40 G99 ;　　　　　　　　程序初始化

N10 T0101 ;　　　　　　　　　　　　　　选 1 号刀, 1 号刀补

N15 G00 X18. Z0. M03 S1200 ;　　　　　N35～N55 精车件 2

N35 G1 X20. F0. 01 ;

N40 G3 X38. Z−3. 53 R40. ;

N45 G1 Z−13. 73 ;

N50 X56. ;

N53 W−9. ;

N55 X57. ;

N90 G0 X100. Z60. ;

N95 T0202 ;　　　　　　　　　　　　　　换 2 号割刀

N100 G0 X57. Z−24. 73 S1200 ;　　　　精车槽

N105 G1 X47. 988 ;

N110 W−56. ;

N115 X57. ;

N120 G0 X100. Z80. ;

N125 T0303 ;　　　　　　　　　　　　　　换 3 号螺纹刀

N130 G0 X50. Z−27. 935 S800 ;　　　　精车 R50 mm 圆弧

N135 G2 X50. W−43. 589 R50. ;

N140 G0 X100. ;

N145 Z80. ;

N150 M30 ;　　　　　　　　　　　　　　　程序结束

四、任务实施

(一)仿真加工练习

1)进入宇龙仿真数控系统,选择 FANUC 系统数控车床,机械回零。

2)定义毛坯,选择刀具。

3)对刀、建立工件坐标系。

4)输入程序。

5)以自动运行方式完成仿真加工。

(二)实习车间加工

1)工件装夹。将工件置于三爪卡盘中,控制工件的伸出长度,经找正后夹紧工件。

2)刀具夹紧。将外圆车刀、槽刀、螺纹刀分别置于刀架的 1 号、2 号、3 号刀位,调整好刀具高度、伸出长度和几何角度后,夹紧刀具。

3)对刀、建立工件坐标系。

4)输入并调试程序。程序输入后,自动方式下开启"空运行"和"机床锁住"检查走刀轨迹。

5)自动运行粗加工零件。查看机床的快速倍率和进给倍率是否处在较低挡位,检查主轴倍率等是否在正常位置,运行加工程序,注意查看安全点和起刀点;加工过程中,操作者将手置于暂停(或急停、复位)按钮处。

6)测量工件,修改磨耗(刀补)。

7)执行精加工。

8)卸下工件,清理机床。

五、考核评价

1)学生完成零件自检,填写考核评分表(见工作页),同刀具卡、工序卡和程序单一起上交。

2)教师对零件进行检测,对刀具卡、工序卡和程序单进行批改,并填写考核评分表对学生进行成绩评定。

六、项目评估

1)学生自评。每组选出代表对本组产品进行说明。重点从方案设计、材料选择、加工工艺安排、切削用量、产品的加工质量、成本(约数)等方面进行阐述。

2)小组互评。根据各组完成情况,各组间对彼此加工方案提出意见和建议。在激烈的探讨过程中,可以加深对知识的理解和运用。

3)教师评价。对整个项目实施过程进行综合评价。首先肯定大家的成绩,增强大家学习的热情和兴趣,同时对项目实施过程中的问题进行评析。

187

七、思考与练习

加工图 13.5 所示配合零件。

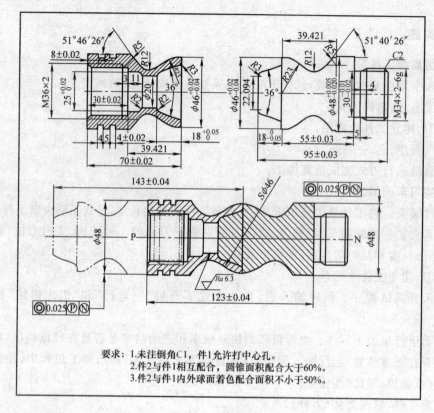

要求：1. 未注倒角C1，件1允许打中心孔。
　　　2. 件2与件1相互配合，圆锥面积配合大于60%。
　　　3. 件2与件1内外球面着色配合面积不小于50%。

图13.5　配合零件

项目十四 数控车床维护与精度检验

项目导读

数控机床在国内的应用越来越普遍、数量越来越多,已成为各企业保证产品质量与提高生产效益的关键设备。由于数控机床、数控系统技术复杂、种类繁多,所以数控机床的维修、维护和保养问题已影响数控机床的有效利用。提高数控操作人员的个人维护素质能迅速改变维修工作跟不上的局面。数控复合型技能人才的培养对于本项目的学习也十分重要。

本项目主要学习数控设备最基本的维护、保养、精度检验、维修等几方面的知识。能解决数控车床一般故障的维修,对数控车床的日常维护和保养有深入的了解。

最终目标

1)掌握数控机床的维护与保养,应用所学知识正确、合理地对数控机床进行维护与保养。

2)掌握数控机床的精度检验知识,能正确、合理地对数控机床的精度进行检验和调整。

3)掌握数控车床一般维修的必要知识,能排除数控车床机械、液压和冷却的一般故障。

促成目标

1)了解数控车床的使用要求。

2)掌握数控车床的维护与保养的相关知识。

3)掌握数控车床常规的、简单的精度检验与调试。

4)了解数控车床常见的故障,能快速诊断与维修。

5)掌握一定的数控英文知识,以便对一些英文资料进行阅读。

6)能分析和解决数控车床的一般常见问题,以保证数控设备的正常运行。

任务一 数控车床的维护和保养

一、维护保养的意义

数控车床使用寿命的长短和故障率的高低,不仅取决于机床的精度和性能,很大程度上也取决于它的正确使用和维护。正确的使用能防止设备非正常磨损、避免突发故障,精心的维护可使设备保持良好的技术状态、延缓劣化进程、及时发现和消除隐患于未然,从而保障安全运行,保证企业的经济效益,实现企业的经营目标。因此,机床的正确使用与精心维护是贯彻设备管理以防为主的重要环节。

二、维护保养必备的基本知识

数控车床具有机、电、液集于一体以及技术密集和知识密集的特点。因此,数控车床的维护人员不仅要有机械加工工艺及液压、气动方面的知识,也要具备电子计算机、自动控制、驱动及测量技术等知识,这样才能全面了解、掌握数控车床以及做好机床的维护保养工作。维护人员在维修前应详细阅读数控机床有关说明书,对数控车床有详细的了解,包括机床结构特点、数控的工作原理及框图以及它们的电缆连接。

三、数控车床的使用要求

(一)数控车床使用的环境要求

一般来说,数控车床可以同普通车床一样放在生产车间里,但是要避免阳光的直接照射和其他热辐射,要避免太潮湿或粉尘过多的场所。腐蚀性气体容易使电子元件受到腐蚀变质,或造成接触不良,或造成元件短路,影响机床的正常运行,还应采取防振措施。

另外,根据一些数控机床的用户经验,在有空调的环境中使用,会明显减少机床的故障率,这是因为电子元件的技术性能受温度影响较大,当温度过高或过低时会使电子器件的技术性能发生较大变化,使工作不稳定或不可靠,而增加故障的发生。对于精度高、价格贵的数控机床,将其置于有空调的环境中使用是比较理想的。

(二)数控车床使用的电源要求

数控机床对电源没有特殊要求,一般允许波动±10%。但是由于我国供电的具体情况,不仅电源波动幅度大,而且质量差,交流电源上往往叠加有一些高频杂波信号,用示波器可以清楚地观察到,有时还出现很大的瞬间干扰信号,破坏机内的程序或参数,影响机床的正常运行。对于有条件的企业,对数控机床采用专线供电或增设稳压装置,都可以减少供电质量的影响和信号干扰。

(三)数控车床使用对操作人员要求

数控机床的操作人员必须有较强的责任心,善于合作,技术基础较好,有一定的机加工经验,同时要善于动脑,勤于学习,对数控技术有钻研精神。例如,编程人员要能同时考虑加工工艺、零件装夹方案、刀具选择、切削用量等。数控机床维修人员不仅要懂得机床的结构和工作原理,还应具有电气、液压、气动等更宽的专业知识,有对问题进行综合分析判断的能力。

四、数控设备的日常维护

对数控车床进行日常维护、保养的目的是延长元器件的使用寿命,延长机械部件的变换周期,防止发生意外的恶性事故,使机床始终保持良好的状态,并保持长时间的稳定工作。不同型号的数控车床的日常保养内容和要求不完全一样,机床说明书中已有明确的规定,但总的来说主要包括以下几个方面。

(一)每天检查内容

1)导轨润滑油箱。检查油量,及时添加润滑油,润滑油泵是否定时启动打油及停止。

2)主轴润滑恒温油箱。工作是否正常,油量是否充足,温度范围是否合适。

3)机床液压系统。油箱泵有无异常噪声,工作油面高度是否合适,压力表指示是否正常,管路及各接头有无泄漏。

4)$X、Z$轴导轨面。清除切屑和脏物,检查导轨面有无划伤损坏,润滑油是否充足。

5)各防护装置。机床防护罩是否齐全有效。

6)电器柜各散热通风装置。各电器柜中冷却风扇是否工作正常,风道过滤网有无堵塞,及时清洗过滤器。

(二)每周检查内容

1)各电器柜过滤网。清洗黏附的尘土。

2)冷却液箱。随时检查液面高度,及时添加冷却液,太脏应及时更换。

(三)半年检查内容

1)检查主轴驱动传动带。按说明书要求调整传动带松紧程度。

2)各轴导轨上镶条、压紧滚轮。按说明书要求调整松紧状态。

(四)一年检查内容

1)检查和更换电动机碳刷。检查换向器表面,去除毛刺,吹净碳粉,磨损过多的碳刷及时更换液压、润滑油路,清洗溢流阀、减压阀、滤清器、油箱,过滤液压油或更换液压油。

2)冷却油泵过滤器。清洗冷却池,更换过滤器。

3)滚珠丝杠。清洗丝杠上旧的润滑脂,涂上新润滑油。

五、数控系统的日常维护

数控系统使用一定时间之后,某些元器件或机械部件总要损坏。为了延长元器件的寿命和零部件的磨损周期,防止各种故障,特别是恶性事故的发生,延长整台数控系统的使用寿命是数控系统进行日常维护的目的。具体的日常维护保养的要求,在数控系统的使用、维修说明书中一般都有明确的规定。总的来说,要注意以下几个方面。

(一)制定数控系统日常维护的规章制度

根据各种部件的特点,确定各自保养条例。如明文规定哪些地方需要天天清理,哪些部件要定时加油或定期更换等。

(二)应尽量少开数控柜和强电柜的门

机加工车间空气中一般都含有油雾、飘浮的灰尘甚至金属粉末,一旦它们落在数控装置内的印刷线路板或电子器件上,容易引起元器件间的绝缘电阻下降,并导致元器件及印刷线路损坏。因此,除非进行必要的调整和维修,否则不允许随时开启柜门,更不允许加工时敞开柜门。

(三)定时清理数控装置的散热通风系统

应每天检查数控装置上各个冷却风扇工作是否正常。视工作环境的状况,每半年或每季度检查一次风道过滤路是否有堵塞现象。如过滤网上灰尘积聚过多,需及时清理,否则将会引起数控装置内温度过高(一般不允许超过55℃),致使数控系统不能可靠地工作,甚至发生过热报警现象。

(四)控制介质输入/输出装置的定期维护

CNC系统参数、零件程序等数据都可通过它输入到CNC系统的寄存器中,如果有污物,将会使读入的信息出现错误。需要定期对关键部位进行清理。

(五)定期检查和更换直流电机电刷

虽然在现代数控机床上有用交流伺服电机和交流主轴电机取代直流伺服电机和直流主轴电机的趋势,但广大用户所用的,大多还是直流电机。而电机电刷的过度磨损将会影响电机的性能,甚至造成电机损坏。为此,应对电机电刷进行定期检查和更换。检查周期随机床使用频率而异,一般为每半年或一年检查一次。

(六)经常监视数控装置用的电网电压

数控装置通常允许电网电压在额定值的 +10%~15% 的范围内波动。如果超出此范围就会造成系统不能正常工作,甚至会引起数控系统内的电子部件损坏。为此,需要经常监视数控装置用的电网电压。

(七)数控系统长期不用时的维护

为提高系统的利用率和减小系统的故障率,数控机床长期闲置不用是不可取的。若数控系统处在长期闲置的情况下,需注意以下两点。

1)是要经常给系统通电,特别是在环境温度较高的多雨季节更是如此。在机床锁住不动的情况下,让系统空运行。利用电器元件本身的发热来驱散数控装置内的潮气,保证电子部件性能的稳定可靠。实践表明,在空气湿度较大的地区,经常通电是降低故障率的一个有效措施。

2)是如果数控机床的进给轴和主轴采用直流电机来驱动,应将电刷从直流电机中取出,以免由于化学腐蚀作用,使换向器表面腐蚀,造成换向性能变坏,使整台电机损坏。

(八)存储器用电池的需要定期更换

存储器如采用 CMOS RAM 器件,为了在数控系统不通电期间能保持存储的内容,设有可充电电池维持电路。在正常电源供电时,由 +5 V 电源经一个二极管向 CMOS RAM 供电,同时对可充电电池进行充电;当电源停电时,则改由电池供电维持 CMOS RAM 的信息。在一般情况下,即使电池尚未失效,也应每年更换一次,以确保系统能正常地工作。电池的更换应在 CNC 装置通电状态下进行。

(九)备用印刷线路板的维护

印刷线路板长期不用是容易出故障的。因此,对于已购置的备用印刷线路板应定期装到数控装置上通电运行一段时间,以防损坏。

任务二　数控车床几何精度、定位精度检验内容及方法

一、数控车床几何精度

数控机床的几何精度是综合反映机床各关键零件经组装后的综合几何形状误差。其检测工具和方法与普通机床类似,但检测要求更高,检测工具、量具更精密。常用的检测工具有:精密水平仪、直角尺、精密方箱、平尺、平行光管、千分表或测微仪、高精度主轴心棒及刚性好的千分表杆。检测工具的精度等级必须比所测的几何精度高一个等级,每项几何精度按照数控车床验收条件的规定进行检测。

数控车床几何精度检验项目依据 GB/T 16462.1—2007《数控车床和车削中心检验条件第一部分:卧式机床几何精度检验》。检测中应注意,某些几何精度要求是互相牵连和影响的:如主轴轴线与尾座轴线同轴度误差较大时,可以通过适当调整机床床身的地脚垫铁来减小误差,但这样调整又会引起导轨平行度误差的改变。因此,数控机床的各项几何精度检测应在一次检测中完成,否则会造成顾此失彼的现象。

检测中,还应注意消除检测工具和检测方法造成的误差,如检测机床主轴回转精度时,检测心棒自身的振摆、弯曲等造成的误差;在表架上安装千分表和测微仪时,由于重力影响,造成测头抬头位置和低头位置时的测量数据误差等。

机床的几何精度在冷态和热态时是有区别的。检测应按国家标准规定,在机床预热状态下进行,通常是在性能试验之后。

二、数控车床定位精度

数控车床定位精度是测量机床运动部件在数控系统控制下所能达到的位置精度。根据一台数控车床实测的定位精度数值,可以判断出加工工件在该机床上所能达到的最好加工精度。

定位精度主要检测的内容有:直线运动定位精度、直线运动重复定位精度、直线运动轴机械原点的返回精度和直线运动矢动量的测定。检测工具有:测微仪、成组量块、标准长度刻线尺、光学读数显微镜和双频激光干涉仪等。

(一)直线运动定位精度

按标准规定,对数控车床的直线运动定位精度的检验应以激光检测为准。条件不具备时,也可以用标准长度刻线尺进行比较测量,这种检测精度与检测技巧有关,一般控制在$(0.004\sim0.005)/1\ 000$。而激光检测的测量精度可比标准长度刻线尺检测精度高一倍。

为反映多次定位中的全部误差,ISO标准规定每一个定位点按5次测量数据计算出平均值和离散差$\pm3\sigma$,画出其定位精度曲线。测定的定位精度曲线还与环境温度和轴的工作状态有关。如数控车床的丝杠的热伸长为$(0.01\sim0.02)/1\ 000$,而经济型的数控车床一般不能补偿滚动丝杠的热伸长,故有些数控车床采用预拉伸丝杠的方法来减少其影响。

(二)直线运动重复定位精度

该精度是反映坐标轴运动稳定性的基本指标,而机床运动稳定性决定着加工零件质量的稳定性和误差的一致性。

一般检测方法是在靠近各坐标行程的中点及两端的任意三个位置进行测量,每个位置用快速移动定位,在相同的条件下重复做7次定位测出定位点的坐标值,并求出读数的最大差值。以3个位置中最大差值的$1/2$,取$\pm$号后,作为该坐标的重复定位精度。

(三)直线运动轴机械原点的返回精度

数控车床每个坐标轴都应有精确的定位起点,即坐标轴的原点或参考点,它与程序编制中使用的工件坐标系、夹具安装基准有直接关系。数控车床每次开机时原点复归精度应一致,因此对原点的定位精度要求很高。此项检验的目的:一是检测坐标轴原点的复归精度,二是检测原点复归的稳定性。

(四)直线运动矢动量

坐标轴直线运动矢动量又称为直线运动反向误差,是进给轴传动链上驱动元件的反向死区以及机械传动副的反向间隙和弹性变形等误差的综合反映。该误差越大,定位精度和重复定位精度越差。如果矢动量在全行程上分布均匀,可通过数控系统反向间隙补偿功能予以补偿。

数控车床定位精度检验项目以及对车床位置精度、空载下的轮廓精度、C轴精度和工作精度的要求,应遵循GB/T 16462—2007中的相关要求。其中数控车床工作精度检查实质是对几何精度与定位精度在切削条件下的一项综合考核。进行工作精度检查的加工,可以是单项加工,也可以综合加工一个标准试件。

任务三　数控车床常见故障诊断及排除方法

一、数控车床故障诊断的常规方法

通常情况下,数控车床的故障诊断按以下步骤进行。

(一)调查事故现场

数控车床出现故障后,不要急于动手盲目处理,首先要查看故障记录,向操作人员询问故障出现的全过程。在确认通电对机床和系统无危险的情况下再通电观察,特别要确定以下故障信息。

1)故障发生时,报警号和报警提示是什么?哪盏指示灯或光管发光?提示的报警内容是什么?

2)如无报警,系统处于何种工作状态?系统的工作方式诊断结果是什么?

3)故障发生在哪个程序段?执行何种指令?故障发生前执行了何种操作?

4)故障发生在何种速度下?轴处于什么位置?与指令的误差量有多大?

5)以前是否发生过类似故障?现场是否异常?故障是否重复发生?

(二)分析故障原因

故障分析可采用归纳法和演绎法。归纳法是从故障原因出发,摸索其功能联系,调查原因对结果的影响,即根据可能产生该种故障的原因分析,看其最后是否与故障现象相符来确定故障点。演绎法是指从所发生的故障现象出发,对故障原因进行分割式的故障分析方法。即从故障现象开始,根据故障机理,列出多种可能产生该故障的原因,然后对这些原因逐点进行分析,排除不正确的原因,最后确定故障点。

(三)故障排除

找到造成故障的确切原因后,就可以"对症下药"修理、调整和更换有关部件。

二、数控车床常见故障分类

数控车床的故障种类繁多,有电气、机械、液压、气动等部件的故障,产生的原因也比较复杂,但很大一部分故障是由于操作人员操作机床不当引起的,数控车床常见的操作故障有:

1)机床未回参考点;

2)主轴转速超过最高转速限定值;

3)程序内没有设置 S 或 F 值;

4)进给修调 $F\%$ 或主轴修调 $S\%$ 开关设为空挡;

5)回参考点时离零太近或回参考点速度太快,引起超程;

6)程序中 G00 位置超过限定值;

7)刀具补偿测量设置错误;

8)刀具换刀位置不正确(换刀点离工件太近);

9)G40 撤销不当,引起刀具切入已加工表面;

10)程序中使用了非法代码；

11)刀具半径补偿方向错误；

12)切入、切出方式不当；

13)刀具钝化；

14)工件材质不均匀，引起振动；

15)机床被锁定（工作台不动）；

16)工件未夹紧；

17)对刀位置不正确，工件坐标系设置错误；

18)使用了不合理的 G 功能指令；

19)机床处于报警状态；

20)断电后或报过警的机床，没有重新回参考点或复位。

三、数控机床的修理

修理是指为保证在用数控机床正常、安全地运行，以相同的、新的零部件取代旧的零部件或对旧的零部件进行加工、修配的操作，这些操作不应改变数控机床的特征。数控机床中的各种零件，到达磨损极限的经历各不相同，无论从技术角度还是从经济角度考虑，都不能只规定一种修理即更换全部磨损零件；但也不能规定过多，影响数控机床的有效使用时间。通常将修理划分为三种，即大修、中修、小修。

（一）数控机床故障维修的原则

1. 先外部后内部

数控机床是机械、液压、电气一体化的机床，故其故障的发生必然要从机械、液压、电气这三方面综合反映出来。数控机床的检修要求维修人员掌握先外部后内部的原则。

2. 先机械后电气

机械故障一般较易察觉，而数控系统故障的诊断则难度要大些。先机械后电气就是首先检查机械部分是否正常，行程开关是否灵活，气动、液压部分是否存在阻塞现象等。因为数控机床的故障中有很大部分是由机械运作失灵引起的。所以，在故障检修之前，首先注意排除机械性的故障，这样往往可以达到事半功倍的效果。

3. 先静后动

维修人员本身要做到先静后动，不可盲目动手，应先询问机床操作人员故障发生的过程及状态，阅读机床说明书、图样资料后，方可动手查找处理故障。其次，对有故障的机床也要本着先静后动的原则，先在机床断电的静止状态，通过观察测试、分析，确认为非恶性循环性故障，或非破坏性故障后，方可给机床通电，在运行工况下，进行动态的观察、检验和测试，查找故障，然后对恶性的破坏性故障，必须先行处理，排除危险后，方可进入通电，在运行工况下，进行动态诊断。

4. 先公用后专用

公用性的问题往往影响全局，而专用性的问题只影响局部。如机床的进给轴都不能运动，这时应先检查排除各轴公用 CNC、PLC、电源、液压等公用部分的故障，然后再设法排除某轴的局部问题。又如电网或主电源故障是全局性的，因此一般应首先检查电源部分，看看断路器和熔断器是否正常,直流电压输出是否正常。

5.先简单后复杂

当出现多种故障互相交织掩盖、一时无从下手时,应先解决容易的问题,后解决较大的问题。常常在解决简单故障的过程中,难度大的问题也可能变得容易,或者在排除容易故障受到启发,对复杂故障的认识更为清晰,从而也有了解决办法。

6.先一般后特殊

在排除某一故障时,要先考虑最常见的可能原因,然后再分析很少发生的特殊原因。

(二)数控机床维修必要的技术资料和技术准备

维修人员应在平时认真整理和阅读有关数控系统的重要技术资料。维修工作做得好坏、排除故障的速度快慢,主要决定于维修人员对系统的熟悉程度和运用技术资料的熟练程度。数控机床维修人员所必需的技术资料和技术准备有以下几方面。

1.数控装置部分

(1)技术资料

1)数控装置操作面板布置及其说明书。

2)数控装置内各电路板的技术要点及其外部连接图。

3)系统参数的意义及其设定方法。

4)数控装置的自动诊断功能和报警清单。

5)数控装置接口的分配及其含义等。

(2)技术准备

1)掌握 CNC 原理框架图。

2)掌握 CNC 结构布置。

3)掌握 CNC 各电路板的作用。

4)掌握板上各发光管指示的意义。

5)通过面板对系统进行各种操作。

6)进行自诊断检测、检查和维修参数并能做出备份。

7)能熟练地通过报警信息确定故障范围。

8)熟练地对系统供维修的检测点进行测试。

9)会使用随机的系统诊断纸带对其进行诊断测试。

2.PLC 装置部分

(1)技术资料

1)PLC 装置及其编程器连接、编程、操作方面的技术说明书。

2)PLC 用户程序清单或梯形图。

3)I/O 地址及意义清单。

4)报警文本以及 PLC 的外部连接图。

(2)技术准备

1)熟悉 PLC 编程语言。

2)能看懂用户程序或梯形图。

3)会操作 PLC 编程器。

4)能通过编程器或 CNC 操作面板(对内装式 PLC)对 PLC 进行监控。

5)能对 PLC 程序进行必要的修改。

6)熟练地通过 PLC 报警号检查 PLC 有关的程序和 I/O 连接电路,确定故障原因。

3. 伺服单元

(1)技术资料

1)伺服单元的电气原理框图和接线图。

2)主要故障的报警显示。

3)重要的调整点和测试点。

4)伺服单元参数的意义和设置。

(2)技术准备

1)掌握伺服单元的原理。

2)熟悉伺服系统的连接。

3)能从单元板上故障指示发光管的状态和显示屏显示的报警号及时确定故障范围。

4)能测试关键点的波形和状态,并做出比较。

5)能检查和调整伺服参数,对伺服系统进行优化。

4. 机床部分

(1)技术资料

1)数控机床的安装、调运图。

2)数控机床的精度验收标准。

3)数控机床使用说明书,含系统调试说明、电气原理图、布置图以及接线图、机床安装、机械结构、编程指南等。

4)数控机床的液压回路图和气动回路图。

(2)技术准备

1)掌握数控机床的结构和动作。

2)熟悉机床上电气元器件的作用和位置。

3)能编制简单的加工程序并进行试运行。

5. 其他

(1)有关元器件方面的技术资料

1)数控设备所用的元器件清单。

2)备件清单。

3)各种通用的元器件手册。

(2)其他技术准备

1)熟悉各种常用的元器件。

2)能较快地查阅有关元器件的功能、参数及代用型号。

3)对一些专用器件可查出其订货编号。

4)对系统参数、PLC 程序、PLC 报警文本进行光盘与硬盘备份。

5)对机床必须使用的宏指令程序、典型的零件程序、系统的功能检查程序进行光盘与硬盘备份。

6)了解备份的内容。

7)能对数控系统进行输入和输出的操作。

8)完成故障排除之后,应认真做好记录,将故障现象、诊断、分析、排除方法——加以记录。

四、数控车床常见故障诊断及排除方法

(一)系统 FANUC 0i Mate TC、GSK 980T,螺纹车削乱扣

1. 故障分析

螺纹切削利用的是每转进给方式,即伺服系统的进给量是按照主轴的旋转量来控制的,主轴旋转一圈,Z 轴的进给量按照指令的距离(螺距)进行进给,使主轴的旋转与 Z 轴的进给保持同步。但是螺纹切削是多次切削过程,要保证每次进刀的位置都是同一个位置,这就需要螺纹切削多次切削的开始点和主轴的转角位置保持在固定的某一点。这一点是通过检测主轴编码器的一转信号来完成的。主轴编码器中的 A/B 信号决定了进给的速度,Z 向信号决定了螺纹的起刀点。相关图形如图 14.1 所示。

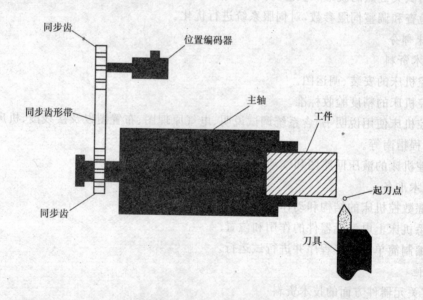

图 14.1 螺纹切削示意图

2. 解决思路

1)检查位置编码器与主轴的机械连接。一般主轴位置编码器采用同步齿形带连接,否则会有传动打滑现象。如果主轴编码器一转的信号与主轴转动的实际位置不一致,造成执行螺纹切削的起刀点位置每次都不一样,最终会导致螺纹乱扣。

2)Z 轴联轴器及反向间隙。Z 轴联轴器部分松动或者反向间隙较大,即使位置编码器一转的信号与主轴同步,也会造成主轴转角与 Z 轴相对位置的变化,导致螺纹的乱扣。

3)系统硬件及干扰。考虑位置编码器、反馈电缆及周围干扰源(尤其是电源电缆、动力电缆)对一转信号的影响,导致螺纹乱扣。

4)系统参数。数控机床出厂时一些系统参数处在初始化状态,根据加工要求可以修改某

一部分与加工有关的参数。因系统不同参数也不相同,在此不一一举例。

（二）机床坐标会突然不按照编程指令走（即乱走）

由于系统硬件导致该故障的可能性很小,所以在处理类似故障时,不要轻易更换系统相关硬件。对于这类问题,大致可以从以下几方面去考虑:

1）坐标系调用错误或刀具补偿中值设定不当引起;

2）DNC 加工时程序由 RS-232 传输时由于干扰引起,或者传输软件不稳;

3）自动方式下进行了手轮插入的操作;

4）人员操作不当,如程序选择错误、公/英制的转换、程序错误等造成的;

5）开机后没有机械回零,或加工过程中碰到急停开关复位后没有机械回零就直接进行继续加工;

6）机床外围干扰,包括机床的接地等。

（三）无法回零或回零故障

1. 故障分析

数控机床回参考点时根据检测元件的不同分绝对脉冲编码器方式和增量脉冲编码器方式两种。使用绝对脉冲编码器作为反馈元件的系统,在机床安装调试后,正常使用过程中,只要绝对脉冲编码器的后备电池有效,此后的每次开机,都不必再进行回参考点操作。而使用增量脉冲编码器的系统中,机床每次开机后都必须首先进行回参考点操作,以确定机床的坐标原点,寻找参考点主要与零点开关、编码器或光栅尺的零点脉冲有关,一般有以下两种方式。

1）轴向预定点方向快速运动,挡块压下零点开关后减速向前继续运动,直到挡块脱离零点开关后,数控系统开始寻找零点,当接收到第一个零点脉冲时,便已确定参考点位置。配 FANUC 系统和北京 KND 系统的机床目前一般采用此种回零方式。

2）轴快速按预定方向运动,挡块压向零点开关后,反向减速运动,当又脱离零点开关时,轴再改变方向,向参考点方向移动,当挡块再次压下零点开关时,数控系统开始寻找零点,当接收到第一个零点脉冲,便已确定参考点位置。配 SIEMENS、美国 AB 系统及华中系统的机床一般采用这种回零方式。

数控机床回不了参考点的故障一般有以下几种情况:一是零点开关出现问题,二是编码器出现问题,三是系统测量板出现问题,四是零点开关与硬（软）限位置太近,五是系统参数丢失等。

例: CK6150 数控车床开机回参考点,X 轴超程报警。

该机配 GSK-980TD 数控系统,采用半闭环控制方式,使用增量脉冲编码器作为检测反馈元件。

分析: 机床开机 X 轴回参考点的动作过程为回参考点轴先以快速移动,当零点开关被挡块压下时,PLC 输入点 I32.2 信号由 1 变为 0,CNC 接收到该跳变信号后输出减速指令,使 X 轴制动后以低速向反方向移动;当挡块释放零点开关时,I32.2 信号由 0 跳变为 1,X 轴制动后改变方向,以回参考点速度向参考点移动;当零点开关再次被挡块压下时,I32.2 信号由 1 变为 0,此时起 CNC 接收到的增量脉冲编码器发出的零位标志脉冲 I0 时,X 轴再继续运行到参数设定的距离后停止,参考点确立,回参考点的过程结束。

这种回参考点方式可以避免在参考点位置回参考点这种不正常操作对加工中心造成的危害。当加工中心 X 轴本已在参考点位置,而进行回参考点操作时,I32.2 初始信号是零,CNC 检测到这种状态后,发出向回参考点方向相反的方向运动指令,在零点开关被释放,即 I32.2 为 1 后,X 轴制动后改变方向,以回参考点速度向参考点移动,进行上述回参考点的过程。

根据故障现象,怀疑零点开关被压下后,虽然 X 轴已经离开参考点,但开关不能复位。用 PLC 诊断检查确认判断正确。

询问操作人员,机床开机时各轴都在中间位置,排除了因在参考点位置停机减速,挡块持续压着零点开关,导致开关弹簧疲劳失效的故障原因。也说明该减速开关在关机前已经失效了。

仔细观察加工过程,发现每一加工循环结束后,加工中心都停止在参考点位置上。这大大增加了零点开关失效的可能性,增加了故障几率。这可能是本次故障的真正原因。

由于采用 CAM 软件编程生成的 NC 代码,在程序结束(M30)前,大多为 G28 回参考点格式,故建议数控编程人员在编制零件加工程序时,在程序结束(M30)前,加入回各轴中间点的 G 代码指令,并去掉 G28 指令,以减少该类故障的发生。

(四)手动转刀时刀架旋转不停,找不到刀位号

手动方式换刀过程中,开始执行命令时,刀架转动检索下一个刀位,找到以后电机反转、锁紧,完成换刀动作。而现在刀架旋转不停,可以从以下几点考虑。

1)首先运用 MDI 方式进行换刀,观察是整个刀架的刀位都检索不到,还是某一个刀位检索不到。

2)观察 CRT 显示器上是否显示换刀工作,查看手动换刀按键是否好用。

3)检查+24 V 电源输出是否正常,如果+24 V 电源输出灯亮,说明+24 V 电源输出正常,打刀架上的盖子,检查+24 V 电源是否传送到了霍尔元件上,或调整磁铁与磁性开关的距离,刀架旋转时磁铁与霍尔元件的距离要在 1~1.5 mm。

4)对刀架机械部分进行拆解,结构如图 14.2 所示。

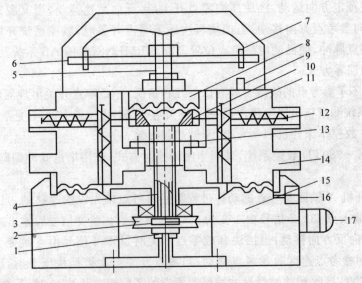

图 14.2 刀架机械部分结构

1—锁紧螺母;2—蜗杆;3—蜗轮;4—传动轴;5—螺杆;6—编码盘;7—霍尔开关;
8—转位套;9—磁铁;10—同步套;11—定位销;12—转位销;13—升降螺母;
14—动齿盘;15—定齿盘;16—微动开关;17—电动机

5)查看刀架内部的定位销,当定位销断裂的情况下刀架也会旋转不停。

任务四　数控车床专业外文知识

3 - Jaws indexing spacers 三爪、分割工具头

A. T. C. system 加工中心机刀库

Aluminum continuous melting & holding furnaces 连续溶解保温炉

Balancing equipment 平衡设备

Bayonet 卡口

Bearing fittings 轴承配件

Bearing processing equipment 轴承加工机

Bearing 轴承

Belt drive 皮带传动

Bending machines 弯曲机

Blades 刀片

Saw 锯

Bolts, screws & nuts 螺栓,螺丝及螺母

Boring heads 镗孔头

Boring machines 镗床

Cable making tools 造线机

Casting, aluminium 铸铝

Casting, copper 铸铜

Casting, gray iron 铸灰口铁

Casting, malleable iron 可锻铸铁

Casting, other 其他铸造

Casting, steel 铸钢

Chain drive 链传动

Chain making tools 造链机

Chamfer machines 倒角机

Chucks 夹盘

Clamping/holding systems 夹具/支持系统

CNC bending presses 电脑数控弯折机

CNC boring machines 电脑数控镗床

CNC drilling machines 电脑数控钻床

CNC EDM wire - cutting machines 电脑数控电火花线切削机

CNC electric discharge machines 电脑数控电火花机

CNC engraving machines 电脑数控雕刻机

CNC grinding machines 电脑数控磨床

CNC lathes 电脑数控车床

CNC machine tool fittings 电脑数控机床配件

CNC milling machines 电脑数控铣床

CNC shearing machines 电脑数控剪切机

CNC toolings CNC 刀杆

CNC wire – cutting machines 电脑数控线切削机

Conveying chains 输送链

Coolers 冷却机

Coupling 联轴器

Crimping tools 卷边工具

Cutters 刀具

Cutting – off machines 切断机

Diamond cutters 钻石刀具

Dicing saws 晶圆切割机

Die casting dies 压铸冲模

Die casting machines 压铸机

Dies – progressive 连续冲模

Disposable toolholder bits 舍弃式刀头

Drawing machines 拔丝机

Drilling machines 钻床

Drilling machines bench 钻床工作台

Drilling machines, high – speed 高速钻床

Drilling machines, multi – spindle 多轴钻床

Drilling machines, radial 摇臂钻床

Drilling machines, vertical 立式钻床

Drills 钻头

Electric discharge machines(EDM)电火花机

Electric power tools 电动刀具

Engraving machines 雕刻机

Engraving machines, laser 激光雕刻机

Etching machines 蚀刻机

Finishing machines 修整机

Fixture 夹具

Forging dies 锻模

Forging, aluminium 锻铝

Forging, cold 冷锻

Forging, copper 铜锻

Forging, other 其他锻造

Forging,steel 钢锻

Foundry equipment 铸造设备

Gear cutting machines 齿轮切削机

Gears 齿轮

Gravity casting machines 重力铸造机

Grinder bench 磨床工作台

Grinders,thread 螺纹磨床

Grinders,tools & cutters 工具磨床

Grinders,ultrasonic 超声波打磨机

Grinding machines 磨床

Grinding machines,centerless 无心磨床

Grinding machines,cylindrical 外圆磨床

Grinding machines,universal 万能磨床

Grinding tools 磨削工具

Grinding wheels 磨轮

Hand tools 手工具

Hard/soft and free expansion sheet making plant 硬(软)板(片)材及自由发泡板机组

Heat preserving furnaces 保温炉

Heating treatment funaces 熔热处理炉

Honing machines 镗磨机

Hydraulic components 液压元件

Hydraulic power tools 液压工具

Hydraulic power units 液压动力元件

Hydraulic rotary cylinders 液压回转缸

Jigs 钻模

Lapping machines 精研机

Lapping machines,centerless 无心精研机

Laser cutting 激光切割

Laser cutting for SMT stensil 激光钢板切割机

Lathe bench 车床工作台

Lathes,automatic 自动车床

Lathes,heavy-duty 重型车床

Lathes,high-speed 高速车床

Lathes,turret 六角车床

Lathes,vertical 立式车床

Lubricants 润滑液

Lubrication Systems 润滑系统

Lubricators 注油机

Machining centers,general 通用加工中心

Machining centers,horizontal 卧式加工中心

Machining centers,horizontal & vertical 卧式及立式加工中心

Machining centers,vertical 立式加工中心

Machining centers,vertical double – column type 立式双柱加工中心

Magnetic tools 磁性工具

Manifolds 集合管

Milling heads 铣头

Milling machines 铣床

Milling machines,bed type 床身式铣床

Milling machines,duplicating 仿形铣床

Milling machines,horizontal 卧式铣床

Milling machines,turret vertical 六角立式铣床

Milling machines,universal 万能铣床

Milling machines,vertical 立式铣床

Milling machines,vertical & horizontal 立式及卧式铣床

Mold & die components 模具单元

Mold changing systems 换模系统

Mold core 模芯

Mold heaters/chillers 模具加热器/冷却器

Mold polishing/texturing 模具打磨/磨纹

Mold repair 模具维修

Molds 模具

Nail making machines 造钉机

Oil coolers 油冷却器

Overflow cutting machines for aluminium wheels 铝轮冒口切断机

P type PVC waterproof rolled sheet making plant P 型 PVC 高分子防水

PCB fine piecing systems 印刷电器板油压冲孔脱料系统

Pipe & tube making machines 管筒制造机

Planing machines 刨床

Planing machines vertical 立式刨床

Pneumatic hydraulic clamps 气油压虎钳

Pneumatic power tools 气动工具

Powder metallurgic forming machines 粉末冶金成型机

Presses,cold forging 冷锻冲压机

presses,crank 曲柄压力机

Presses,eccentric 离心压力机

Presses,forging 锻压机

Presses,hydraulic 液压冲床
Presses,knuckle joint 肘杆式压力机
Presses,pneumatic 气动冲床
Presses,servo 伺服冲床
Presses,transfer 自动压力机
Pressing dies 压模
Punch formers 冲子研磨器
Quick die change systems 速换模系统
Quick mold change systems 快速换模系统
Reverberatory furnaces 反射炉
Rollers 滚筒
Rotary tables 转台
Sawing machines 锯床
Sawing machines,band 带锯床
Saws,band 带锯
Saws,hack 弓锯
Saws,horizontal band 卧式带锯
Saws,vertical band 立式带锯
Shafts 轴
Shapers 牛头刨床
Shearing machines 剪切机
Sheet metal forming machines 金属板成型机
Sheet metal working machines 金属板加工机
Slotting machines 插床
Spindles 主轴
Stamping parts 冲压机
Straightening machines 矫直机
Switches & buttons 开关及按钮
Tapping machines 攻螺丝机
Transmitted chains 传动链
Tube bending machines 弯管机
Vertical hydraulic broaching machine 立式油压拉床
Vises 虎钳
Vises,tool‐maker 精密平口钳
Wheel dressers 砂轮修整器
Wrenches 扳手

附　表

附表一　数控车削加工程序单

单位名称		零件名称		零件图号	
画出简图并标出原点位置			刀具号	刀具名	刀具作用
段号	程序名	O____		注释	
编制		审核		批准	

附表二　数控加工刀具卡

零件图号		数控刀具卡片		使用设备	
换刀方式		程序编号			
	序号	刀具名称	规格	数量	备注
刀具	1				
	2				
	3				
	4				
备注					
编制		审校		批准		共　页	第　页

附表三　机械加工工序卡片

烟台工程职业技术学院	机械加工工序卡片	产品型号		零件型号		共　页
		产品名称		零件名称		第　页

车间	工序号	工序名称	材料牌号
机加			45
毛坯种类	毛坯外尺寸	每毛坯件数	每台件数
设备名称	设备型号	设备编号	同时加工件数
数控车	CK6150		
夹具编号		夹具名称	切削液
		三爪卡盘	乳化液
		单价	最终

工步号	工步内容	工艺装备	主轴转速 r/min	切削速度 m/min	进给量 mm/r	切削深度 mm	进给次数	工步工时 机动	工步工时 辅助

编制		校对		审核		会签	

207

附表四　机械加工工艺卡片

烟台工程职业 技术学院	机械加工工艺过程卡片		产品型号		零件型号		共　页	
			产品名称		零件名称		第　页	
材料牌号		毛坯种类		毛坯外形尺寸		毛坯件数		每台件数

工序号	工序 名称	工序内容	车间	工段	设备 名称	工艺装备名称及编号			工件工时	
						夹具	刀具	量具	最终	单件
1										
2										
3										
4										
5										
编制			校对			审核			会签	

参 考 文 献

[1] 周晓宏．Fanuc 系统数控车加工工艺与技能训练[M]．北京：人民邮电出版社，2009.

[2] 余英良．数控加工编程与操作[M]．北京：高等教育出版社，2005.

[3] 杨丰．数控加工工艺与编程[M]．北京：国防工业出版社，2009.

[4] 熊军．数控机床原理与结构 [M]．北京：人民邮电出版社，2007.

[5] 周虹．数控加工工艺设计与程序编制 [M]．北京：人民邮电出版社，2009.

[6] 李银海,戴素江．机械零件数控车削加工[M]．北京：科学出版社，2008.

[7] 宋建国,宋卫国．数控技术实训教程[M]．成都：电子科技大学出版社，2007.

[8] 胡俊平．高级数控技工必备技能与典型实例——数控车加工篇[M]．北京：电子工业出版社，2008.

[9] 沈建峰,虞俊．数控车工[M]．北京：机械工业出版社，2006.

[10] 韩鸿鸾．数控编程[M]．北京：中国劳动社会保障出版社，2004.

[11] 崔兆华．数控车工（中级）[M]．北京：机械工业出版社，2006.

[12] 霍苏萍．数控加工编程与操作[M]．北京：人民邮电出版社，2007.

[13] 顾京．数控加工编程及操作[M]．北京：高等教育出版社，2003.